■ 著

儒勒・凡爾納 Jules Gabriel Verne
(1828.2.8～1905.3.24)

科幻小說之父，法國小說家、劇作家、詩人，現代科幻小說的重要開創者之一。知名著作有《環遊世界八十天》、《海底兩萬裡》、《十五少年漂流記》……等。
據聯合國教科文組織的資料，凡爾納是世界上被翻譯的作品第二多的名家，僅次於阿嘉莎．克莉斯蒂，位於莎士比亞之上。聯合國教科文組織最近的統計顯示，全世界凡爾納作品的譯本已累計達4751種，他也是2011年世界上作品被翻譯次數最多法語作家。在法國，2005年被定為凡爾納年，以紀念他百年忌辰。

■ 繪

里昂・伯內特 Léon Benett
（1839.5.2～1916.12.7）

法國插畫家，生於法國奧朗日，卒於法國土倫。是儒勒．凡爾納大多數著作的重要插畫家。除了儒勒．凡爾納，他也為雨果、托爾斯泰等文豪的著作繪畫插圖。他的插畫風格充滿異國風情，這與他曾經至阿爾及利亞、交趾支那（今越南南部、柬埔寨東南部地區）以及法屬新克里多尼亞（位於大洋洲西南部的島嶼）等地旅遊不無關聯。

■ 譯

許雅雯
生於屏東，自清華大學中國文學系、高師大華語教學研究所畢業後，在海內外從事了近十年華語教學工作，也致力於語言政策研究。多年前定居里昂，一頭鑽進文字與跨語言的世界，譯有《布拉格漫步》、《我曾經愛過》、《誰殺了羅蘭巴特？解碼關鍵字：語言的第七種功能》(野人文化出版)。

十五少年漂流記

繁體中文全譯本
首度面世

DEUX ANS DE VACANCES

《環遊世界八十天》
冒險姐妹作

復刻一八八八年初版插圖
法文直譯精裝版

Jules Gabriel Verne
儒勒・凡爾納——著
許雅雯——譯

Golden Age 29

十五少年漂流記(二版)

繁體中文全譯本首度面世｜復刻1888年初版插圖｜法文直譯精裝版

Deux ans de vacances

作　　者　儒勒・凡爾納 Jules Gabriel Verne
作　　者　里昂・伯內特 Léon Benett
譯　　者　許雅雯

野人文化股份有限公司
社　　長　張瑩瑩
總 編 輯　蔡麗真
責任編輯　徐子涵
校　　對　魏秋綢
行銷企畫　林麗紅、蔡逸萱、李映柔
封面設計　周家瑤
美術設計　洪素貞

讀書共和國出版集團
社　　長　郭重興
發行人兼出版總監　曾大福
業務平臺總經理　李雪麗
業務平臺副總經理　李復民
實體通路組　林詩富、陳志峰、郭文弘、王文賓、吳眉姍
網路暨海外通路組　張鑫峰、林裴瑤、范光杰
特販通路組　陳綺瑩、郭文龍
電子商務組　黃詩芸、李冠穎、林雅卿、高崇哲
專案企劃組　蔡孟庭、盤惟心
閱讀社群組　黃志堅、羅文浩、盧煒婷
版 權 部　黃知涵
印 務 部　江域平、黃禮賢、林文義、李孟儒
出　　版　野人文化股份有限公司
發　　行　遠足文化事業股份有限公司
地址：231 新北市新店區民權路 108-2 號 9 樓
電話：（02）2218-1417　傳真：（02）8667-1065
電子信箱：service@bookrep.com.tw
網址：www.bookrep.com.tw
郵撥帳號：19504465 遠足文化事業股份有限公司
客服專線：0800-221-029
法律顧問　華洋法律事務所　蘇文生律師
印　　製　成陽印刷股份有限公司
初版首刷　2018 年 1 月
二版首刷　2022 年 6 月

9789863847410 (精裝)
9789863847465 (EPUB)
9789863847458 (PDF)

歡迎團體訂購，另有優惠，請洽業務部（02）22181417 分機 1124、1135

國家圖書館出版品預行編目（CIP）資料

十五少年漂流記 / 儒勒・凡爾納 (Jules Gabriel Verne) 著 ; 許雅雯譯 . -- 二版 . -- 新北市 : 野人文化股份有限公司出版 : 遠足文化事業股份有限公司發行 , 2022.06
　面 ;　公分 . -- (Golden age ; 29)
譯自 : Deux ans de vacances
ISBN 978-986-384-741-0(精裝)

876.57　　　111008934

十五少年漂流記（二版）

野人文化官方網頁　野人文化讀者回函

線上讀者回函專用 QR CODE，你的寶貴意見，將是我們進步的最大動力。

JULES VERNE
DEUX ANS
DE VACANCES

目錄

一、暴風雨與甲板上的四個少年

一八六〇年三月九日夜裡，天與海的漆黑交融在一起，視線僅止於踢幾下水就可游到的範圍。

這片波濤洶湧的海面上，巨濤伴著青白的閃光肆虐，一艘幾乎沒有船帆的小船正傾力奔逃。

這是一艘吃水一百噸的遊艇，名為「獵犬號」的雙桅縱帆船，但船尾上的名牌在一次意外（風暴或撞船）中被整片拔起，早已不見蹤影了。

晚間十一點，時值三月上旬，以船隻所處的緯度來看，黑夜才剛開始，第一道曙光最快要在清晨五點才會展露。但黎明能否為獵犬號驅走威脅呢？風浪是否能放過這艘羸弱的小船？是的，唯有浪濤放緩、風頭暫息，它才能逃過此劫。畢竟它身處茫茫大海，遠離任何一片能獲救的土地。

船尾有四個男孩，一個十四歲，兩個十三歲，還有一個年少的實習水手，大約十二歲左右，是個黑人。四人都站在船舵旁齊力控制著船身，以防一個大浪把船給掀翻。這差事並不容易，勉強轉動的船舵差點沒把他們給推過護欄。更不用說午夜前的那波大浪，船舵沒被捲走還真是個奇蹟。

被推倒的少年們趕緊站起身。

「柏利安，船舵還能用嗎？」其中一人問道。

「沒問題，柯爾登。」柏利安冷靜地站定後，又轉頭對另一個人說：

「德尼凡，你站穩了，別鬆手！……這船上不只有我們而已！」

這幾句話是用英語說的，但只要聽口音就會知道柏利安是個法國人。

接著，他又轉向實習水手：

「莫可，你沒受傷吧？」

「柏利安先生，我很好。」實習水手回答，「但我們一定要頂著浪頭前進，否則一定會被捲進浪裡。」

這時，通往艙房的船艙蓋突然開了。兩個小腦袋探出甲板，後頭還跟了隻汪汪叫的小狗。

一個九歲的孩子大叫：「柏利安？……柏利安？……怎麼回事？」

「沒事，艾弗森，沒事！」柏利安回應，「帶著多樂進去裡面好嗎？快點！」

「可是，我們好害怕！」另一個看上去年紀更小的孩子也說話了。

「其他人也都害怕嗎？……」德尼凡問。

「對！其他人也害怕！」多樂回話。

「別這樣，快進去！」柏利安又說，「門關好，躲進被子裡，把眼睛閉上，這樣就不會怕了！沒什麼好怕的！」

「小心！浪又來了！」莫可大叫。

一道浪猛力襲打船尾，幸虧海水沒有淹上甲板，否則水就要進到船艙裡了。要是吃了太多水，船就可能因此沉入海底。

「快點進去！不然就有你們好看！」柯爾登大吼。

「好了，孩子們，快進去吧。」柏利安好聲好氣地重複了一次。

兩個小腦袋才剛縮回去，又有另一個男孩跑上了甲板：

「柏利安，你不需要我們幫忙嗎？」

「不用，巴克斯特，你就和克羅斯、韋博、瑟維斯、維各斯，還有其他孩子待在裡面！這裡有我們四個就夠了！」

聽了柏利安的話後，巴克斯特回到艙房裡，從內部鎖上了門。

但多樂剛才說了：「其他孩子也害怕！」這麼說來，這艘被狂風暴雨夾擊的船上只有孩子囉？沒錯，只有孩子！幾個人呢？算上柯爾登、柏利安、德尼凡和那個實習水手，一共十五個。他們怎麼會跑到船上來呢？待會兒就會知道了。

船上一個成人也沒有嗎？沒有船長指揮航行？沒有水手協助處理船隻事務？暴風雨中，也沒有舵手掌舵？是的！一個也沒有！

更糟的是，船上沒有一個人知道獵犬號在這茫茫大海中的正確方位！……那，是哪一片海域呢？是最寬、最廣的那一片！這一片太平洋，從澳洲和紐西蘭，直到南非的近岸區為止，寬達八千公里。

究竟發生了什麼事？船員們全都在某個船難中喪生了嗎？還是馬來西亞的海盜擄走了他們，只留下一幫最大也不過十四歲的小毛頭自生自滅？這樣一艘吃水百噸的船，最少也需要一名船長、一名大副、五到六個水手，就算沒有這麼多，至少也該有個可以駕駛船的船員吧，結果竟然只剩一個實習水手！……這艘船究竟是從哪來的？從澳洲某個海域或是大洋洲上某個群島嗎？它在海上漂泊多久了？要開往何方呢？這些問題是任何看見獵犬號的船長都會問的，孩子們也想必都答得出來吧。但放眼望去，海面上不見任何船影，在這片航線交錯的大洋中，沒有正好路過的越大西洋航船、沒有遠從歐洲或美洲啟航，準備前往太平洋各港口數以百計的蒸汽船或掛帆商船。就算有吧，它們那強而有力的機器或大帆，在這狂風暴雨之中，也是自救不暇，這艘小遊艇只得如風中殘燭在湧浪間掙扎。

此時，身在船上的柏利安和其他同伴正用盡全力避免船隻傾側。

「怎麼辦才好！」德尼凡驚慌失措。

「看著辦，盡全力就是了，老天保佑！」柏利安回應。

少年嘴上雖然是這麼說的，但其實這種情況就連大力士也要祈求上蒼保佑。暴風雨現在是愈發兇猛，水手們形容這是「疾風迅雷」真是一點也沒錯，風正如雷霹般襲向獵犬號。除此之外，四十八小時前，船的主桅杆在離甲板四英尺高的地方斷了，如今搖搖欲墜的船桅上無法升掛船帆，要掌握航向就更是難上加難。還有被橫支杆撐起的前帆，雖然還算可用，但隨時有倒下的危險。前方支索上的三角帆早已支離破碎，「啪嗒」的聲響就像槍枝開火。整艘船就只剩前帆了，但因為男孩們無力收帆，面積過大的帆吃風過多也有撕裂的風險。要是連前帆也破了，船將無法順風而行，大浪一來，將會從側面捲起船身，帶著上頭的乘客一起傾覆，一起墜入無底深淵。

航行至今，視線可及之處沒有任何島嶼，東方也沒有任何陸地的痕跡！這種情況下，靠岸固然可怕，但相較之下，這片鬼魅般的茫茫大海更令孩子們感到恐懼。儘管面對的是淺灘、暗礁、一波波翻滾的海濤和接連不斷拍擊岩石的碎浪，比起腳下這片空虛的水域，海岸對他們來說是希望，是能讓他們腳踏實地的土地！

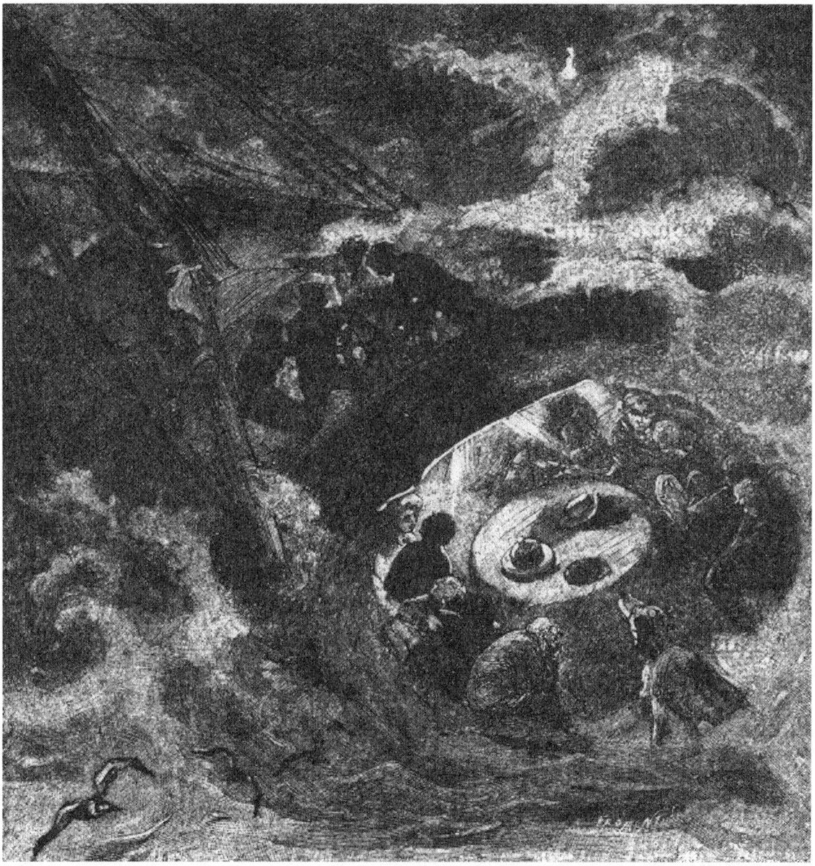

在波濤間掙扎的獵犬號，船上只有十五名少年和一隻狗，一個成年人也沒有！

因此，他們張大了眼尋找那指引方向的火光……

但暗夜裡一絲微光也沒有。

大約半夜一點，一陣巨大的聲響壓過狂風怒吼。

「前帆的桅杆斷了！」德尼凡大喊。

「不，是前帆的帆緣索！」實習水手說。

「得把它拆下來。柯爾登，你和德尼凡留在這裡掌舵。莫可，你來幫我！」柏利安說。

相較於身為實習水手的莫可，柏利安的航海知識也不差，畢竟從歐洲到大洋洲的這段航程間還夾著大西洋和太平洋呢，一路下來他也逐漸熟悉了操縱船隻的方法。這正是其他對海一無所知的男孩讓他和莫可一起指揮航行的原因。

柏利安和實習水手沒兩下就衝到船頭了。他們必須趕緊扯掉前帆，否則要是導致船身傾斜，海水灌進船身，那可就麻煩了。除非砍了前帆桅杆，或是帆索斷裂，船才有救。但這些孩子要怎麼做到呢？

柏利安和莫可想出了一個妙計，目標是在暴風肆虐期間盡量維持帆的面積，為此，他們決定鬆開橫桅的帆索，把帆的高度降到四、五英尺高，接著又用小刀把破損的部分切斷，再將下端固定在前方擋板的繫索栓上。兩個勇敢的少年好幾次都差點被浪給捲走。

雖然只是一片小帆，但船將得以在既定的航道上前行，而且就算如此，船速還是幾乎跟魚雷艇一樣快。重要的是，這速度使得他們能追上浪頭，避免被浪淹沒。

完成這項任務後，柏利安和莫可又回到船尾協助柯爾登和德尼凡。

柏利安與莫可竭力鬆開帆索。

通往船艙的門這時又開了。探出頭的是小柏利安三歲的弟弟，杰可。

哥哥開口問道：「杰可，你要做什麼？」

「快來！快來！裡面進水了！」杰可說。

「不會吧！」柏利安大喊，同時三步併作兩步往艙裡去。一盞昏暗的燈左搖右晃，微光中看得出裡頭約有十幾個孩子因為害怕而緊縮在沙發或小床上。

「沒事的！不怕！我們都在！」柏利安一走進來就先安撫了孩子們。

接著，他提起煤油燈照向地板，果然看見地上流滿了海水。

這些水是從哪來的呢？是哪裡漏水了嗎？看來似乎是如此。

主廳的前方是船長室，接著是餐廳和船員值勤室。

柏利安仔細檢查了這些廳室，判斷不是漏水，也不是水淹過了吃水線，只是剛才的浪帶來大量的海水，從沒有關好的船艙蓋流進艙內而已，沒有任何危險。

在回到主廳安撫了孩子們後，他才放心了些，再次回到舵旁指揮船隻。這艘船本身就造得堅固，加上近期才鍍上一層銅板，理應抵擋得了海水與浪的襲擊。

凌晨一點，狂風大作，夜色因為厚重的雲層顯得更濃了，船被海水包圍，彷彿航行在海面之下。海燕的鳴叫劃破天際，牠們的現身是否代表陸地不遠了？非也，牠們的身影直到離岸幾百英里之外都還可見。這些海鳥就和這艘小船一樣無力抵抗，只能隨風漂流，更沒有任何外力可以減緩前進的速度。

一小時後，船頭又傳來撕裂聲，就連僅剩的前帆也破了，帆布條有如巨大的海鷗在空中亂舞。

船艙進水了？不！只是虛驚一場！

「帆全沒了，」德尼凡大叫，「也沒有其他的帆可以換了！」

「沒差！」柏利安說，「只要速度不減就行！」

「說這什麼話！你要是這樣指揮……」德尼凡又說。

「小心後頭的浪！抓穩了，別被浪給捲走了……」莫可說。

話還沒說完，一波大浪翻上了船尾的甲板，柏利安、德尼凡和柯爾登被浪推到船艙蓋邊，三人都趕緊伸手扣住艙蓋。但實習水手卻在大浪橫掃過後和幾艘救生艇，包括兩艘平底船和一艘輕艇一起消失了。除此之外，還有幾根備用桅杆和羅盤座也都不見了。這些東西不是應該收進艙房裡的嗎？好在一部分的甲板也被浪給沖走，水才能在短時間內排出，船也才不會因為承載過量的海水而沉沒。

「莫可！莫可！」柏利安一喘過氣便大喊。

「該不會是被捲進海裡了？」德尼凡說。

柯爾登俯身查看後說：「沒有！沒看到他……也沒聽到他的聲音！」

「趕快救他……綁個救生圈丟下去！」柏利安下令。

在大家沉默的幾秒鐘內，有個聲音傳來。

「莫可？莫可？」

「救我！救我！」實習水手大喊。

「聲音不是從海面傳來的，是前面！」柯爾登說。

「我去救他！」柏利安馬上動身。

莫可趴在溼滑的甲板上，小心翼翼避著繩索鬆動的桅杆。

喊叫聲又一次傳來，但在那之後卻一點聲音也沒有。
同一時間，柏利安用盡力氣趕到了前方的艙門。
他大聲呼叫……
沒有任何回應。
難道他在剛才那聲呼叫後被浪捲入海裡了嗎？要真是如此，那這可憐的孩子應該已經離船很遠了，畢竟現在的船速不是浪能追得上的。要真是如此，那他就注定要迷失在這大海之中了……
不！一絲微弱的聲音又傳到柏利安的耳中。柏利安一聽，趕緊衝到插著船首斜桅的起錨機旁，伸手碰到了正拚命掙扎的軀體……
是他，實習水手就夾在欄杆與船頭間的細縫中，一條繩索繞住了他的脖頸，越是掙扎，束得越緊。應該是這條繩索在大浪捲起時拉住了他，現在反而要因此窒息而死嗎？
柏利安抽出了小刀，費盡一番功夫割斷了纏住他的繩子後，將他帶到了船尾。莫可在恢復了一點力氣後開口致謝：
「柏利安先生，謝謝你，謝謝！」
接著，他回到原本的崗位掌舵，四個少年重新振作，繼續與天一般高的浪搏擊。然而，事情並不如柏利安所想順利，沒有了前帆的船，速度終究緩了下來，這麼一來，比船速還快的浪便能輕易追上他們並撲上船身。還能做些什麼呢？他們不可能再升起任何一小片帆了。
當時是南半球的三月，也就是北半球的七月，黑夜已不算長。凌晨四點，第一道曙光再過不久就會從東方升起，照向這一片獵犬號遭受風雨襲擊的海面。或許待到天亮，狂風便會收斂一些？又或許，孩子們將會看到某塊陸地，他們的命運也會在幾分鐘內出現轉機？等等吧，當黎明從天空那頭降臨時，我們就會知道答案了。

四點半左右，晨光緩緩伸出海面，逐漸延伸到了天頂。只可惜霧靄深鎖，視線所及之處大約只有四百公尺。頂上的雲快速流竄，暴風雨絲毫沒有趨緩，浪濤翻滾，海沫漫天。這艘船一會兒被抬到浪頂，一會兒又沉入浪底，翻來轉去好幾次都差點傾覆。

四個男孩注視著狂風駭浪，心想，獵犬號是不可能撐過這一天的，要是風雨再不停歇，大浪終究會掀開艙蓋，而他們就只能航向絕望了。

這時，莫可突然大喊：

「是陸地，陸地！」

透過濃霧的間隙，實習水手似乎在東方的海面上看見了海岸線。會不會是看錯了？那條模糊的輪廓和天邊翻騰的朝雲簡直沒有兩樣，很容易混淆。

「陸地？」柏利安回問。

「沒錯……是陸地……你看東邊！」莫可一邊指向被漫天霧氣遮蓋的地平線。

「你確定沒看錯？」德尼凡又問。

「絕對沒錯！絕對沒錯！我非常肯定！」實習水手回答，「要是這團霧能再散開些……你們看……就在那裡……前帆桅杆右邊的方向……快看！快看！」這時，海面上的霧氣正逐漸上升，露出了一段空隙。沒多久，船上的人已經可以看清幾海里外的景致了。

「沒看錯！……是陸地！真的是陸地！」柏利安叫出聲來。

「而且是個低地！」柯爾登觀察了海岸後也補了一句。

現在，陸地的存在已經是千真萬確的事實了。距離他們五、六英里的海平面上出現了一片不知是大洲或小島的陸地。獵犬號還被狂風推著前行，根據當下的風向，不出一小時，他們就會抵達那片陸地了。要考慮的是，要是在抵岸之前撞上了沿岸的暗礁，後果可是不堪設想的。但少年們可不想考慮那麼多。這片意外得來的土地是他們眼裡唯一的避風港。

風勢仍然持續增強。獵犬號就像根羽毛被吹向岸邊。這一道海岸看上去就像在白布般的天空中畫上一條黑線。畫布的背景是高度約在一百五十到二百英尺間的懸崖，懸崖之下一片淺黃的沙灘被看似自內陸森林延伸出來的林木包圍。

啊！要是獵犬號能在不觸及任何暗礁的情況下登上這片沙岸，要是能有一處河口做為避風港，也許少年們就能平安度過這場劫難！

船仍然全速朝海岸前進，柏利安讓德尼凡、柯爾登和莫可留在後頭掌舵，自己則走到船頭觀察那片離一行人越來越近的陸地，但看了許久仍然沒找到適合停泊船隻的地方。陸地上不見任何河口與河道，甚至是一片沙地也沒有，根本不可能輕易靠岸。

實際上，沙灘外列了一排礁岩，黑色的礁岩在濺起的浪花間忽隱忽現。看這景況，哪怕輕輕一撞，獵犬號也會立即粉身碎骨。

柏利安見此況，認為應該在船隻擱淺前把大家集合到甲板上來，於是打開了艙門大喊：

「所有的人都上來！」

狗一聽到馬上衝了出來，接著十幾個孩子也先後爬出了艙門。幾個年紀較小的孩子在看到淺水處濺起的大浪時，嚇得大呼小叫。

將近六點時，船來到了第一道礁石邊。

「抓緊了！抓緊了！」柏利安大聲喊著。說話的同時，衣服也脫了一半，準備好隨時搭救被激浪晃下海的人，他知道，船撞上礁石是遲早的事。

突然間，獵犬號遭到第一次撞擊，是從船尾撞上的，雖然整個船身都因此劇烈搖晃，但海水並沒有灌進來。

第二排浪緊接而來，船因此被推進了五十尺，還正巧避開了那一帶岩石尖銳的稜角。船現在是左傾著，卡在退去的滾滾浪花間。

雖然這艘船已經遠離了汪洋，但在行抵沙灘前還有好一段距離要走呢。

二、柏利安與德尼凡

這時，海面上的薄霧漸散，船身周圍的景色也逐漸清晰了起來。烏雲還在天邊湧動，狂風依舊怒吼。也許風暴正用盡最後的力氣肆虐吧。

其實，獵犬號現在的處境並不比昨天夜裡安全，還在與海的猖狂搏鬥著，看來也只能祈禱了。海水拍上了甲板，水花落在縮成一團的孩子們身上，澆熄了他們的希望。偏偏一波波的浪來得又急又快，他們根本來不及閃躲。幸虧無論是磨過暗礁或撞進岩石夾縫，船身雖然震到連骨架都跟著抖動，但船舷的邊緣卻都能保持完好。柏利安和柯爾登走進船艙內查看後，得知艙內沒有進水，因此得以安慰船上的其他孩子，特別是年紀還小的幾個。

「別怕！」柏利安依舊沉穩地說道，「我們的船很堅固！而且離岸不遠了！再等一等，我們一定可以抵達沙岸！」

「為什麼還要等？」德尼凡問。

「對啊……為什麼？」另一個名叫維各斯、約莫十二歲的少年也有同樣的疑問，「德尼凡說的對，為什麼還要等？」

「因為浪還太大，現在就行動的話，很容易撞上礁石！」柏利安回答。

「可是要是船在這之前撞毀了呢？」另一個聲音傳來，是韋博，和維各斯年紀差不多的男孩。

「不用擔心，」柏利安回答，「只要海潮繼續退去，就不會有問題。等到風小一些，我們就可以試著上岸了！」

柏利安的考量是正確的。儘管太平洋岸的潮汐起伏不算大，但一漲一退之間還是有明顯差異的，再加上風力正在趨緩，如果能再等幾個小時，對他們來說比較有利。也許海潮退去之後，礁石就會裸露出來，到時再度過分隔他們和沙灘間的幾百尺就沒那麼危險了。

然而，無論柏利安再怎麼有理，德尼凡和另外二、三個少年都無意聽從。他們聚在船頭暗自商量對策。其實早在這之前，德尼凡、維各斯、韋博和另一個名叫克羅斯的少年就已經看不慣柏利安的指揮了。打從這趟遠航啟程以來，他們純粹因為柏利安的航海經驗豐富而勉強聽從他的指令。表面上雖然順從，但內心卻一直計畫著一踏上陸地就要脫離控制。特別是自認學養與智識都不比柏利安或其他人遜色的德尼凡，面對身為法國人的柏利安更是嫉妒，以他為首的幾個英國人都不太願意受柏利安支配。這件事無疑是風暴之外的隱憂。

另一方面，德尼凡、維各斯、克羅斯和韋博站在船頭看著滾滾浪濤和捲起的漩渦，才真正明白這時要穿過這片海水是不可能的。要是強行穿越，哪怕是最有經驗的游泳高手，恐怕也會葬身在退去的潮汐和迎著潮水自另一頭吹來的狂風之中。

剛才柏利安提出的建議簡直就是不證自明了。德尼凡一群人也只能承認這項事實，摸摸鼻子回到船尾其他年紀較小的孩子間。

柏利安對著柯爾登和一些圍在他身邊的孩子喊話：

「無論如何，大家一定不能分散！一定要團結，否則後果不堪設想。」

「你不會是想要控制我們的行動吧！」剛回到大家身邊的德尼凡正巧聽到這句話。

「我沒有想要做什麼，純粹是為了大家的安全著想。」柏利安回答。

「柏利安說的對！」說話的人是既冷靜又嚴肅的柯爾登，總是深思熟慮後才會開口。

「沒錯！沒錯！」兩、三個孩子大聲附和，這幾個孩子不知道為什麼，很自然地就站到柏利安這一邊了。

德尼凡沒有再開口，但卻和另外幾個同伴走到一旁，靜待上岸的時機。

現在要回到原本的問題上來。這片陸地究竟是什麼地方？是太平洋上的一個小島，還是屬於某一塊大陸呢？這個問題很難回答，獵犬號現在的位置離岸邊太近，以至於看不到完整的海岸線。它處在一個寬闊的海灣裡，海灣的盡頭由兩條海岬包圍，北邊的海岬是陡峭的山地，南端則顯得狹長。但海岬之外的陸地是否被海水環繞，形成一塊孤島呢？這正是柏利安拿起船上的望遠鏡準備觀察的。

要是眼前這片陸地是座小島，漲潮時的海水，一定又會把船捲向礁石，到時他們要怎麼離岸？要是是無人島呢（太平洋上的確存在著無人島）？這群孤立無援的孩子們只能靠船上的糧食維生，真的能活下去嗎？

相反的，要是眼前的陸地是大陸，就有可能是南美洲的一部分，那麼他們生存希望就大得多了。無論是智利或玻利維亞，即使不能立即得到協助，登陸幾天後也會有人來救援。要是在彭巴草原附近的海域，也許會遇上一些危險。但眼下最棘手的問題應該是如何讓船靠岸。

天氣逐漸穩定下來，海岸上的景色變得清晰，包括沙灘、圍住沙灘的峭壁和峭壁之下茂密的叢林都看得一清二楚。柏利安甚至還看到海岸右側有個河口。整體而言，這個海岸雖算不上迷人，但跟中緯度地區的土地比起來，綠地意味著土壤還算肥沃。很有可能在海岬另一邊沒有海風侵害的地方，會有更多長得更好的植物。

那麼人煙呢？海岸這一端似乎沒有人居住的痕跡。放眼忘去，沒有任何房子或臨時搭建的小屋，連條小河也沒有。也許當地的土著偏好住在內陸不受西風侵襲之處？

「我沒看到任何一縷炊煙。」柏利安放下了望遠鏡說。

「岸上也沒有其他船隻。」莫可也觀察到了。

「既然沒有港口，又怎麼會有船呢？」德尼凡接了話。

「也不一定要有港口，」柯爾登加入了對話，「漁船通常也能停靠在河口，也許是為了躲避這場暴風雨，所以順著河駛進內陸了。」

柯爾登說的沒錯。無論是什麼原因，岸上的確沒有其他船隻，而且看得見的瀕海地區也沒有任何人居住。那麼，必要的話，這群遇難的少年能不能在這裡停留幾個星期呢？這大概是當前最要緊的事了。

這時，潮水已逐漸退去，只是受到反向風的阻礙，退潮的速度顯得緩慢。幸虧風力正在減弱，且風向也開始轉向西北，也許礁石間很快就會露出一條可以通過的路徑。

將近七點時，船上的每個人都開始把一些必要的物品搬到甲板上來，至於剩下的那些，也只能期待海水能將它們推上岸了。

船上的儲糧，包括餅乾和一些醃肉，數量並不少。所有的孩子，無論大小全都動了起來，把這些糧食包裝成袋，準備交由年紀較大的男孩扛上岸。接下來只等礁石露出水面了，但露出的空間夠不夠連結到海灘上呢？

柏利安和柯爾登仔細觀察著海況。浪隨著風向改變也逐漸平靜下來。從露出的礁石可以判斷海水降下的程度，船上的人也感覺到了船身正在左傾。這是一艘細長的船，肋骨向上翹起，龍骨的位置也很高，要是傾斜的角度再繼續增大，水可能會在孩子們離船前灌上船，後果可就不堪設想了。

可惜那些救生艇都在暴風雨中被浪給捲走了！要是它們還在，就能載著所有的人馬上往岸邊前進，也能輕易地在帆船和岸間來回，更不用說回頭運送暫時載不走的物資了！

要是夜裡帆船又被海浪捲向礁石撞個粉碎，剩下來的殘骸怎麼辦？還可以再使用嗎？留下來的糧食會不會腐壞？最後這些落難的少年是不是只能靠著陸地上的資源過活了？

失去救生艇果然將導致一連串的惡性循環啊！

突然，船頭傳來一陣尖叫。是巴克斯特發現了一件重要的事。

原來是原本以為漂走的輕艇竟然卡在船首斜桅下的繩索之間。這輕艇雖然只能乘載五到六個人，但因為它完好無損（拉上甲板後檢查了），倘若真的無法靠雙腳穿過打在礁石上的浪花，它也能發揮得上作用。

但最好還是等潮水退到最低時再行動吧，關於這個問題柏利安和德尼凡又起了爭執。

事情是這樣的，德尼凡、維各斯、韋博和克羅斯在輕艇一被拉上來後，馬上就將它佔為己有。當柏利安來到他們身邊時，他們正準備把輕艇丟到海裡。

「你們要做什麼？」他問道。

「做我們想做的！」維各斯回答。

「你們想搭這艘小船離開嗎？」

「沒錯，」德尼凡說，「而且你沒有權力阻止我們！」

「我就是要阻止，還有你們打算拋棄的一切人事物也都要阻止你們！」柏利安大吼。

「拋棄？你哪來的這種想法？」德尼凡態度傲慢地說，「聽清楚了，我可沒打算拋棄任何人！抵達沙岸後，我們其中一個會再把船帶回來……」

「如果回不來呢？」柏利安努力克制自己的怒氣，「如果在礁石之間撞毀了呢？」

「動手！……動手！」韋博推開了柏利安後大叫。

接著，在維各斯和克羅斯的協助下，輕艇被丟到海面上了。

柏利安一把抓住了他說：「不准上船！」

「等著瞧吧！」德尼凡

「不准上船！」柏利安又重複了一次，他決定要為全體的利益堅持，「年紀小的孩子應該優先登上救生艇才對，要是海水的水位太高，他們是沒辦法上岸的……」

「放手！」德尼凡動怒了，「柏利安，我再說一次，無論我們想做什麼，你都沒有權力阻止！」

「我也再說一次，」柏利安也大聲回應，「德尼凡，我就是要阻止！」

兩個少年準備大打出手。很明顯的，維各斯、韋博和克羅斯力挺德尼凡，而巴克斯特、瑟維斯和卡爾內則是站在柏利安這邊。要不是柯爾登介入其中，可能就要發生慘劇了。

柯爾登是所有人當中年紀最大也最冷靜的。他很清楚這件事繼續演變下去會有什麼後果，所以才以睿智的手段介入爭執，巧妙地支援了柏利安。

「好了！好了！德尼凡，你冷靜下來！你也看得出來浪還很大，這麼做很可能毀掉這艘輕艇！」

「我就是看不慣柏利安老是指揮我們，他根本就是習慣成自然！」

「沒錯！沒錯！」克羅斯和韋博也搭腔。

「我從來沒有要指使任何人，但要是攸關全體利益的事情，我絕對不會袖手旁觀！」柏利安回答。

「我們關心的事也跟你一樣！」德尼凡又回擊，「只要我們一上岸……」

「可惜我們還沒上岸，」柯爾登又說，「德尼凡，別固執了，冷靜下來，等待更好的時機再使用那艘輕艇吧！」

柯爾登以相當好的方式調解了德尼凡和柏利安的爭執（他也不是第一次擔任這個角色了），船上的其他人也都願意給予信任。

海水降了兩英尺左右。礁石間是否空出了可以通行的水道呢？這是當前最要緊的事了。

柏利安心想，也許站到前帆桅杆上視野較好，可以更清楚礁石的位置，於是走到了船頭，抓起一條帆索，用力一盪，盪到了橫杆之上。

果然，露出的礁石間有條適合輕艇通行的水道。只是大大小小的漩渦還是太多，要是強行通過，肯定會被捲到岩角之上立即撞毀。最好還是等待海水退去，露出一條可行的通道比較好。

柏利安跨坐在橫杆上，從那裡可以看見整個沿岸地區。他拿起望遠鏡，望向崖壁下的海灘，看來兩端的海岬間，約莫八、九英里的海灘上毫無人煙。

觀察了半個小時後，柏利安回到眾人身邊回報所見。這一次，德尼凡、維各斯、韋博和克羅斯一句話也沒說，倒是柯爾登開口了：

「我們的船大約是六點左右擱淺的，對嗎？」

「是的。」柏利安回答。

「還需要多少時間才會退潮呢？」柯爾登問。

「應該還要五個小時。莫可，你說是嗎？」

「嗯……五到六個小時。」實習水手說。

「那麼，十一點左右開始往岸邊前進最好囉？」柯爾登又問。

「我是這麼想的。」柏利安說。

「那，好吧，在那之前我們得做好準備。現在先吃點東西吧，要是真的得下水，至少肚子裡是有東西的。」

這個細心的男孩總是能想到細微之處。於是，大夥吃起了罐頭和餅乾。柏利安特別關注詹肯、艾弗森、多樂和克斯達這幾個年紀較小的孩子。這幾個天真無憂的小孩已經忘了剛才的事，正安心地往肚子裡塞東西，畢竟他們應該也有二十四個小時沒有進食了。填飽了肚子，再啜個幾口添了水稀釋的白蘭地，身心都感到平靜了許多。

照顧完孩子後，柏利安又回到船頭，雙肘壓在舷牆上繼續觀察前方的礁石。這潮水退得真慢！儘管如此，因為船的傾斜角度越來越大，表示水位還在持續下降。莫可丟進海水裡的測深儀顯示水深大約還有八英尺左右。但是，真的可以期待海水完全退去嗎？莫可其實並不這麼認為，為了避免驚動更多人，他決定私下與柏利安商量。

柏利安聽了後，也向柯爾登坦白這件事。他們都明白是因為北風的緣故，潮水才無法正常退去。

「怎麼辦才好？」柯爾登說。

「不知道……不知道！真是悲哀啊……真希望自己是個男人而不只是男孩！」柏利安回答。

「船到橋頭自然直，別喪氣，謹慎行動就是了！」柯爾登又說。

「對，行動！要是漲潮前沒有離開這艘船，要是還得在船上多待一晚，我們保證完蛋……」

「毫無疑問，這艘船一定會解體！無論如何，我們一定要棄船……」

「沒錯，柯爾登，無論如何一定要！」

「要不要建一個木筏，來回接駁？」

「我也想過，可是木材幾乎都在剛才的暴風雨中被捲走了，現在要拆掉舷牆也來不及了！目前只剩那艘輕艇了，但浪實在太大，也不能用。現在可以做的，是把一條繩子綁在礁石上，拉著繩子走過去。這樣做，也許能走到沙灘上……」

「那誰去綁繩子？」

「我。」柏利安回答。

「我跟你一起去！」柯爾登說。

「不，我自己去！」柏利安堅持。

「那就划那艘輕艇吧？」

「太冒險了，可能會漂走，最好還是留著當最後一條退路！」

但在執行這項驚險的計畫前，柏利安還是採取了另一個預防措施。

他要求船上最小的幾個孩子穿上救生圈，以防棄船時海水還太深，踩不到底。到時候，大一點的孩子可以拉著繩索，同時把他們一起往沙岸推去。

時間是一點十五分。再過四十五分鐘，潮水就要退到最低點了。獵犬號前方的海水目前大約只剩四、五英尺深，但看上去似乎不可能再多降一寸了。

約莫六十碼外，水似乎真的淺了不少，從水色和露出的礁石就可以判斷。最難的部分大概只有帆船前方這段深水區了。

然而，要是柏利安真的能成功把繩索拉到這六十碼之外，綁在岩石上固定好，這一端也用起錨機拉直，那問題就能解決了。而且若能把裝了糧食和必要用品的包裹掛在繩索上滑過去，也能避免它們泡水損壞。

但要把繩索拉到岸邊是件危險的任務，因此柏利安不願任何人替他執行，自己擔下了這件差事。船上各種用途的各式繩索都有，長達一百多尺。柏利安選了其中一條中等大小的，脫下了衣服，把它繫在腰間。

「大家都過來，」柯爾登大喊，「幫忙把繩子放下水！……都到船頭來！」

德尼凡、維各斯、克羅斯和韋博都知道這件事的重要性，因此也沒有拒絕幫忙，加入了大家的行列，緩緩地放鬆繩索，盡可能減輕柏利安的負擔。

就在要跳進海裡時，他的弟弟跑了過來，喊著：

「哥哥！……哥哥！」

「杰可，別怕，不要擔心我。」柏利安安慰他。

接著，他就跳進海裡了，他拚命地游著，繩索也在他身後拉了開來。

然而，即使是在平靜的海面上，要游過浪花拍打的岩石群都不是容易的事，順流和逆流不時交會，阻止這位勇敢的少年直線前進。而且，當他被洋流牽引時，花再大的力氣也無法避開。

柏利安一步步往沙岸靠近，其他人也在船上按節奏收放繩索。只是才游了幾尺，他的力氣似乎就要用盡了。這時，前方兩道洋流交會之處形成了一個漩渦。只要能繞過漩渦，之後的海面就平靜多了，也許就能成功抵岸。他使出全力往渦流左邊游去，沒有成功，看來無論再怎麼厲害的好手都是游不過去的。這時的柏利安被漩渦的力量拉進了中心。

「救命！快拉！快拉！」叫了幾聲後，他就消失在海面之下了。

船上的人陷入恐慌。

只有柯爾登冷靜地命令大家：「快拉！」

大家趕緊收回繩索把柏利安拉回船上，以免他在水面下太久而窒息。

不到一分鐘，柏利安就被拉上了船，雖然上船時還不醒人事，但沒多久就在弟弟的懷抱裡醒了過來。

看來要把繩索綁到岸邊岩石上的計畫是失敗了，而且也不可能再來一次。這些可憐的孩子只能等待了。等什麼呢？等人來救他們嗎？可是哪裡會有人提供救援呢！

已經過午了。潮水又緩緩地漲了起來，隨著水位上升，海面的浪濤也更洶湧。而且，因為是上弦月，潮水將會漲得比前一晚還高。只要強風再次吹來，原本擱在礁石之上的船應該會被海水捲起，再

柏利安自告奮勇，帶著繩索跳進海裡，嘗試用繩索連結岸上礁岩與帆船。

一次衝撞，到時，船就有可能翻覆，沒有人能倖存！現在真是無計可施了！

所有的孩子都聚集在船尾，年紀小一點的被圍在中間，望著水位逐漸上升，岩石也接連沒入海水之中。悲慘的是，陣陣的西風正如前一天夜裡，在海面上猛烈地颳著。海水逐漸高漲，掀起了陣陣狂瀾，浪花席捲著泡沫將獵犬號包圍，再過不久就要撲上船身了。這群落難的孩子哭著、祈禱著，如今只能祈求老天垂憐了。

將近兩點時，獵犬號原本左傾的船身因為海水上漲而擺正了，但船身卻開始劇烈搖晃，這時船的前半段撞擊著礁岩，後半段卻還擱在上頭。一浪高過一浪，獵犬號因此不停顛簸。船上的孩子們緊緊抓住彼此，深怕一個不小心就落水了。

這時，一波巨浪從距離帆船兩錨鏈[1]之處排山倒海而來。浪濤洶湧，大約兩英尺高的浪一路呼嘯而至，將整片礁石都給覆蓋了，同時也抬起了獵犬號。這股激流推著帆船，在礁石群中前進，但卻沒有撞上任何一處。

不到一分鐘的時間，獵犬號被狂瀾推到了沙灘中央，就在崖壁前二〇〇尺左右的樹叢下撞上了一個小沙丘，並因此停了下來。這一次他們是擱淺在陸地之上了。這時海水已經退了回去，沙灘也露出了水面。

1　一錨鏈即十分之一海里，也就是一八五．二公尺左右。

三、奧克蘭的查理曼寄宿學校

當時，查理曼寄宿學校是紐西蘭（太平洋上重要的英國殖民地）首都奧克蘭（Aackland）最負盛名的學校之一。學校裡一百多名學生都出身上流社會。當地的原住民毛利人的孩子必須進特別的學校學習，不能上這些寄宿學校。因此，查理曼寄宿學校裡只有英國人、法國人、美國人、德國人，而且都是地主、商人或公務員之後。學校裡所有的課程設置和管理方式都和英國本土完全相同。

紐西蘭群島包含了兩個主要的島嶼：北島名為Ika-Na-Mawi，意思是毛伊之魚；南島則是Te Waipounamu，意為綠石之地[2]。兩者間隔著庫克海峽，緯度跨越南緯三十四度至南緯四十五度，大約就是北半球法國和北非的位置。

北島的南端形狀較為破碎，形成一個不規則的梯形。島的西北往上延伸，畫出了一條曲線，最後以范第門角（cap Van-Diemen）收尾。

大約是曲線的起點處，有一片幾英里大小的半島，奧克蘭就位於此處。這座城市的位置就跟希臘的柯林斯（Corinthe）差不多，因此也有「南半球柯林斯」之稱。城市裡共有兩個外港，東西各一。東邊的這個位在豪拉基灣（golfe Hauraki）內，港灣的水不深，因此必須採取英式碼頭的方式，以棧橋延伸出去，才能接受中型以上的船停泊。在這些棧橋碼頭之中，有個稱為「貿易碼頭」的地方，從這裡向城裡走，會通向這個城市主要的街道之一——皇后街。

查理曼寄宿學校就位在這條街的中間。

一八六〇年二月十五日，寄宿學校裡走出了一百多個男孩，每一個都由家長陪伴著，每個人看起來都心情大好，洋溢著歡樂的氣氛。那是鳥兒被放出籠的雀躍。

沒錯，那天正是假期第一天。兩個月的自主，兩個月的自由。

家裡的經濟能力允許這些孩子乘坐獵犬號出航，並到紐西蘭各處海岸遊覽，他們的興奮之情無須贅述。

這艘美麗的帆船是好幾個學生的家長合力租來的，將要進行為期六週的航海之旅。船主是其中一個孩子的父親，名為威廉·卡爾內，曾是某商船的船長，值得信任。家長們各自提供了資金，盡可能提升這趟旅程的安全與舒適。也難怪這幾個男孩興奮難耐，再沒有比這更好的度假方式了。

英國寄宿學校的教育跟法國有顯著差異。英國學校給孩子較多的自主權，而這種自由也對他們的未來產生了正面的影響，孩子們普遍較早熟。總而言之，是教育與教導並行。正因如此，大部分的學生都是謙遜有禮、心思縝密、服儀端莊的。更值得一提的是，就算知道可能得接受某種程度的懲罰，他們也不會企圖隱瞞實情或刻意扯謊。同時，他們也不必死板地遵守在公共空間輕聲細語的規則。大部分的時候，他們會在單人房裡用餐，但只要進了食堂，便是隨興交談。

---

2 Te Waipounamu 在毛利語中的意思應是「綠石之水」。南島原本的名字 Te Wāhi Pounamu 是「綠石之地」的意思，後來才變成 Te Waipounamu。作者應是將兩者混淆了。

查理曼寄宿學校學生以年齡分級，共有五個年級。一、二年級的孩子見到父母還是親吻臉頰，但到了三年級就和大人一樣行握手禮了。學校裡沒有任何人監督，學生可以隨時取閱小說與報刊。學生的假期不少，強制學習的時間不多，體適能活動不缺，包括體操、拳擊各式各樣的活動都有。然而，儘管學生們很少濫用這份自主權，若是真的踰矩，也得接受嚴厲的體罰，也就是鞭打。但就算被抽打，這些盎格魯撒克遜的孩子也都甘願受罰，因為他們知道這項處罰是應得的。

眾所皆知，英國人無論在私底下或是公共生活中都很重視傳統，就連在一般的教育機構裡也是如此。但這種傳統跟法國人的霸凌又完全不同。學校裡，高年紀的學生總會保護新生，但後者也得付出相當的代價，也就是處理一些日常瑣事，比如送早餐、洗衣服、替皮鞋上蠟、買東西，都是拒絕不得的。這種傳統就是所謂的「學長學弟制」（faggisme），而做這些事的新生就叫「學弟奴」（fags）。做這種苦差事的都是低年級的學生，要是不願遵守這項遊戲規則，他們的校園生活就會很難過。但實際上也沒有人會違抗，這種傳統無形中讓所有人按著一套在法國高中裡絕對看不到的規矩行事。世界上這種現象最普遍的國家肯定非英國莫屬，從最低層的「藍領階級」（cockney）街區到上議院裡都是如此。

乘坐獵犬號出海的學生分別屬於各個不同班級，上船的名單從八歲到十四歲都有。包括一名實習水手在內的這十五個男孩即將展開一場既漫長又駭人的冒險之旅！

故事開始之前，得先介紹他們的名字、年齡、專長、個性、家庭背景和彼此在校園裡的關係。

這十五個男孩中，除了柏利安兄弟是法國人和美國人柯爾登外，其他人都出生在英國家庭。

德尼凡與克羅斯出身紐西蘭地主之家，屬於上流社會，十三歲又幾個月大的兩人是親戚，都就讀五年級。德尼凡平日是個舉止優雅、注重儀表的人，說他是整個年級最優秀的學生也沒有人會反對。

他是個先天聰明、後天也努力的人，既為了提升自己，也為了超越同儕，一直都維持著顛峰的狀態。因為帶著貴族的傲氣，也有人喚他「德尼凡閣下」，而這種高人一等的心態也讓他無論身在何處都想掌控一切。正因如此，多年來他和柏利安才存在著競爭關係，特別是柏利安在同儕間的影響力增大後更是如此。至於克羅斯，就是個再平凡不過的人了，只是對德尼凡的一言一行都欽佩萬分。

十三歲的巴克斯特和他們同一個年級，冷靜善思又勤奮，雙手靈巧，是個家產可觀的公司小開。

韋博和維各斯十二歲半，就讀四年級，頭腦一般，老愛惹是生非，熱衷於監督低年級生接受使喚。兩人都出身富裕人家，父母是國內位階甚高的司法人員。

卡爾內跟他的好朋友瑟維斯都是三年級的學生，十二歲。兩人的父親一個是退休船長，另一個則是地主，因為都住在北岸（North-Shore）的懷特瑪塔港（Waitemata）附近，關係密切，兩人從小便是形影不離的朋友。他們的心地善良，只是不太勤奮，就像法語的諺語所說的，要是「給他們田地的鑰匙[3]」，他們絕不會放任鑰匙在口袋裡生鏽。卡爾內熱愛深受英國水手們喜愛的手風琴（甚至是過度熱愛）。身為水手之子，只要一有空他就會拉起手風琴，就連上獵犬號時，也沒忘記將它帶在身邊。至於瑟維斯，毫無疑問，絕對是一行人中過得最無憂無慮的，是查理曼學校裡的小屁孩。他成天只想著要展開冒險之旅，沉浸在《魯賓遜漂流記》和《海角一樂園》的故事之中。

船上還有另外兩個九歲的男孩。一個叫詹肯，父親是紐西蘭皇家科學院的院長；另一個叫艾弗森，父親是聖保羅大都會教堂的牧師。雖然他們分別只是三年級和二年級的學生，但也稱得上是校園

3 donner la clef des champs，意指放任自由，為所欲為。

內最傑出的人了。

接著是八歲半的多樂和八歲的克斯達，兩個人都是英紐軍隊的軍官之子。他們住在離奧克蘭六英里遠一個叫奧內宏加[4]的小城，就在瑪奴考港（Port de Manukau）沿岸。多樂很固執，而克斯達很貪吃，除此之外，關於這兩個小孩沒什麼好說的。雖然在一年級的學生間表現並不特別傑出，但能讀會寫的兩人自視甚高，畢竟除了這種事外，他們這年紀也沒其他的事好吹牛的了。

看得出來這些孩子都出身不凡，應該都已定居紐西蘭好一段時間了。

除了前面提到的孩子外，船上還有三個人，一個美國人和兩個法國人。

唯一的美國人柯爾登無論體型或談吐都帶著粗俗的「洋基味」，儘管有點笨拙遲鈍，但總是五年級學生中最穩重的一個。雖然在學業上沒有同年級的德尼凡那麼出色，卻是個有正義感的男孩，也經常表現得非常務實。個性嚴肅、善於觀察、生性冷靜、一絲不苟，腦海裡的思緒正如他書桌上的物品一樣，都是細心分類後條理分明地收在貼了標籤的資料夾內。總而言之，同學們對他是理解並尊重的，同時也因為他不是英國人，待他甚為友好。來自波士頓的他無父無母，除了監護人外，也沒有其他親戚。他的監護人是領事館人員，賺了一筆錢後便在紐西蘭定居下來，多年前才搬到聖約翰山村莊附近小丘陵上的某個美麗的別墅。

另外兩個法國男孩分別是柏利安和杰可。他們的父親是一位傑出的工程師，兩年半前來到這裡，處理北島沼澤乾涸的問題。哥哥柏利安十三歲，頭腦聰明，但不是個特別認真的人，經常是倒數幾名。儘管如此，偶爾心血來潮時，憑著過人的領悟力與記憶力，還是能名列前茅，惹得德尼凡眼紅。一直以來，柏利安和德尼凡兩人在查理曼寄宿學校裡都無法和平相處，彼此意見不合導致的後果我們都在獵犬號上見過了。柏利安是個勇敢果斷、四肢發達、思緒敏捷而且熱心助人的好人。總是不修邊幅的他，跟狂妄自大的德尼凡簡直天差地遠，總之，前者是個標準的法國人，跟其他英國血統的同學完全不同。除此之外，柏利安還經常保護那些被高年級霸凌的弱者，當然也就不願意遵從低年級受高年級指使的規則。這種個性為他招來不少抵抗、角力與搏鬥的機會，但因為身材健壯、性情果敢，獲得最後勝利的人也經常是他。人們對他頗有好感，當他接手指揮獵犬號時，船上除了少數例外，幾乎所有的人都毫無遲疑地順從了他的號令，更不用提之前從歐洲來到紐西蘭時他曾學習的航海知識了。

至於他的弟弟杰可，可以說是整個三年級，甚至是整個校園內最調皮的孩子了。他和瑟維斯經常想出新的惡作劇來捉弄同學，當然也因此受到許多嚴厲的處分。但在之後的故事裡可以看到，自從上了船後，他的性情大變，但沒有人知道原因。

好了，被狂風巨浪推到太平洋某個小島上的就是這些人。

這趟為期幾週的紐西蘭沿岸航程原本應由船主，也就是卡爾內的父親、澳大利亞海域上最剽悍的遊艇員來駕駛。獵犬號出海無數次，足跡遍布新喀里多尼亞（Nouvelle-Calédonie）和新荷蘭（Nouvelle-Hollande）沿海，從托雷斯海峽（détroit de Torrès）到塔斯馬尼亞（Tasmanie）南端，再到連巨輪也聞風喪膽的馬魯古（Moluques）、菲律賓（Philippines）和蘇拉威（Célèbes）西海。但這艘船造得堅固，良好的構造使它即使面對惡劣的天氣也能穩定航行。

4 法文版中，小城名為 Ouchunga，但這個地名實際上不存在，英文版以確實離奧克蘭不遠的 Onehunga 取代。

德尼凡

柏利安與杰可

柯爾登

巴克斯特

上排左起：維各斯、克羅斯、巴克斯特及韋博，第二排左起：卡爾內、瑟維斯，第三排左起：詹肯、艾弗森，
下排左起：克斯達、莫可、多樂

船員包括一名大副、六名海員、一名廚師和一名實習水手，也就是莫可，十二歲的黑人男孩，他們一家服侍紐西蘭某個富貴人家已久。除此之外，也不能忽略了名為「小帆」的獵犬。這隻美國品種的狗為柯爾登所有，整日與主人寸步不離。

啟航的時間是二月十五日。當天，獵犬號就面朝大海停在貿易碼頭內。

十四日晚間，男孩們登船時，只有大副和實習水手們迎接他們到來，其他的船員全都去岸上享用出海前的最後一杯威士忌了，卡爾內船長也要在啟航時才會抵達。大副在安頓好所有人並確認大家都上了床後，也跑到港口邊的小酒館裡和其他船員會合，一直到深夜都沒有回到船上，這個舉動現在看來是個不可原諒的疏忽。當時的船上只剩一個實習水手，夜深時他已筋疲力盡，準備癱倒在床了。

到底發生了什麼事呢？我們很有可能永遠也不會知道答案了。可以確定的是，不知是出於疏忽或被惡意搗蛋，繫好的纜繩竟然鬆開了……而船上的人卻毫無知覺。

黑夜籠罩著豪拉基灣，來自陸地的強風和退潮的海流將獵犬號帶離了岸邊，往公海的海域一路漂去。

實習水手醒來時，感覺到潮水的波動與岸邊的浪不同，趕緊走上甲板一看……船已經在茫茫大海中隨波逐流了。

他的尖叫聲驚動了柯爾登、柏利安、德尼凡和另外幾個男孩，他們從床鋪上跳了下來並衝出船艙。只是不管他們如何呼喊求救都沒有用了，城裡和港口的燈火已消失在他們的視線之外，船已經離岸三英里遠，處在海灣的正中央了。

柏利安在第一時間提出了建議，莫可也贊成了，男孩們於是著手揚帆，好讓海風帶著他們回到港口。然而，船帆的重量超出孩子們可以控制的範圍，偏差了的帆再加上西風，反而拉開了船與港口的距離。獵犬號就這樣漂過了科爾維爾角（Cap Colville），穿過了分隔大巴里爾島（l'Île de la Grande-Barrière）的海峽，離紐西蘭好幾英里遠了。

大家都知道這件事的嚴重性，如今柏利安和他的同伴們再也不能期待任何陸地上的救援了。就算有船隻前來搜救，也得等上好幾個小時才能追上來，更不用提對方如何在這一片無邊的暗夜裡找到他們了。即使天亮了，他們也不過是廣闊的海面上一葉小舟，搜救的船怎麼看得見呢？至於自救，這些孩子真有能力自救嗎？風向要是維持不變，他們也只能斷了回航的心了。

現在唯一的出路是祈禱遇上開往紐西蘭任何一個港口的船。這也正是莫可急著在桅杆頂端掛上信號燈的原因。接著，就只等待白晝的到來了。

還有船艙裡的孩子，剛才的那一陣騷動似乎沒有影響他們的睡眠，既然如此，最好就別吵醒他們了。孩子們的恐懼只會擾亂船上的秩序而已。

他們多次試圖讓帆船調頭，但船總是馬上又轉回來，堅決朝東邊漂去。

這時，二、三里外的海面上出現了一線光，是一盞掛在船桅上的白燈，說明了那是艘正在航行的輪船。不到一會兒，船舷上標誌船隻位置的紅綠燈也出現在他們的視線之內了。因為兩種顏色的燈同時可見，可以判斷輪船正朝著他們的方向開來。

男孩們扯開嗓子大吼，但浪花的拍打聲、輪船煙囪裡衝出的汽笛聲和海面上狂風呼嘯的聲音加在一起，淹沒了他們的呼喊。

一覺醒來，船居然在海上漂流，而不是安全的待在港口內！

輪船上的人聽不見男孩們的吼叫，那值班的水手會不會看見掛在桅杆上的信號燈呢？這盞燈寄託了他們最後的希望。

不幸的是，船身這時劇烈晃動，掛著信號燈的繩索應聲而斷，燈也跟著墜落海底，獵犬號再也沒有任何顯示位置的方法了，而輪船正以十二里的時速朝他們駛了過來。

幾秒之間，輪船與獵犬號擦撞了，要是再近一些，他們大概就會被撞沉。幸虧最後只碰到了一點船尾板，沒有傷及船身。

由於只是輕微擦撞，輪船一點也沒察覺就逕自往前開去，留下獵犬號面對即將到來的暴風雨。事實上，大船的船長經常忽視自己擦撞到的船隻，這種罪行不足為奇。但這一次，輪船上的人可能是真的沒感覺到這艘輕盈的小艇，也很難注意到陰影之下的船。

這些男孩隨風漂泊，他們很清楚自己已經迷失在這片大海裡了。當天光亮起時，放眼望去只有一片蒼茫。這一帶人跡稀少，來往於澳大利亞和美國間的船隻航線都比他們的所在地偏南或偏北一些，視線內不見任何船影。更深的夜又再次降臨，狂風雖然偶有停歇，但卻總是從西邊吹來。

接下來的航程會發生什麼事，柏利安和他的同伴們一無所知。為了回到紐西蘭附近海域所做的嘗試難道都只是徒勞嗎？如同剛才缺乏揚帆的力氣，他們也缺少改變船隻航向的知識。

在這種情況下，柏利安展現了超齡的能力，指揮若定，就連德尼凡也不得不聽從於他。雖然在莫可的幫助下，他仍舊無法把船帶回西邊的海域，但至少憑著有限的航海知識，船還能維持正常航行。他日以繼夜毫不懈怠地警戒著，銳利的視線來回掃視著地平線，尋找任何獲救的可能。除此之外，他還在瓶子裡頭裝了寫著獵犬號遭遇的小紙條，並把他們丟到海上。獲救的希望渺茫，但他並不想就此放棄。

然而，西風持續將船吹向太平洋，他既無力阻擋這股前進的力量，也無法減緩速度。

接下來的事我們已經知道了。獵犬號在幾天後完全偏離了航線，離開了豪拉基灣後，一場暴風雨找上了他們，整整兩個星期間，風雨交加、巨浪翻騰，獵犬號好幾百次都幾乎被大浪給切個對半，幸虧它的船體堅固且構造良好才能倖免於難。最後，他們來到了太平洋中某個不知名的小島。

現在，在被吹離紐西蘭一千八百里格[5]後，這些落難男孩的命運將何去何從？既然無法自救，那他們的希望又能從何處來？

無論如何，這些孩子的父母早就相信他們和獵犬號一起沉沒在海底了。

奧克蘭當地在二月十四日晚間就發布了獵犬號失蹤的消息。包括卡爾內船長和其他孩子的家屬都收到了通知。至於這則消息造成多大的轟動就無需贅述了。

然而，無論纜繩是被拆開或割斷，也許船並沒有漂出海灣之外？就算西風漸強，強到令人惶恐不安，也許尚有一線機會找回那艘船？

船長也沒有浪費一分一秒，立即著手搜救帆船。他派出了兩艘小型汽船，一直搜尋到豪拉基灣外幾里的海域。汽船在海況漸差的大海中尋覓了一整夜卻仍舊一無所獲。天亮後，他們回到了港口，幾個家庭的希望也被他們帶回的消息就此擊碎。

5 里格，lieue，英文為 league，為歐洲古代計算長度的方式。陸地上的一里格約是一個人一小時可以行走的長度，海面上則是一個一百七十五公分的人站立時的視線範圍，因此有好幾種不同的長度，大致可以等於四公里。

沒錯，搜救的船雖然沒有找到獵犬號，但卻帶回了船隻的殘骸。那是在與來自祕魯的輪船「基多號」擦撞時掉下的船尾舷。當時那艘輪船可是完全不知道帆船的存在。

尾舷的名牌上還可以看出三、四個獵犬號名稱的字母。因此，人們才認為這艘船是真的被大浪給擊碎，並且沉沒在紐西蘭海域外約十二里處左右的深海裡了。

四、探險隊

正如柏利安之前在桅杆頂端所見，海灘上盡是一片荒涼。帆船已經在沙灘上擱淺一個小時左右了，仍然不見人影。懸崖下的樹林裡和灌滿了潮水的小河邊都沒有房子，也沒有樹棚或茅屋。沙灘上沒有腳印，有的只是成串的海藻。河口上不見漁船，南北兩道海岬所形成的環形海灣間也無炊煙輕飄。

柏利安和柯爾登的第一個念頭是穿過樹林，並爬上後頭高聳的崖壁。

「至少上岸了！只是這座似乎無人居住的小島究竟是什麼地方呢……」柯爾登說。

「重要的是可以待下來就好，我們的糧食和彈藥還夠用！……現在只缺一個能遮風避雨的地方，得替這幾個孩子著想，他們是首要考量！」柏利安回話。

「沒錯！說的對！」柯爾登附和。

「至於我們到底在哪裡，等處理完比較急的事再來煩惱吧。」柏利安又說，「要是我們登上了大陸，也許還有機會獲救！要是小島……要是個無人的小島……那就再說吧！柯爾登，走吧，我們去探險！」

兩人一下就來到了樹林的邊緣，林線在距離河口三、四百步之處斜切過峭壁邊緣和小河的右岸。

這裡……到底有沒有人居住呢？

林中沒有任何人類的足跡，沒有林道，也沒有小徑。歷經滄桑的老樹幹橫倒在地，枯葉幾乎堆到了柏利安和柯爾登的膝蓋。但兩人的腳步卻驚動了林間的鳥，彷彿早已學會提防人類似的。要是這個小島上沒有居民，那也許是附近的人曾經造訪此地。

兩個男孩花了十分鐘就穿越了樹林，眼前是一片高約一百八十尺的岩壁，看得出另一端林木更茂密。另一面有沒有得以容身的洞穴呢？他們滿心期待著。如果能有個洞穴，前方的樹林能阻擋海風，海水淹不過來，暴風雨侵襲時也能安身，那該有多好。至少可以暫時充當孩子們的棲身之地，等待仔細了解沿岸的狀況後再深入內陸地區。

不幸的是，石壁的另一頭也陡峭得跟軍事堡壘的外牆一樣，沒有任何岩洞，甚至沒有一處裂縫得以向上攀爬。看來唯有繞過整片峭壁，才能進到內陸了，這一點柏利安在獵犬號上也早就發現了。

接著，兩人又花了半小時的時間，下到南面的懸崖邊，直到那條從東蜿蜒而來的小河右岸。河的這一邊綠樹成蔭，但左岸卻是另一番模樣，寸草不生、平坦單調，看上去就像一片延伸到陸地盡頭的沼澤。

柏利安和柯爾登失望極了，最後還是沒辦法登上峭壁，更不用說從那裡眺望幾里內的狀況了。兩人垂頭喪氣地回到獵犬號旁，卻看見德尼凡和幾個孩子在岩石間嬉戲，詹肯、艾弗森、多樂和克斯達也撿著貝殼玩耍。

兩人向幾個較大的孩子報告了剛才觀察到的情況，他們認為在沒能深入探查前，最好還是不要遠離帆船。雖然在撞上了岩石後，帆船的底部破了個洞，船身也向左傾斜，但擱淺在岸上的船身正好可以作為臨時的居所。雖然操控室上方的甲板已被掀開，但客廳和後頭的艙房都還能為他們遮風。還有孩子們最關心的廚房，在剛才的衝擊之下竟然沒有受到任何損壞，他們因此感到萬分欣喜。

男孩們何其幸運，不必親自將必需品搬到岸上。就算當時他們真的成功搶救了這些東西，也是要遭遇重重困難、花費九牛二虎之力才能完成的吧？獵犬號要是卡在暗礁群中，他們要怎麼保存船上的器材呢？海水應該也會在短時間內就把帆船給沖壞了，他們又怎麼從零散漂到海岸上的食物、武器、彈藥、衣服、床鋪、廚具中搶救出重建一個小世界的必備品呢？幸好海潮的湍流將獵犬號推出了礁岩，雖然現在看來是不可能再航行了，但至少可以住人。可以想見，在長期的日曬雨淋之下，船身終究是會解體；船骨將會歪斜；甲板將會掀起；到時就再也不能為孩子們遮風擋雨了。但在這之前，這些落難的孩子們也許會找到幾座小城，或是幾個村莊；就算那場暴風雨真的將他們吹上了無人島，至少也有點時間在沿岸的石壁間找到一個容身的洞穴。

暫住獵犬號應是現下最好的選擇。他們將繩梯掛到右舷上，以便大家爬到位於甲板上的艙蓋。略懂炊事的莫可在瑟維斯的協助下燒了頓飯。所有人的胃口都好，詹肯、艾弗森、多樂和克斯達心情也很不錯。只有杰可，這個昔日寄宿學校裡眾人的開心果始終獨自躲在角落。自從上船後，他的性情大變，整日沉默寡言，讓人不禁擔心了起來。但就連其他人表達關心時，他也是一言不發。

不過，經過連日來不分日夜的搏鬥後，睡個好覺是大家唯一的願望。在把年紀小的孩子分別安頓在各個艙房裡入睡後，大孩子們也尾隨在後進入了夢鄉，只剩柏利安、柯爾登和德尼凡三人輪班看守。他們難道不怕野獸侵擾，甚至可能更危險的土著攻擊嗎？幸虧這一夜什麼事也沒發生。當日光升起時，他們感謝上帝，並投入這一天的工作。

男孩們在海岸邊嬉戲。

首先，得清點船上的糧食，再來是設備，包括武器、儀器、廚具、衣服和工具等都得清查。這一帶海岸看來是一片荒蕪，船上的存糧也就特別重要。看起來，唯有下海捕魚或到林中狩獵才能補給糧食了，但前提是得有獵物可狩才行。到目前為止，擅長打獵的德尼凡除了停在礁石和沙灘上的海鳥外什麼也沒看到。但獵捕海鳥實為下下策，當前最要緊的還是仔細計算船上的糧食還能撐多久。

然而，經過一番清點後，除了口糧餅乾有足夠的存量外，包括罐頭、火腿、碎肉餅乾（以高級麵粉、碎豬肉和香料製成）、鹹牛肉、醃肉、燉肉罐頭等，就算節省著吃，最多也只能撐兩個月。因此，為了將乾糧留給接下來可能要航行幾百里尋找沿岸港口或進入內陸地區之需，從現在起，他們得想辦法在當地找到食物。

「希望剛才被沖上岸時，水沒有滲進船艙裡浸壞部分糧食。」巴克斯特說出自己的擔憂。

「我們可以把看起來有問題的罐頭打開⋯⋯」柯爾登回答，「也許煮過後還是可以吃？」

「我來負責。」莫可說。

「快去吧，接下來這幾天內我們肯定是要靠這些糧食過活的。」柏利安說。

「去北邊的岩壁附近找找有沒有鳥蛋可以撿怎麼樣？」維各斯提議。

「對啊！對啊！」多樂和克斯達大聲附議。

「捕魚也可以吧？船上不是有魚網？海裡一定有魚的。誰要去？」韋博也提議了。

「我！我！」年紀小的孩子們同聲大叫。

「好！好！但是絕不能貪玩，我只把網交給認真釣魚的人！」柏利安說。

莫可在瑟維斯的協助下做了飯。

「柏利安，別那麼嚴肅，我們會正經辦事的……」艾弗森回話。
「好，但我們要先把船裡的東西清點完，不能只想到吃的……」柯爾登也說。
「中午可以先撿些貝類來吃！」瑟維斯看著海岸提議。
「好吧！孩子們，兩、三個人一組，趕快動工了！莫可，你跟他們一起去。」柯爾登指揮著。
「好的。」
「盯緊他們。」柏利安又加了一句。
「會的，別擔心！」
這個可靠的實習水手是個熱心、能幹、勇敢的男孩，對這些落難的孩子們而言無疑是個好幫手。他對柏利安特別忠誠，而另一方面，柏利安也從不隱藏對他的好感（這種好感在其他白人同學間可能是不太光彩的）。
「走吧！」詹肯大喊。
「杰可，你不跟他們一起去嗎？」柏利安問了弟弟。
杰可搖了搖頭。
詹肯、多樂、克斯達和艾弗森就在莫可的帶領下走向退潮後露出的礁石區。他們也許能在縫隙間找到些貝類、淡菜、牡蠣，甚至是生蠔也說不定。無論是生吃或煮熟，中午肯定能飽餐一頓的。幾個孩子蹦蹦跳跳的，開心極了，顯然是把這項工作當成了娛樂。這年紀的孩子就是這樣，馬上就把剛才經歷過的風浪忘得差不多了，也把接下來可能會遇到的困難全拋諸腦後。

少年們就地尋找食材，採集貝類、淡菜……等。

幾個小孩離去後，剩下的大孩子便動手清點船上的物品。德尼凡、克羅斯、維各斯和韋博清查武器、彈藥、衣服、床鋪、器材和工具，另一頭的柏利安、卡爾內、巴克斯特和瑟維斯則檢查艙底那些分別裝在十到四十加侖的桶子裡的飲料、酒、淡啤酒、白蘭地、威士忌和琴酒。行事條理分明的柯爾登負責將其他人報上的物品記錄下來，小冊子裡頭因此寫滿了剩下的設備和用具，只要再與原本就有的清單對照即可。

他們先是找到了一套完整的備用帆和各式船具，包括單股細繩、三股粗繩和大索等都有。船要是還能航行，設備是一個也不缺，但要是不出海了，這些高品質的帆布、嶄新的繩索也就只能用來布置空間了。除此之外，手持魚網、底拖網、曳繩等捕魚用具也都一應俱全，要是這片海域上的魚貨充足，這些漁具就是珍貴的物品了。

至於武器和彈藥的部分，柯爾登的小冊子上寫了：八支中央式底火獵槍、一支遠程平底船槍、大約一打的手槍、三百個彈匣、兩桶二十五斤左右的火藥和為數不少的砲彈、鋼珠和子彈。這些本來是要用在暫停紐西蘭某些港口時打獵的裝備，現在卻得用在攸關生死存活的事情上了（祈求上天不要有用來防衛的一天）。另外，儲藏室裡也有上百個夜間航行必備的信號彈、三十多個供兩座小型砲台使用的砲筒，但孩子們衷心希望不會用在驅離進犯他們的土著上。

再來是盥洗用品和廚具了，目前看來，就算要在海上待上一段時間應該是沒問題的。雖然有許多碗盤在帆船撞上礁岩時撞碎了，但反正不是必需品，剩下的那些也就夠用了。比起來，法蘭絨材質的衣服、棉質或其他布料的被子在面對天氣變化時可是重要得多了。要是他們還處在跟紐西蘭一樣緯度的地區（打從奧克蘭出發至今，他們一直是被西風推著走的，同緯度的可能性很高），就得面對高溫的夏季和寒冷的冬季了。幸虧本來就因為在海上需要多加衣物，船上預備好的量可以撐上好幾個星期。再加上船員們的個人物品，裡頭包含了各種尺寸的長褲、羊毛保暖外套、雨衣和厚毛衣，孩子們都可以穿，這麼一來也不必擔心氣候嚴峻的冬季了。當然，要是他們得棄船前往另一個更安全的住所，每個人都得帶上床墊、床單、枕頭、被子等寢具才行，只要使用得當，這些東西都可以用上很長一段時間……

很長一段時間……指的可能是永遠！

柯爾登的冊子上還記錄了所有的器材：二個無液氣壓計、一個攝氏溫度計、航海手表、幾個在大霧裡航行時警告遠方船隻的號角、三個可調焦距的望遠鏡、一個固定式的羅盤和兩個小型指南針、一個預告風暴的天氣瓶，再加上好幾面英國國旗和一整套用來與其他船隻溝通的信號旗。最後還有一艘所謂的充氣艇，是一種橡皮材質、收攏起來跟一個行李一樣大的小艇，通常用來渡河或穿越湖泊。

工具箱裡的工具一應俱全，好幾袋釘子、大大小小的螺絲和各種固定扣，足以應付船上各種修繕工程。紐扣針線也一樣不缺，都是孩子的媽媽們擔心衣物破損預先備好的。生火的問題也不需煩惱，火柴、生火條和打火機全都可以撐上好一段日子。

船上有一張地圖，但上頭標出的全是紐西蘭附近的群島，對於身在無名島嶼的孩子們一點用也沒有。幸虧柯爾登找到一本囊括了古大陸與新大陸地圖的地圖集，而且還是現代地理學最可靠的史蒂勒（Stieler）版本。船上的圖書室裡也藏有許多英文和法文的書籍，其中最豐富的是旅遊文選和科學用書，當然還有《魯賓遜漂流記》和《海角一樂園》，這兩本書是瑟維斯用生命搶救下來的，就像當年賈梅士（Camoes）搶救他的《盧濟塔尼亞人之歌》（Lusiades）手稿一樣。除了他以外，在船撞上礁石並擱淺在岸上時，卡爾內也用盡了一切力氣保護他那寶貝手風琴。孩子們既不必煩惱閱讀，也不必煩惱書寫，羽毛筆、鉛筆、墨水、紙，甚至有一本一八六〇年的月曆，巴克斯特每天都在上頭做記號，將過去的日子一一塗掉。

「三月一日，」他說，「可憐的獵犬號漂出外海的日子是三月一日，所以要塗掉這一天，和之前所有的日子。」

在這些用品外，船上的保險箱裡也鎖了價值約五百英鎊的金子，要是孩子們能找到某個港口將他們轉賣成現金，也許會有所幫助。

柯爾登仔細地清查了艙底剩下的酒桶。船撞上礁石時，好些裝了琴酒、淡啤酒和葡萄酒的桶子都被撞了開來，裡頭的內容物也因此從艙底的縫細處流走了。覆酒難收，孩子們得設法以剩下的酒過日子了。

總之，艙底還剩一百加侖紅酒和雪莉酒、五十加侖的琴酒、白蘭地和威士忌、四十桶容量約二十五加侖的淡啤酒，以及三十多瓶利口酒，玻璃瓶因為包在乾草裡，撞擊時才沒有碎裂。

按此看來，船上的物資應該夠這十五個倖存的少年撐上一段時間，但總是得尋找陸上的資源，才能節省原有的物資。畢竟，要是那場暴風雨真的將他們捲上了一座孤島，除非有其他船經過這片海域，並且發現了他們的存在，否則他們離開此處的希望就真是微乎其微了。想把船底的支架修好，或者補好圍欄都不是容易的事，再說，他們身邊也沒有修船的工具。至於拆了舊船再另建一艘的想法，也只能想想罷了，按孩子們初階的航海知識，怎麼可能橫渡眼前這片太平洋，回到紐西蘭的懷抱？他們唯一的出路就是在附近海域裡搜尋其他島嶼或大陸了，但船上的兩艘救生艇都被剛才的大浪給捲走了，剩下的只有那艘只能在沿岸漂流的輕艇。

接近正午時，孩子們在莫可的帶領下回來了。他們總算也盡了一份心力，帶回了為數不少的貝類，接著將由莫可處理後烹煮。還有剛才提到的鳥蛋，莫可也發現不少岩鴿在懸崖邊上的縫隙裡築巢，看來都是人類會飼養的種類，應該可以輕易獲得許多蛋。

「太好了！」柏利安說，「改天我們再找機會去撿蛋，一定會滿載而歸的。」

「只要射個三、四槍，應該能嚇走不少鴿子，到時候再攀著繩子爬上去，挖些蛋應該不難。」莫可回應。

「就這麼決定，德尼凡，你明天有沒有興趣去打獵？」柯爾登說。

「當然好！」德尼凡回答，「韋博、克羅斯和維各斯要不要一起去？」

「一定要去啊。」一想到可以對著成千上萬的鳥類開槍，三個男孩都雀躍不已。

「可是，」柏利安又說，「我建議你們少射一點鴿子。改天要是真的需要再打也不遲，現在還是別浪費火藥和子彈比較好……」

「好啦好啦……」德尼凡一向是聽不進別人建議的，更何況還是從柏利安嘴裡說出來的，「又不是第一次打獵，才不需要建議。」

一小時後，莫可宣布吃飯，所有的人都迫不及待跑上了獵犬號，並在餐廳的桌子旁坐了下來。由於船身傾斜，桌子也不是正擺著，但對於習慣了海上顛簸的孩子來說根本算不了什麼。雖然船上的調味並不齊全，但打撈上來的貝類，特別是淡菜仍然獲得一致的好評。反正，對這個年紀孩子而言，胃口就是最好的調味料了，不是嗎？幾塊餅乾、一大片鹹牛肉、退潮時在河口汲取的淡水，這樣就是美味的一餐了。

整整一個下午的時間，大家都在整理船艙裡的東西，詹肯和其他較小的孩子也到河裡捕魚。吃過晚飯後，除了巴克斯特和維各斯輪班守夜外，每個人都回到艙房裡睡了。

他們在太平洋上某片陸地的第一個夜晚就這麼過了。

總之，對劫後餘生的人而言，他們擁有的物資還算豐足！一般正常的、有點能力的男人面對這種情況是不會有問題的。但這一群人裡，年紀最大的也不過十四歲，真的能在這種條件中長期生活嗎？他們擁有的資源足以維生嗎？沒有人能肯定！

五、小島還是大陸

小島還是大陸？這個問題持續困擾著柏利安、柯爾登和德尼凡三人。因為個性和智力使然，這三人在他們的小王國裡扮演著統領的角色。當其他孩子只看到眼前的日子時，他們卻經常想著未來。無論是小島或大陸，可以確定的是不在熱帶地區。只要稍微觀察這裡的物種就會知道了，橡木、山毛櫸、樺樹、赤楊、松樹、柏樹，還有各種桃金孃科和虎耳草屬的灌木與喬木都是生長在太平洋中緯地帶的植物，按此看來，這地方甚至很有可能比紐西蘭更靠近南極。而這意味著他們將面對嚴酷的冬季，岩壁下樹林裡覆蓋的那層枯葉就是最好的證明。那樹林裡只有松柏常青。

「所以我才覺得不應該在這裡紮營。」在他們將獵犬號變成固定住所後的隔天早晨，柯爾登觀察了環境後說。

「我同意，」德尼凡說，「再等下去就要變冷了，而我們可能要走上好幾百里才找得到適合紮營的地點。」

「冷靜點！」柏利安說，「現在也不過三月中而已！」

「是啊，這種好天氣會持續到四月，這之間的六個星期夠我們走好遠的路了。」德尼凡又說。

「要是真有路可走的話。」柏利安說。

「為什麼會無路可走？」

「會有的。」柯爾登說，「只是不知道最後會往哪裡去。」

「我只知道，死守著獵犬號是最傻的方法，無論前方有什麼困難，一定要在冷鋒與雨季來臨之前離開。」德尼凡說。

「最好再觀察一下，」柏利安說，「在什麼都不了解的情況下深入一片一無所知的土地根本是瘋了。」

「這倒容易，意見跟你不同的人就是瘋了。」德尼凡說。

要是柯爾登沒有介入的話，德尼凡這番話大概又會引來同伴的異議，並把討論變成針鋒相對的爭吵了。

「吵架對事情沒有幫助，先聽聽大家的想法吧。德尼凡說的沒錯，要是這附近有適合居住的地方，我們應該馬上就出發前往。但柏利安的疑慮也是很合理的，真的有這種地方嗎？」

「見鬼了，柯爾登！」德尼凡說，「無論要往北往南或往東，一定都會有……」

「是啊，只要我們是在一片大陸上；但如果是一塊荒島就另當別論了。」柏利安說。

「所以才要先弄清楚，在不知道東邊是不是海以前，不能棄船而去。」柯爾登說。

「哎！我看是它會棄我們而去吧！」德尼凡始終堅持自己的想法，大聲地說，「要是在這沙灘上，它是不可能撐過寒冷的季節和暴風雨的！」

「我同意，但是在往內陸探險前，還得先知道要往哪個方向去。」柯爾登說。

柯爾登這番話讓德尼凡沒有反駁的餘地。

「我可以去探路。」柏利安說。

「我也可以。」德尼凡也說。

「我們一起，」柯爾登說，「但為了避免路途遙遠，孩子們會過於疲憊，我覺得還是兩、三個人去就好。」

「可惜沒有任何制高點可以眺望整片陸地，而且我們在一片低地上，從海面上看過來，視線可及之處只有一處高地，除了這片懸崖外，沒有其他高地了。在那之後應該也只有森林、平原、沼澤和流淌於其間的那條小河。我們之前也去河口探查過了。」

「在翻過這片我和柏利安沒找到洞穴的崖壁前，先找個地方看看長什麼樣子還是比較好吧！」柯爾登說。

「好，那何不往北邊的海灣看看呢？也許爬到海岬上就可以看到遠處的景象了……」柏利安說。

「我也是這麼想的，」柯爾登說，「海岬應該有二百五十到三百英尺，比那片懸崖高。」

「我去。」柏利安說。

「去那裡幹嘛，可以看到什麼？」德尼凡回話。

「就是要看有什麼啊！」柏利安說。

海灣的盡頭是成堆的岩石，看上去就像聳立在海邊的小山，靠海的一端是陡峭的懸崖，另一端則與陸地上的崖壁相連。沿著沙灘線走到此處的距離不會超過七、八英里，直行的話，最多五英里就會到了。柯爾登對於高度的估計也不會差太多。

這個高度足以眺望整片陸地嗎？東方會不會有其他更高的山？無論如何，至少是可以看到海岬後方的狀況，以及海峽是否延伸到北邊。因此，他們決定爬上海岬頂端，也許東方會有一片平原，視野便能延伸好幾英里了。

最後，大家決定執行這項計畫。儘管德尼凡始終不認為這麼做會有所幫助（當然也是因為這個主意是柏利安提出的），但也不能否認也許將有什麼好結果等著他們。

只是，接下來的五天霧氣再次籠罩，甚至下起了細雨，根本找不到任何動身的機會。要是風不來，霧不散，那他們就算爬上了高處也是沒用的。

但他們也不是白白度過了這幾天。柏利安將心思全放在年紀小的孩子們身上，彷彿父愛就在他天性裡，總是盡力在情況允許的範圍內給他們無微不至的照顧。溫度開始降低時，他便要求孩子們穿上厚衣服。衣服是從水手們的行李箱裡拿出來的，為了適合孩子們的身材，使用剪刀的次數比針線多得多了，但身為實習水手的莫可，做起這種事來也算俐落。那麼克斯達、多樂、詹肯和艾弗森穿了這些過大過長的衣褲好看嗎？並不。但也沒差，反正孩子們也不太排斥，而且總有一天會換掉的。

其他的人也沒閒著，經常在卡爾內或巴克斯特的帶領下到潮間帶去撿貝類，或是到小河邊捕魚。他們玩得開心，大家也吃得開心。而且，忙著這些事也能讓他們暫時忘記自己的處境。對父母和朋友的思念難免令人難過，但他們至少未曾有過再也不能相見的念頭！

柯爾登和柏利安在把船上的事處理好前一步也不離開獵犬號。瑟維斯跟在他們身邊，是個得力的小幫手。他崇拜柏利安，從來不跟其他同學一起與德尼凡來往，同樣的，柏利安也很喜歡他。

「還好嘛！看來獵犬號是被好心的浪給推上岸的，所以才沒有受到太大的傷害！這種運氣可是魯賓遜．克魯索跟瑞士魯賓遜[6]沒有的。」瑟維斯樂觀地說。

那杰可呢？他啊，雖然也在船上幫哥哥一些忙，但幾乎不回答任何人問的任何問題，每當有人看著他時，也是馬上就別過頭去。

柏利安對此極為不安。身為大四歲的哥哥，他對弟弟的影響力不小。但自從獵犬號漂出了港口後，大家都看得出來他似乎陷入了深深的自責。難道是他做了什麼不可告人的事，連面對親哥哥也不敢坦白嗎？唯一可以確定的是，他不只一次紅著眼眶，幾乎要哭出來了。

柏利安甚至擔心起他的身體，要是他生病了怎麼辦？他覺得自己有義務問出弟弟的心事，但弟弟總是回答：

「沒有……沒有！我沒事……沒事啦！」

除此之外，他什麼話也不說。

三月十一日到十五日間，德尼凡、維各斯、韋博和克羅斯都在獵捕築巢於岩壁裂縫間的野鳥。幾個人總是形影不離，看得出他們企圖自成小團體。柯爾登看在眼裡不免擔心了起來，某次抓到機會便上前試圖讓他們理解團結的重要。可是德尼凡總是冷淡回應，讓他覺得也沒有必要堅持下去。然而，他並沒有因此放棄所有解決這個也許會導致嚴重後果的問題，他知道現在費盡唇舌沒有用，他們總有一天會明白的。

6 前者是《魯賓遜漂流記》的主角，後者是《海角一樂園》裡漂流到荒島上的瑞士家庭，書名原文直譯是《瑞士的魯賓遜一家》（Der Schweizerische Robinson）。

韋博、克羅斯與維各斯都是「德尼凡黨」的成員。

起霧的這些日子裡，他們沒有辦法到海灣的盡頭探路，但獵捕的工作卻很順利。熱愛運動的德尼凡善於射擊，也為此感到自豪，有時甚至是過了頭，對於陷阱和維各斯偏好的圈套等其他的獵捕手段都投以輕蔑的態度。只是，在他們面對的環境中，也許有一天，這些獵捕的方式會比德尼凡的有用。另外還有韋博，他槍法不算差，但跟德尼凡比起來還是略顯遜色。克羅斯不善射擊，所以只能一味為表哥的能幹鼓掌叫好。還有那隻叫小帆的狗表現也十分出色，每當獵物掉到礁石群外時，總是毫不猶豫地就跳進浪裡尋找。

這些男孩帶回了為數不少的獵物，但有一大部分是莫可沒興趣的，包括鸕鶿、海鷗、鷺鷥等。除此之外，岩鴿、鵝和鴨可就令人垂涎了。從這些鵝受到驚嚇時振翅狂飛的方向，可以判斷牠們就生活在這片土地內陸。

德尼凡也殺了不少以帽貝、雙殼貝類、淡菜等為食，而且看起來也很美味的蠣鷸。總而言之，他們的選擇很多樣，只是需要很多時間料理，才能去除油膩感。身為廚師的莫可雖然也想準備美味的餐點滿足大家的胃口，但總是心有餘而力不足。但也沒有其他解決辦法了，就像柯爾登經常提醒大家的，除了存量很多的餅乾外，得盡量節省帆船的儲糧才行。

大家都期待著爬上海岬，解開大陸或小島之謎！他們的未來建築在這個答案之上，土地的模樣將會決定他們是否能在此地長居久待。

三月十五日，天氣終於轉好，他們可以執行計畫了。前一天夜裡，雲散霧開，幾個小時內，來自陸地的風吹開了視野。燦爛的陽光照上了崖壁之巔，預計下午時東方的陸地就會完全顯露出來，他們也就能遠眺那一端的地平線了。要是一眼望去是一帶水，那他們就是在島嶼上，唯一獲救的希望就是經過這片海域的船隻了。

到北邊海灣的盡頭探路是柏利安提出的點子，因此他打算一個人進行此事。雖然很希望柯爾登能一起，但一想到孩子們沒有他在身邊看管，又覺得放心不下了。

十五日晚間，柏利安在確認氣壓計的刻度穩定後，便知會柯爾登自己會在天一亮時就出發。來回一英里左右的路程對一個健壯且不知疲憊的少年來說並不難，天黑前一定能回來，柯爾登大可放心。

天剛亮時，柏利安就悄悄出發了。雖然上一次的探勘並沒有發現任何野獸的足跡，但他還是帶了一根木杖和手槍防身。除了武器外，還有一些可能會需要的小工具，包括從獵犬號上拿來的望遠鏡，那是一副倍率高、影像清晰的望遠鏡。皮帶上掛的布包裡也裝了一些餅乾、一塊醃肉、一瓶摻了水的白蘭地，至少可以應付午餐、甚至是來不及返回帆船的晚餐。

柏利安沿著礁石的內側大步走在潮間帶上，上一次退潮後，這片沙灘還是溼的。一小時後，他越過了德尼凡和他那幾個伙伴獵捕鴿子的邊界。但鳥兒們現在一點也不需要害怕，他可得趁著天空晴朗、萬里無雲時趕到海岬邊上，要是下午又起霧的話，這一趟就白跑了。

最初的一個小時內，柏利安走得很快，幾乎走了一半的路程。要是一路上沒有任何阻礙，他預計八點就能抵達目的地了。只可惜崖壁之下的路逐漸變成了礁岩，柔軟平實的沙灘變成了溼滑的石塊，加上黏滑的海藻、一灘灘必須繞路而行的水窪、鬆散晃動的鵝卵石，走起來就更加艱難了。更糟的是，已經比預計的時間多花了兩個小時。

「得在漲潮前趕到海岬那端才行！」柏利安心想，「這附近的海灘在漲潮時會被淹沒，水會漲到崖壁之下。到時候，要不是退回剛才的沙灘，就得在某個礁石上等待退潮，這樣一來一定會耽擱到路程！無論如何，一定要在漲潮前抵達！」

於是，這個勇敢的男孩拖著因疲憊而僵硬的四肢，只想著以最快的方式穿越這片海灘。好幾次他都得脫下鞋襪涉過高及小腿的水坑。幸虧他身手敏捷，才能安全度過礁石群。

越過海潮帶後，他發現大量的水鳥都在此聚集，海灘上滿是鴿子、野鴨和蠣鴴，兩、三隻海豹在岩石上玩耍，對身旁發生的事毫無戒心，也無意潛入水中遁逃。要是這些兩棲動物這麼不怕人類，可以推論至少近幾年來一定無人獵殺過牠們。

柏利安仔細思考了海豹活動的地區後得出了結論，他們所處的緯度一定比原本想的還要高，也比紐西蘭群島的位子還要南。看來，獵犬號這些日子是朝太平洋的東南方漂流的。

這個推論很快就得到了證實。當柏利安總算抵達海岬之下時，成群的企鵝就在眼前的南極海域岸上走來走去。上百隻企鵝拍著左翼笨拙地搖頭晃腦。這種鳥類的翅膀只能用於游泳而不能飛翔，而且身上的脂肪含量也很高。

一點了，由此可見最後這段路花了柏利安不少時間。又餓又累的他決定稍作休息後再爬上約三百英尺高的海岬。他在一塊潮水沖不到的岩石上坐了下來。要是再晚一個小時，他大概就得冒著被浪花沖捲的危險穿越這一段崖壁之下的小路了。幸虧現在已經不必擔心這件事了，等到下午退潮後，這條路又會再次露出海面了。

柏利安坐上了岩石，一片醃肉、幾口白蘭地已讓他感到飽足，加上休息過後，他的四肢也得到了舒展。這一小段時間內，他也思考了一些事情。遠離伙伴的他試圖讓自己冷靜地分析他們的處境，並

海豹趴在礁岩上棲息。

決心盡自己最大的力氣維護所有人的安全。德尼凡和其他幾個人的敵意之所以令他擔憂，也是因為不願見到團體分裂。因此，凡是對全體有害的事他都決定抵抗到底。接著，他又想到了弟弟杰可，想到他悶悶不樂的模樣，看得出來應該是做了虧心事不肯承認（也許是上船前就發生了）。想到這裡，他決定回去後要好好地問出個所以然。

他在岩石上躺了一個小時，好讓體力完全恢復。接著，他把東西收進布包裡，往背上一甩，開始向上攀爬。

海岬位於海灣的盡頭，頂端尖狹，形狀十分奇特。由此可知應是火山作用產生的深成岩。這座小山遠看時與崖壁相連，但事實上卻並非如此。與海岬的花崗岩不同，崖壁是石灰質的岩石，跟西歐的英吉利海峽附近地質相似。

柏利安此時才發現海岬與崖壁之間原來有條狹窄的峽谷。海岸一路向北延伸，除此之外，沒有其他景色。幸虧腳下的小山比周圍其他物體都要高出百多尺，站在這上頭，陸地的景象盡收眼底。對他來說，這是最要緊的事。

攀爬這座海岬不算容易。他必須扣著一塊接一塊的岩石向上，有些岩石的距離甚至過遠，柏利安只能吃力地抓住露出來的邊緣。好在他是公認善於攀爬的那種孩子，而且從小就熱衷於攀岩，所以才能擁有這般的膽量與敏捷的身手，免去了那些致命的危險，穩穩地爬到了頂端。

他先是拿出望遠鏡，朝東邊望去。

那是一片延伸到視線盡頭的平原。眼前的峭壁是可見範圍內最高的地景。再過去還有一些凸出的小山丘，但都不值得一提。樹林覆蓋了整片土地，帶著秋色的枝葉之下是幾條流向大海的小河。看來東邊就是不超過十幾英里的平原了。看起來這一端沒有海岸線，但若要判斷是大陸還是小島，還得再往西邊探查才行。

的確，柏利安向北看去，海岸線筆直地向前畫了七、八英里後，又接上了另一道海岬。這一端的海灘看上去就像是無邊的沙漠。

至於南方，在另一道位於海灣盡頭的海岬之後，位於東北往西南方向延伸的海岸線旁的是一大片沼澤，與北方的沙地景象完全不同。

柏利安拿著望遠鏡在制高點上仔細觀察了這片土地。是島嶼還是大陸呢？他也無法確認。然而，要是一片島嶼的話，也是個相當大的島，這是他唯一的結論了。

接著，他又轉向西方，海水在緩緩朝著海平面下降的陽光照射之下閃著金色的光。

突然間，柏利安拿起望遠鏡望向遠方。

「船……」他大叫，「是船！」

耀眼的海面上的確有三個黑點，距離不到十五英里。

柏利安情緒激動！該不會是幻覺吧？真的有三艘船嗎？

他放下了望遠鏡，使勁擦了擦被呼吸蒙上一層薄霧的鏡片後又看了一次。

沒錯，那三個黑點都是船，但除了船身外，沒見到任何桅杆，也沒有任何黑煙證明是航行中的輪船。

柏利安很快就考慮到了船的距離太遠，不可能看到他發出的信號，而他的同伴們也一定看不到這些船，所以他得用最快的速度回到獵犬號旁生起大火，太陽下山以後……

他一邊想著對策，一邊目不轉睛地觀察那三個黑點。這時他才意識到，三個黑點都沒有移動過，整個人頓時洩了氣。

他再次舉起了望遠鏡，朝著黑點的方向凝視……沒多久就明白它們不過是三個位於西岸的小島罷了。他們的帆船在被風浪捲上這片土地前也曾經過這三個小島，只是當時被濃霧遮住了，所以他們才沒有發現。

多麼令人失望的事實啊。

時間是下午兩點，潮水開始退了，崖下的路也開始顯露出來。柏利安心想該是時候回到獵犬號上了，因此便準備下山。

然而，他還是想再多看一眼東邊的情況。這時太陽的角度更斜了一些，也許可以看到剛才忽略了的東西也說不定。

柏利安再次仔細掃視了這一端的景色，而他將會慶幸自己做了這個決定。

遠方樹林的那頭有條藍色的線，由北到南長達數英里，兩端則消失在濃密的樹林之中。

「會是什麼呢？」他心想。

他又定睛注視了一會兒。

「是海！沒錯！是海！」

手上的望遠鏡差點沒滑落。

東邊是一片大海，毫無疑問！獵犬號登陸的不是一片大陸，而是一座小島，是太平洋上的一座孤島，一座無法逃離的島！……

一瞬間，所有可能的險境佔據了這個男孩的思緒。他的心臟幾乎停止了跳動！但他還是隨即冷靜下來，他知道無論未來多麼艱難都不能輕易被打敗！

十五分鐘後，他回到了海岸上，按著早上的路往回走。不到五點，他就回到獵犬號了，他的同伴們也早就耐不住性子期待著他的歸來。

六、南十字星下的祈禱

晚餐過後，柏利安向幾個年紀大的男孩說明勘察的結果：東方的樹林之後，是一條由北至南的水線，他認為那條線無疑是大海。因此，獵犬號擱淺的地方是一座小島，而非大陸。

柯爾登和其他人面對柏利安帶回來的訊息都顯得非常激動。什麼！他們竟然來到了一個無法脫離的小島！這麼一來，他們原訂到東方尋找大陸的希望也落空了，只能等待船隻經過這片海域了！難道這真是他們唯一的希望了嗎？

「柏利安會不會看錯了呢？」德尼凡說。

「沒錯，柏利安，你會不會把雲層誤認為大海了？」克羅斯也提出疑慮。

「不，我很確定沒有看錯，東邊的那道線一定是海平面，盡頭是圓弧狀的。」「大概多遠？」維各斯問。

「距離海岬約十英里。」

「在那之後沒有任何山巒或高地嗎？」韋博也加入了對話。

「除了天空以外，什麼都沒有！」

柏利安表現出的堅定讓任何懷疑聽起來都像是無理取鬧。然而，德尼凡就跟往常和柏利安討論事情一樣堅持己見：

「我再重申一次，我認為柏利安一定是看錯了，除非我親眼看到，否則……」

「我們當然要去看，」柯爾登回答，「才能知道接下來該怎麼做。」

「請記得，要是我們真的在大陸上，想趕在壞天氣來臨前離開這裡的話，那就一刻也不得浪費！」巴克斯特又說。

「如果天氣允許的話，我們明天就出發，可能要走幾天的路。前提是天氣要好，否則要穿越那一大片樹林簡直是瘋了……」柯爾登說。

「就這麼辦，」柏利安接了話，「等我們抵達另一側海岸……」

「說得好像真的是個島！」德尼凡聳了聳肩。

「就是個島！」柏利安感到不耐煩，「絕對沒看錯，我很清楚地看到東方有一片海！跟平常一樣，德尼凡就只是想唱反調而已……」

「喂！你說的話不可能永遠正確！」

「沒錯，我也有犯錯的時候！可是這一次，你看著吧，我絕對沒錯！我會自己去證實，要是德尼凡你也想來的話……」

「當然要去！」

「我們也要一起去！」兩、三個年紀較大的男孩也應聲。

「好……好……，」柯爾登開口了，「大家克制一下，雖然我們還是孩子，但在這種情況下，還是得像個大人一樣行事！我們的處境很危險，任何輕舉妄動都可能導致嚴重的後果。絕對不能讓這種事發生！不能一起穿越樹林，那些孩子是不可能一起行動的，但也不能把他們留在獵犬號上吧？所以，柏利安和德尼凡去就行了，頂多再多兩個人……」

「我去！」維各斯說。

「還有我！」瑟維斯也自願。

「好，」柯爾登接著說，「四個人夠了。要是你們太久沒回來，我們可以再派一些人去找你們，其他人就留在船上。別忘了，這裡是我們的居所，是我們的，我們的『家』，只有確定我們是在大陸上了，才能離開它。」

「這是一座小島！」柏利安堅持，「再說一次，我很確定！」

「我們會弄清楚的！」德尼凡也說。

柯爾登的建議平息了這場小毛頭的爭執。事實上，柏利安很清楚，他這麼做是逼促他們穿越中央樹林，確認他先前看見的那條水線。如果東方真的是一片大海，有沒有可能那一邊其實有更多被海峽分隔的島嶼，而他們根本無法抵達？要是這些島嶼是某個群島的一部分，是不是應該先去觀察後再做決定？畢竟任何決定都與他們能否得救息息相關。可以肯定的是，從他們的所在地往西直到紐西蘭之間沒有任何其他陸地。也就是說，要是他們真想找到有人居住的地方，一定得往太陽升起的方向走。

無論如何，這項任務都得等到天氣好的時候才能執行。如柯爾登所說，不能再無理取鬧，也不能再耍小孩子脾氣了。從他們現在的處境來看，未來充滿了各種危險，要是還像同齡的孩子一樣輕浮、要是他們之間還有分歧，只會讓原本就不怎麼樂觀的情勢更糟。這也是柯爾登極力維持秩序的原因。

然而，儘管德尼凡和柏利安急著動身，天氣的變化卻迫使他們不得不延後行程。隔日清晨起，時不時落下的冰涼雨水和持續下降的氣壓計刻度都預示著一場無法預測的暴風雨即將來襲。這種情況下還出發探險的話就真是過於魯莽了。

不過，不動身的話會不會太可惜呢？不，肯定不會。儘管所有人（雖然比較小的孩子們都還不知道）都急著想知道他們是不是被海洋所包圍，但就算確定是個大陸，難道他們就真能在這嚴竣的季節即將到來的前夕，深入未知的內陸找尋活路嗎？要是路程長達上百英里，他們承受得了嗎？即便是他們之中最健壯的一個，有沒有可能撐到最後？不可能！最明智的做法還是靜待嚴寒盡去，白晝轉長的時候再出發。現在能做的只有安份地在獵犬號上度過這段日子。

這段時間內，柯爾登也試著弄清楚他們擱淺的海域。圖書室那本史蒂勒地圖集裡有一系列太平洋地圖。他嘗試畫出一條從奧克蘭到美洲大陸的航線，但在航線以北除了圖阿莫土群島（Pomotou）[7]外，只有復活節島和塞爾克（Selkirck）那個真正的魯賓遜曾生活過的胡安・費南德斯島（Juan Fernandez Island）。至於南邊，那片無邊的南極海上什麼也沒有。要是往東，會遇上散落在智利海域上的奇洛埃群島（Chiloé Island）和馬德雷德迪奧斯島（Madre de Dios Island），再往下一點，也只有麥哲倫海峽（Strait of Magellan）和火地島（Tierra del Fuego）附近那些被環繞合恩角（Cape Horn）的怒海沖擊的小島而已。

因此，要是獵犬號真的被沖上一個位於彭巴草原邊的荒島，那麼跟智利（Chili）、拉普拉塔（la Plata）或阿根廷（Argentine）這些有人居住的地區之間豈不是都有上百英里的距離？在這片荒涼無邊、存在各種威脅的地區，他們能期待什麼樣的救援呢？

面對這些未知，最好還是謹慎行事，不要隨意穿越陌生的地區，把自己暴露在那些可怕的災難面前比較好。

柯爾登就是這麼想的。柏利安和巴克斯特也同意他的考量。而德尼凡和他的同伴最後也會接受的。

然而，雖然沒有放棄往東探勘那一片柏利安看見的海，但接下來的十五天內他們一點也沒機會執行這項任務。這段時間內的天氣極糟，雨從早到晚下個不停，更不用說狂暴的強風了，他們根本就不可能穿越樹林。因此儘管大家都急著想解開大陸與小島之謎，執行任務時間也只能一再延宕。

暴風雨肆虐期間，柯爾登和他的同伴們一直待在船上，但他們一點也沒閒著。除了要維護所有設備的正常運作外，還得不停修補破損的地方。首先是艙房上方的木板被吹了開來，接著是甲板開始滲水。除此之外，許多地方也開始漏水，木板的間隙也逐漸擴大，有必要趕緊修補。

另一件更迫切的事是得找一個安全的居所。就算他們真的要往東前進，那也得等上五、六個月才能啟程，而獵犬號是撐不了那麼久的。然而，要是想在氣候嚴酷的季節棄船，又能在哪裡找到避風處呢？崖壁西面沒有任何岩洞，只得把希望寄託在他們計畫探勘的山崖背面，既能免於海風侵襲，也有可能在必要的狀況下建造一個足以容納這些人的住所。

在那之前，最要緊的還是堵住所有的洞，滲水的、漏風的都得堵，還得把船艙內層鬆脫的護板給釘回去才行。要不是考慮到往後在野外搭營有可能會需要備用帆搭成帳篷，柯爾登甚至想將這些船帆蓋在船體上遮雨了。

7 Pomotou 為現今圖阿莫土群島（Tuamotu group）的舊名。

修補獵犬號。

同時，他們也將船上的物資分裝包起，由柯爾登按序登記在小冊子上，以便緊急時可以運送到樹下躲避風暴。

只要天氣穩定下來，哪怕只有幾個小時，德尼凡、韋博和維各斯就會去獵捕鴿子，再由莫可以各種方式料理，多多少少也算可以入口。另一邊卡爾內、瑟維斯和克羅斯也會帶著一些孩子去捕魚。杰可偶爾也會在哥哥的堅持下加入他們。這一帶海域魚產豐饒，在前端礁石上纏繞的水草間可以找到許多南極魚類和大型的綠青鱈魚。另外，在長達四百尺的海藻群中也有數量驚人的小魚，用手即可撈起。

聽聽這些小漁夫在把魚網或魚線拉上海面時的驚嘆！

「抓到了！抓到一隻好大的！」詹肯大叫，「哇！真的很肥！」

「看我的……我的還比你的大！」艾弗森一邊呼叫多樂幫忙，一邊炫耀。

「牠們要逃走了！」克斯達也叫了出來。

「拉好了！抓緊！」卡爾內和瑟維斯在孩子間來回幫忙，「趕快把網子拉起來！」

「可是我拉不起來！……拉不起來！」儘管克斯達用盡全身力氣，還是被他捕到的魚拖著走。

大家趕緊靠了過來，齊力將網子拉上沙灘。在這種海水清澈的地方，小魚一被網纏住，兇狠的七腮鰻便會立即靠上吞食，好在他們搶先了一步，才不至於損失慘重。雖然他們因為這樣失去了很多漁獲，但剩下的也夠吃了。所有的漁獲中，最受歡迎的當然是鱈魚，無論是趁著新鮮食用或是醃製後都很美味。

至於河口的魚類，只有一些中型的南乳魚，莫可通常以油炸處理。

「可是我拉不起來！……拉不起來！」儘管克斯達用盡全身力氣，還是被他捕到的魚拖著走。

三月二十七日這天，有一場重要的獵捕行動，而且還帶了點趣味。

當天下午沒有雨，孩子們帶上了漁具準備去河口捕魚。

突然間，他們大叫，聽上去似乎是驚喜但卻伴隨著救命聲。

柯爾登、柏利安、瑟維斯和莫可當時正在船上忙著，聽到尖叫後馬上停下手邊的工作，往他們的方向跑，以最快的速度抵達五、六百步以外的小河。

「快來！快來！」詹肯大叫。

「快來看克斯達和他的坐騎！」艾弗森說。

「柏利安，快點快點，不然牠要逃走了。」詹肯急著重複。

「好了啦！拜託！讓我下去！好可怕……」克斯達一臉絕望，不停喊叫。

「駁！駁！」多樂也坐在他身後騎著移動的海龜。

那隻龐大的動物不是別的，正是一隻海龜，這種海龜經常在灘上睡覺。只是沒想到牠現在竟然在動呢！

孩子們將繩子繞在牠伸出龜殼的脖子上，試圖阻止這隻龐然大物前進，但卻一點也沒用。海龜持續向前爬，速度雖不快，卻是力大無窮，「拖著」一幫孩子們前進。出於好玩，孩子們甚至把克斯達放到龜殼上，多樂則坐到後頭駕龜，順便抓緊前方這位尖叫聲比往海裡逃跑的海龜還大的乘客。

「克斯達！坐好！坐好！」柯爾登說。

「也要注意，別讓你的馬溜走了！」瑟維斯大喊。

柏利安忍不住大笑。其實海龜一點也不危險，只要多樂鬆開手，他大可隨時滑落地面，逃離驚恐的現場。

可是他們還是得抓住這隻海龜，柏利安和其他人也加入拉繩的行列，但一點也無法阻止牠向前。在牠回到安全的大海之前，一定得想個抓住牠的辦法。

手槍？柯爾登和柏利安在離開帆船時身上帶了手槍，但龜殼防彈，所以派不上用場。動用斧頭呢？牠也會把頭和四肢收回殼內，同樣動不了牠。

「只有一個辦法了，」柯爾登說，「把牠翻過來，肚皮朝上。」

「怎麼翻？」瑟維斯說，「這東西至少有三百公斤重，不可能翻……」

「桅杆！桅杆！」柏利安回答了他的問題。

於是，莫可跟著他一起跑回獵犬號上。

海龜這時只離海水三十幾步遠了，柯爾登趕緊抱下緊貼在龜殼上的克斯達和多樂。一群人用盡了全身力氣拉住繩索，卻還是無法停下這隻動物的腳步，牠大概拉得動整個查理曼學校的學生吧。

幸虧柏利安和莫可在牠逃進海裡前回來了。

他們將兩根桅杆插到腹甲之下，利用槓桿原理將牠翻了面，絲毫不費力氣。海龜是不可能自己翻回正面的，牠現在逃不出孩子們的手掌心了。

而且，就在牠要把頭縮進殼裡時，柏利安拿起斧頭一砍，牠幾乎是當場喪命。

「好了，克斯達，你現在還怕這隻大生物嗎？」柏利安對著小男孩問。

「不怕了……不怕，牠都死了。」

海龜載著克斯達與多樂，拚命向大海移動。

「好啊！」瑟維斯叫喊，「可是我打賭你不敢吃牠的肉！」

「可以吃嗎？」

「當然可以！」

「那只要牠的肉好吃，我就吃！」克斯達說這話時，口水都快流出來了。

「非常美味！」莫可以中肯的口吻保證龜肉甜美。

然而，這麼重的獵物不可能一路拖回獵犬號，只能在原地切開來。這項工作並不有趣，但這群落難的男孩如今也已了解魯賓遜的生活有時並不美好了。最難處理的是硬如金屬的腹甲，一不小心就會弄壞了斧頭，只能將剪刀插入縫隙之中小心取出龜肉。切成塊的龜肉被送回獵犬號的這一天，所有人都大快朵頤了一番，孩子們品嘗到龜肉湯的甜美，就連瑟維斯不小心烤焦的龜肉，也吃得津津有味。小帆也用自己的方式證明這麼鮮美的肉是不可能從狗的嘴邊溜走的。

這隻海龜的肉重達五十磅，這下可以節省不少船上的存糧了。

三月過去了，幾個星期以來，這些孩子都各自把份內的事做到最好，準備在岸邊多待一段時間。現在，在冬季來臨之前，就剩大陸和小島之謎要解決了。

四月一日，天氣似乎即將好轉。氣壓計的刻度緩緩上升，微風輕拂，在在顯示晴朗的天氣即將到來，甚至可能持續好一段時間。這麼一來，也該是準備往內陸探險的時候了。

這一天，大孩子們討論了接下來的行動。

「我想，現在應該沒有什麼可以阻止我們明天出發了吧？」德尼凡說。

「是的，我也希望如此，準備好明天一早就出發吧。」柏利安回答。

「依我看，那條你看到的水線大約距離海岬六到七英里……」柯爾登說。
「我知道，可是我們所在的海灣彎曲的弧度很大，也許從這裡過去比較近。」
「所以你們二十四小時就可以來回？」柯爾登又說。
「如果可以筆直向東的話，是的。只是不知道在繞過崖壁後，能不能找到穿越森林的路徑？」柏利安回答。
「哦，那可難不倒我們。」德尼凡說。
「好吧，可是也說不準會不會有其他障礙，河道、沼澤……誰知道呢？最好還是多準備幾天的行李。」柏利安說。
「還有彈藥。」維各斯插話。
「會的，柯爾登，記好了，要是我們四十八小時內沒回來，你也別太擔心……」
「就算你們只離開半天，我也會擔心的，這倒不是什麼問題。既然都這麼決定了，那就做吧。抵達東邊的海岸線不是你們唯一的目標，還得要探查一下崖壁那頭的環境。這一邊沒有看到任何山洞，可是如果真的要離開獵犬號，那也是為了把營地移到不受海風侵襲的地方。要在這裡度過寒冬是不可能的……」柯爾登說。
「說得對，我們會順道找找可以紮營的地方……」柏利安說。
「除非我們可以離開這個所謂的『島』！」德尼凡始終堅持自己的意見。
「當然，但就快入冬了，也不適合多做什麼！我們只能盡力了，明天就出發吧！」柯爾登說。
準備工作很快就完成了。斜背包內放了四天份的糧食、四把獵槍、四把手槍、兩把斧頭、指南針、一副足以看到三、四英里的高倍數望遠鏡、旅行毯，再加上一些隨身工具、引火柴、打火機、火柴，應該足夠這趟小旅行使用了。只是這樣也不能保證不會遇上危險。柏利安、德尼凡，還有同行的瑟維斯和維各斯都得繃緊神經、謹慎行事，而且絕不能單獨行動。

柯爾登雖然也認為應該與柏利安和德尼凡同行，調節兩人可能發生的衝突，但想到其他孩子，還是決定留在獵犬號上了。因此，他把柏利安帶到一旁，要他保證避免一切的衝突或口角爭執。

氣壓計的預測果然準確。天還沒亮，雲霧已逐漸往西方散去，遠端微彎的海平線清晰可見，頂上則是南半球的星空斑斕。而在這南極的天空眾多閃爍的星辰當中有一顆就是耀眼的南十字星。

分離的前一天夜裡，柯爾登和他的同伴們心情糾結，這一趟探勘不曉得會發生什麼意外。他們仰望著星空，不禁想起了這輩子也許再也無緣相見的父母、家人和家鄉……

孩子們在南十字星下，就像在教堂裡的十字架前跪了下來。那顆閃耀的星是不是能讓他們向萬能的造物主和這片美妙的星空祈禱，祈求希望常在呢？

七、小溪上的人工河堤

柏利安、德尼凡、維各斯和瑟維斯清晨七點離開了獵犬號。陽光燦爛、萬里無雲，這種天氣就跟北半球的十月份一樣宜人。要是真有什麼能阻礙他們前行，那也只能是地形上的變化了。

年輕的探險家們先是順著海灘走向崖壁。出發前，柯爾登建議他們帶上小帆，或許動物的本能可以幫上一點忙，所以這隻聰敏的寵物也加入了探險隊。

十五分鐘後，一行人的身影沒入樹林之中。幾隻鳥現身林間，但德尼凡知道自己沒有多餘的時間打獵，所以忍著沒動手。至於小帆，在來回穿梭了幾趟後，總算明白自己是在白費力氣，便回到主人的身邊待著，繼續執行偵察的任務。

他們的計畫是走到海灣盡頭還沒有辦法穿過崖壁的話，就繼續往下走到海岬那裡，並從柏利安之前經過的那片水域過去。這條路徑雖不是最短的，卻是最安全的，反正多走個一、兩里路對這幾個好腳力的男孩來說並不困難。

來到石灰質崖壁之下的柏利安認出了這是上次和柯爾登探勘時到過的地方，從此處向南沒有任何通道可走，只能把希望寄託在北邊，也許還得爬上海岬才行。這麼做會花掉他們一天的時間，但若崖壁的西側沒有任何可以穿越的通道，他們也只能走這條路了。

柏利安把這個想法告訴其他三人，德尼凡在幾次嘗試攀上懸崖卻總是滑落後才接受了這個提議。

又走了一個小時後，他們確定只能從海岬那頭翻過崖壁了，但柏利安卻擔心起那條通道是否可行。會不會等他們到達海岸時已是漲潮時分？要真是如此，他們又得花上半天的時間等待退潮了。

「走快點！」柏利安解釋得在漲潮前趕到後催促大家趕路。

「什麼啊！我才不怕水淹過腳踝呢！」維各斯回話。

「何止腳踝，胸部、耳朵，全會淹過！海水漲潮時最少會上升五到六英尺，我們最好還是趕在那之前爬上海岬比較好。」柏利安接著說。

「那你要早點說啊，」德尼凡又說，「你現在是我們的嚮導，要是我們在路上延誤了，那也是你的錯！」

「好吧，隨你！無論如何，我們現在一刻也不能浪費……瑟維斯呢？」

他接著大喊：

「瑟維斯？瑟維斯？」

男孩不見了！他和小帆在離他們一百多步左右的岩石後消失了。

這時，岩石後面傳來尖叫和狗吠，該不會是瑟維斯遇到什麼危險了？

柏利安、德尼凡和維各斯立即朝他的方向跑去，他們眼前堆滿了懸崖上坍塌的石堆，看上去不像近期才發生的。因為經年累月遭海水滲透或風吹雨淋，石灰質的石塊上凹了一個半漏斗狀的大洞。這個斗尖朝下的洞從崖壁頂端開到山腳，竟也刻出了一個錐狀的峽谷，而且陡坡的斜度不出四、五十度。更幸運的是，不規則的石塊提供了立足點，讓他們得以攀爬。只要這段時間崖壁不再坍方，以他們的身手，應該很容易就能爬到頂端。

儘管知道這麼做很冒險，但他們絲毫沒有猶豫。德尼凡也馬上搶在所有人之前踏上了第一塊石頭。

「等等！等等！別這麼急，小心一點！」

可是德尼凡一心想超越所有人，特別是得超越柏利安，所以沒兩下就爬了一半。後面的幾個人踩著他爬過的石頭向上，同時避開他正下方的位子，以免被他踩過而鬆動的碎石砸到。

一切順利，德尼凡滿足了自己的虛榮心，趕在其他同伴之前站上崖頂。到達崖頂後，德尼凡立刻拿出了望遠鏡朝那片綿延向東的樹林望去。這裡的景色和柏利安先前在海角之上所看到的差不多，只是高出一百多英尺的海角能眺望到更遠的地方。

「所以呢？你看到什麼了嗎？」維各斯問。

「什麼都沒有！」德尼凡回答。

「換我。」維各斯說。

德尼凡把望遠鏡交給維各斯時，臉上還掛著一點自豪。

「一點也看不到那條所謂的水！」維各斯放下望遠鏡後說。

「事實證明這個方向根本沒有海。柏利安，你自己看看就會知道了……」德尼凡也接著說。

德尼凡搶先爬到崖頂，用望遠鏡觀察遠方。

「才不看！我很確定自己沒有看錯。」柏利安堅持。

「胡說！我們什麼也沒看到！」

「這片崖壁比海岬矮，視野自然就沒那麼寬遠。要是站到我上次站的高度，就會看到位於六、七英里外的藍線。你們要到我說的地方看，就會知道不可能把海水跟雲霧搞混。」

「說得倒容易！」維各斯反駁。

「不相信的話，請繼續往前，穿過樹林，直到最後……」柏利安說。

「好啊！但這麼做可能還得走很遠的路，你真的覺得有必要嗎？」德尼凡說。

「那你留著，」柏利安謹記柯爾登的建議，就算面對同伴的惡意對立，他還是沉住性子，「留在這裡等！瑟維斯和我去就行了……」

「我們也要去！」維各斯反駁，「德尼凡，走吧，出發了！」

「至少先吃過午飯再走吧！」瑟維斯說。

他們花了半小時吃飯，然後再次踏上探險之路。

接下來的一英里路都是草地，因為沒有任何阻礙，男孩們走得很快。地面上偶爾有些覆蓋著青苔或地衣的石頭，灌木叢也此起彼落，樹蕨、石松目、石楠、刺小蘗，還有葉子上長著尖刺的冬青，這些樹種即使在高緯度地區也是生機勃勃。

但在走過地勢較高的地區後，他們發現崖壁的這一端跟面海的那端一樣陡峭。要不是一條半乾的河床裡大大小小的石子減緩了坡度，他們可能真的得回到海岬繞路而行了。

進到樹林後，路更難走了。各種粗壯且雜亂的枝葉、坍倒的樹木和茂密的灌木叢擋住了去路，他們甚至得靠一己之力開闢出一條小徑。男孩們樂得操斧大砍，如同一幫在新世界裡開疆闢土的先鋒。但是他們幾乎每隔一陣子就得稍作休息，不是因為雙腳疲乏，而是手砍得累了。此外，他們也因此耽擱了不少時間，從白天走到黑夜也不過前進了三、四英里路而已。

事實上，這片樹林看來似乎從來沒有人涉足，至少沒有任何一條小徑，無論多小的通道都沒有。倒在地上的樹看來並非人為，而是樹齡和自然災害造成的。偶爾幾堆雜草顯示附近有體型中等的動物出沒，他們也確實親眼見到幾隻倉皇逃跑，但速度快到連是什麼動物也來不及辨識。從牠們的反應來看，至少可以確定不是有害的動物。

德尼凡拿著獵槍的手當然時不時發癢，恨不得將子彈一一射到那些四足動物身上。幸虧他沒有失去理性，柏利安才不需要提醒他別做些莽撞的行為，畢竟射出子彈的聲音將暴露一行人的存在與行蹤。

然而，因為不能讓心愛的武器出聲，德尼凡只好自己出點聲音了。他每走一步都要驚飛一群肉質鮮美的山鶉、歐歌鶇、野鵝或松雞等為數眾多的鳥類，要是他能開槍，肯定能射下上百隻。

按此情況，要是他們能在這個地區紮營，一定能獵到豐富的食材。這件事德尼凡在探險開始時就曾提議，他認為這麼做就能補足船上的物資了。

這一區的樹種大多是不同的樺樹和山毛櫸，柔嫩的枝葉舒展到離地一百英尺的高度。除此之外，還有綠葉蔥蘢的柏樹、壯實的桃金紅木和另一種樹皮帶有肉桂味的「冬樹」。

下午兩點左右，他們在一條小溪旁的空地上休息了一會兒。美國人稱這種水質清澈且水流緩慢的

男孩們憑著自己的力量，在森林裡劈砍出一條路來。

小河為creek。這是一條清澈的淺流，河面上甚至沒有任何枯木殘葉，也許源頭並不遠。他們踩著河床上的石頭渡河時，發現某些地方的石頭竟排列得異常整齊，甚至是對稱的。

「你們看，好奇怪！」德尼凡說。

河床上的石頭一邊一排，排成了堤道的模樣。

「看起來好像水壩！」瑟維斯說著，便提議走向那排石頭。

「等等！我們得先研究一下這些石頭！」柏利安阻止了他。

「排成這樣肯定不是自然形成的！」維各斯也同意。

「對，看起來似乎是刻意排好的通道……我們走近點看。」柏利安接著說。

四個人仔細觀察了這條小堤道，石頭只高出水面幾吋，雨季時應會沒入水中。這條橫跨小溪的水道難不成是人為的？不。比較有可能是經年累月在洪水的沖積之下形成的吧？這大概是最能解釋這個現象的答案了吧，至少柏利安和伙伴們是這麼想的。

畢竟無論是小溪的左岸或右岸，這片林中的空地上都沒有其他線索顯示人類曾經涉足此地。還有另一件事值得注意，這條小溪朝著東北，也就是和獵犬號所在的海灣相反的方向流去。有沒有可能是流入柏利安在海岬上看到的大海呢？

「搞不好它只是條支流，屬於某條朝西的大河？」德尼凡說。

「到時候就知道了。」柏利安實在不想再回到同一個話題上，「只要它繼續向東流，除非太過蜿蜒曲折，否則我們最好跟著水流前進。」

四個男孩小心踏過那條堤道後，又繼續趕路了。這麼做也許比到小溪下游再渡河好，誰知道那裡的情況如何呢。

沿著河岸前行並不難，只是偶爾會有大樹的根深植流水之下，枝葉也從這一岸伸展到另一岸。小溪偶爾會轉彎，但指南針始終顯示他們正往東行。然而，從流速和河床的寬度可以判斷還得再走上好一段距離才能到達「出海口」。

只可惜，大約五點半時，柏利安和德尼凡都察覺到小溪已轉向北流。要是他們沿著河岸走下去，恐怕會偏離原訂的路線，離目的地越來越遠。因此，他們決定離開河道，深入樺樹與山毛櫸樹林之中，朝東前進。

沒想到這條路坎坷難行！男孩們有時甚至得穿過高過頭的雜草，不得不出聲才能確認彼此的方位。

他們走了一整天的路，卻始終不見任何水線的蹤跡，柏利安也不得不擔心了起來。會不會當時在海岬上被自己的幻覺給擺了一道呢？

「不會的！不會的！」他不停地對自己重複，「不可能看錯，絕對不可能！不會的！」

無論對錯，直到晚間七點時，他們還沒走出樹林，夜卻已經深到他們無法再往前走了。

柏利安和德尼凡決定在樹下過夜。吃過一大片鹹牛肉，再蓋上舒適的毯子後，他們感到滿足。也許以枯枝生火是預防野獸襲擊的好方法，但卻會讓他們冒上半夜被土著侵犯的危險。

「最好還是不要輕易暴露行蹤吧。」德尼凡提議。

其他人同意了他的看法，各自安靜地吃著晚餐。走了一整天的路，每個人的胃口都很好，吃過飯後，他們在一棵巨大的樺樹下躺了下來。這時，瑟維斯發現一區看似位於林蔭之下的灌木叢，看來應是灌木叢之間長了一棵還算大的樹，細長的枝條垂至地面。四個男孩便往地面那攤枯葉上一躺，捲上毯子後進入了夢鄉。這個年紀的孩子沒有睡眠的問題，沒多久就睡熟了，就連原本應該守夜的小帆也學著主人們閉上了雙眼。

這天夜裡，小帆聽到了一兩次哮吼，林中顯然有野獸或其他動物，幸虧都沒有走近少年們身邊。

柏利安和其他同伴醒來時已經將近七點了，早晨的斜陽稀疏地透過枝葉灑在他們過夜的這一片樹叢中。

瑟維斯第一個走出樹叢後，突然大叫了起來，聽起來像是被嚇壞了。

「柏利安！德尼凡！維各斯！快來！快來！」

「怎麼了？」柏利安問。

「對啊！怎麼了？瑟維斯怎麼老是喜歡大叫，嚇死人了。」維各斯也問。

「好啦，好啦。你們看我們昨天睡在什麼地方！」瑟維斯回答。

原來，他們昨夜睡的根本不是灌木叢，而是一個草屋，一種叫做「阿祖巴」的印地安小屋，由纏繞的枝葉構成。從屋頂和牆面都依靠著四旁的樹幹而立這點可以判斷，這間阿祖巴應該不是近期內搭好的，只是很像是南美洲原住民的傑作。

「所以，是真的有人住在這裡囉？」德尼凡很快地掃視了四周的環境。

「至少是曾經有人住過，這種小屋不可能是自然形成的。」柏利安說。

「這樣就能解釋為什麼小溪上會有那種堤道了！」維各斯說。

「哦！正好啊！要是真的有人居住，那就一定是好人了，才會這麼好心蓋這種小屋讓我們過夜！」瑟維斯大聲說。

他說得沒錯，根本沒有辦法確認對方是不是野蠻的土著。按照目前的線索推斷，這些人在林中活動的時期離現在有點遠了。要是這片地區屬於新大陸（美洲），那這些人就只能是印地安人，但要是他們身在大洋洲的某個島上，那就有可能是玻里尼西亞人，甚至是食人族！這樣一來，他們的處境就很危險了，一定得趕緊找到答案。

柏利安正要離開時，德尼凡提議應該仔細研究一下這棟看起來似乎已被棄置許久的小屋。有沒有可能找到任何物品，任何可以用來判斷的設備、工具或器械？

枯葉鋪成的床完整地翻了面，瑟維斯也在牆角找到一塊看似碗或水壺的瓦陶碎片……又一個人類生活的證據，但也僅此而已。因此他們決定繼續前行。

七點半左右，孩子們手持指南針，筆直朝東方走去。這是一段地勢微傾的下坡路，路上雜草與樹叢交錯橫生，他們的步伐也因此變得十分緩慢，每走幾步就得用斧頭闢路，兩個小時才結束這樣的路程。

將近十點時，地平線在樹林之後展露。樹林的盡頭是一大片由乳香木、百里香和石楠點綴的平原。平原再過去，約是半英里之外，一波波海浪拍打著沙灘，而那無邊的海一直延伸到地平線的盡頭。

德尼凡啞口無言，這個自大的男孩花了這麼大的力氣，最後證明他的同伴說的一點也沒錯。但一旁的柏利安沒有任何邀功的意思，獨自拿起了望遠鏡觀望。

海岸的北端在陽光的照射之下微微向左彎曲。

南端也是相同的景色，只是彎度更大。

這下他們尋求的答案是無庸置疑了，幾天前的暴風雨將獵犬號吹上了一座小島，而不是大陸。現在除了來自海上的救援外，他們沒有任何離開這裡的希望了。

除此之外，附近的海域看來也沒有其他陸地，這座小島被孤立在廣大的太平洋之上！

柏利安、德尼凡、維各斯和瑟維斯四人踩上了沙灘，一直走到海岸線旁，在一個小沙丘上坐了下來。他們打算在此吃過午餐後就往回走，只要稍微加緊腳步，日落之前也許有機會回到獵犬號。

用餐時，氣氛一片低迷，大家幾乎是沉默著吃完了飯。

最後是德尼凡先站起了身，拿上他的包和槍，只說了一句：

「走吧！」

四個人朝大海看了最後一眼，準備往回走，小帆卻突然跑向海邊。

「小帆！回來。」瑟維斯大叫。

但小帆頭也不回，嗅著被海水打溼的沙繼續往前，最後跳進了浪花之間，並喝起了海水。

「牠在喝水！牠在喝水！」德尼凡興奮大叫。

德尼凡立即衝過沙地，掬了一點小帆剛喝下的水……是淡水！

這是一片湖泊！一片向東延伸到地平線那端的湖泊！完全不是海！

小帆和德尼凡親自證明了，這是一片湖，而不是海。

八、樹幹上的文字

這個關乎落難的孩子們是否能獲救的重要問題終究未能解開。現在，他們很確定原本被誤認為海的水域實際上是湖泊了。但這片湖會不會位於一座小島之上？要是再過去一些，會不會就是大海，一片無法逃離的大海？

不過，按德尼凡的觀察，這片湖泊有四分之三的邊界與地平線相連，面積之大無話可說，因此極有可能是在大陸之上的湖。

「那應該就是美洲大陸了。」柏利安說。

「我就說啊，看來我一點也沒錯！」德尼凡說。

「至少，我看到的真的是一條水線……」

「對啦，可是並不是海！」

德尼凡的虛榮全表現在說話的口氣上。柏利安沒有再多說什麼。這個結果對所有的人來說是最好不過了，至少不是被困在不知名的小島上。接下來可得等待好天氣才能朝東邊前進了，雖然只是幾里路，但要帶所有的孩子一起穿過這段路程，難度之高不言而喻。現在已是四月天，南半球的冬天來得比北半球同緯度地區早，在溫暖的天氣來臨以前不能動身。

然而，繼續待在海風呼嘯的西岸也不是長久之計，月底之前一定得離開帆船。但柯爾登和德尼凡當時在崖壁西側的山腳下也沒有找到任何山洞，也許在湖邊紮營會是比較好的選擇。因此，他們決定仔細勘察湖邊的環境，儘管這麼做將延誤一、兩天的時間，柯爾登也會為此著急，但柏利安和德尼凡還是執意留下。身上的糧食還撐得了四十八小時，天氣似乎也很穩定，所以他們決定沿著湖邊往南走。

更何況，還有另一個理由催促他們探勘附近的環境。

這個地區曾有人居住，這一點無庸置疑，就算不是久留，也是造訪過此地，小河上的堤道和阿祖巴都是最好的證明，但若冬天要移營此處，可能還得再多觀察才行。也許他們還能找到其他更顯著的證據？若不是原住民，也有可能是其他船隻失事的水手，也許他們在這裡停留了好一段時間，直到發現某個小城才離去？沿著湖泊探查的確是有必要的。

問題在於，要往北還是往南呢？最後因為往南會離獵犬號近些，所以他們決定這麼做。往另一端走會不會才是正確的選擇呢？要等以後才能知道了。

八點半左右，四個人就上路了，他們穿越長滿了雜草的平原，平原之上隆起了許多小沙丘，西邊則是一大片樹林。

小帆走在一行人之前四處搜索，草叢裡的鵪鳥受到驚嚇紛紛飛入乳香木或樹蕨叢中。周圍長滿了紅白相間的紅莓和野芹，看上去可以安心食用。但他們不敢讓槍枝離手，隨時上了膛，以防湖邊野人的侵襲。

孩子們沿著湖岸走在沙丘邊緣或是沙堆之上，一點也不覺得累，一個早晨就走了十幾英里。但在這之間一點人煙也沒有。樹林中沒有升起的炊煙、被湖水濺溼的沙地上也沒有腳印。這片湖大得不見邊界，只有湖的南端看似微彎內縮。湖面之上空無一物，一眼望去沒有任何船帆，也沒有獨木舟。要是曾有人居住應該不會現在是這個模樣才對。

除此之外，也不見任何野獸或草食動物。當天下午，樹林邊出現了兩、三隻鳥，但他們一點也無法靠近。瑟維斯按例大叫：

「是鴕鳥！」

「那就是小鴕鳥吧，牠們的身材看起來不大！」

「如果真的是鴕鳥，而且我們在一片大陸之上……」柏利安說出了他的想法。

「你該不會還在懷疑這件事吧？」德尼凡滿嘴諷刺。

「那就一定是鴕鳥很多的美洲大陸了，我只是想說這個而已！」柏利安回答。

晚上七點左右，一行人停下來休息。隔天沒有太多意外的話，他們應該能在天黑前趕回獵犬灣（他們現在這麼稱呼獵犬號所在的海灣）。

其實，當天夜裡他們也無法再往南前進了。他們歇腳的地方有條從湖泊延伸出來的河，得撐小船才能度過。在那樣的昏暗當中，根本就無法看清周圍環境，更何況他們隱約看到河的右岸矗立著一片崖壁。

柏利安、德尼凡、維各斯和瑟維斯吃過晚飯後一心只想著倒地休息。這一次沒有屋棚遮天，滿天的繁星就在他們的頂上閃耀。儘管一牙彎月已準備落入太平洋之中，眾星卻還高掛天穹。

湖面上和岸邊一片平和寧靜，四個男孩就在山毛櫸粗大的樹根間躺了下來。他們睡得如此香甜，就連雷電的聲音也沒能喚醒他們。小帆也是，睡得一點也聽不見附近傳來的豺狼嚎叫和遠一點的野獸聲。按鴕鳥出沒的地區可以判斷應該也有美洲獅或美洲豹的身影，但這一夜平靜地過了。清晨四點左右，晨曦尚未照向大地，那隻狗就動了起來，低沉地嗥叫了幾聲，嗅著地面彷彿尋找著獵物。

將近七點時，柏利安叫醒了緊縮在毯子裡的同伴。

四人都起床後，瑟維斯啃著餅乾，其他三人第一次清楚看到了河對岸的狀況。

「還好我們昨晚沒有試著過河，不然現在應該被困在一堆沼澤裡了！」維各斯大叫。

「沒錯，這一片沼澤一路向南延伸，根本就看不到盡頭。」柏利安說。

「你們看！好多鴨子和鷸鳥，要是在這裡紮營就不怕沒有獵物可捕了。」德尼凡也大叫。

「有何不可。」柏利安回了話，一面走向右岸。

河邊矗立著一片被切成了兩段的崖壁，兩者間幾乎形成了一個直角，其中一段往小河的河岸發展，另一段則朝著湖面延伸。這片崖壁和圍繞著獵犬灣的那片是同一個嗎？只有更進一步觀察才能知道答案了。

河的右岸約有二十英尺高，貼著懸崖展開，左岸地勢較低，一望無際的沼澤上滿是水窪。只有爬上山崖眺望才能知道河水流向何處。柏利安暗自決定，沒有爬上山崖完成這項任務前，絕不返回獵犬灣。

當下能做的是觀察湖水與河道相接的這一片地區。這一段河道大約只有四十英尺寬，但接收了支流和沼澤的水後，越往下流，深度和寬度應該也會逐漸加大。

「喂！你們看！」維各斯走到山崖下後突然大叫。

吸引他注意的是一系列堆成水堤模樣的石頭，就跟森林裡看到的一樣。

「這下毫無疑問了！」柏利安說。

「沒錯……很明顯了！」德尼凡指出堤道那頭的碎木片。

這些木片一看就知道是船的殘骸，其中還有一塊長滿青苔的腐木，從彎曲的形狀來看，應是船頭的木板，上面甚至掛了一個鏽跡斑斑的鐵圈。

「鐵圈！有個鐵圈！」瑟維斯大叫。

男孩們停下了所有的動作，左顧右盼，彷彿船的主人，那個搭建堤防的人隨時都會出現。

沒有！……一個人也沒有！小船已經被遺棄在這河裡多年了。也許那人後來找到了同伴，也許他始終無法逃離這片土地，最後在這裡度過了那可悲的餘生。

可以想像，男孩們面對眼前這個無疑是人類居住的證據時內心湧現的複雜情緒！

這時，他們注意到了狗的反應。小帆似乎察覺到什麼，雙耳豎起，尾巴左搖右晃，鼻子也深入草叢之中四處搜尋。

「快看小帆！」瑟維斯說。

「牠可能嗅到了什麼！」德尼凡趕緊往小帆的方向走去。

小帆停了下來，舉起了一隻腳，脖子也伸得很長，接著又突然衝向湖邊山腳下的一堆灌木叢。

柏利安和其他人都跟了上去，並停在一棵老山毛櫸前，在樹皮上發現了兩個字母和一個日期：

F. B

1807

少年們沿著狹窄的河岸繼續往前走。

要不是小帆跑了回來，又馬上消失在懸崖的一角，這四個男孩可能還目瞪口呆地站在這幾個字之前。

「小帆，回來！小帆！」柏利安呼喊著。

狗沒有回來，但所有人都聽得見牠的聲音。

「大家小心！提高警覺，絕對不能走散。」柏利安說。

這話說的沒錯，也許這附近會有土著出沒。如果是那些在彭巴草原上活動的野蠻人，那他們可就凶多吉少了。

獵槍上了膛，手槍也緊握在手裡，每個人都繃緊了神經往小帆的方向走去。繞過懸崖後，他們走上了陡峭的河岸，但沒走幾步路，德尼凡便彎腰撿起了一個物品。

是個十字鎬，鐵製的部分垂掛在幾乎腐爛的把柄上，看來是來自美洲或歐洲，而非玻里尼西亞野人打製的那種粗糙的工具。跟剛才的鐵圈一樣，這把十字鎬已經嚴重氧化，毫無疑問是被人丟棄在這裡好幾年了。

崖壁下的這個地區同樣也有耕作的痕跡，幾條不規則的畦線畫出了山芋田，但上頭的山芋早就都成了野生植物。

突然間，一陣淒厲的哀嚎響起，小帆也在同一時間出現了，並做出了更難以理解的動作。牠在主人前方原地旋轉了幾圈後盯著他們看，接著又吠了幾聲，似乎是邀請他們跟著走。

柏利安努力安撫著小帆，一邊對著男孩們說：「那裡一定有什麼不尋常的東西！」

「那就跟著牠走啊！」德尼凡回答，並做了手勢要維各斯和瑟維斯跟上。

不出十步，小帆在一堆雜草與樹枝前停了下來，這堆雜亂的枝葉甚至一路排到山腳下。

小帆一路跟著氣味走來，柏利安為防萬一，還是走近察看雜草叢中是否藏有動物的、或是人的屍體，沒想到竟看到了一個狹窄的洞口。

「裡面該不會是洞穴吧？」柏利安向後退了幾步。

「有可能，可是不知道裡面有什麼。」德尼凡回答。

「等一下就知道了。」柏利安說。

他拿起了斧頭砍開洞口的枝葉，沒聽見裡頭有任何可疑的聲音。

柏利安清出了一個通道後，瑟維斯便準備鑽進洞裡。

但小帆持續發出低鳴，令人放心不下。

要是洞裡真的有人的話，聽見他們的聲音應該早就跑走了吧！……

他們得做個決定。為了確認洞穴沒有瘴氣，柏利安拿起一把雜草伸進洞裡點火。火花一下蹦了出來，從火勢旺盛的模樣可以判斷空氣是新鮮的。

「要進去嗎？」維各斯問。

「要。」德尼凡說。

「等等，要先想個辦法照明。」柏利安撿起了河邊松樹的小樹枝點火，接著，所有人都跟在柏利安的身後走進了洞內。

洞口處大約是個五英尺高、兩英尺寬的通道，一深入內部後，空間便突然加大，那是一個十英尺

柏利安用野草點火，確保洞內的空氣是新鮮的。

高的洞穴，地面上鋪了一層乾燥的細沙。

維各斯才剛踏進洞穴就撞上了一塊看似桌子的木板，上頭擺了一些打掃工具、一個空陶罐、幾片大概是做為盤子使用的貝殼、一把布滿缺口與鏽跡的刀子、兩、三個魚鉤和一個空的馬口鐵杯。另一頭的牆邊有一口用木板組合成的箱子。

看來，洞穴內有人居住是無庸置疑了，但是什麼時候、什麼人呢？會不會在某個角落撞上他的屍體？

洞穴深處有張簡陋的便床，一條破舊的毛線被鋪在上頭，床邊的桌台上放著另一個杯子和燭台，燭台裡只剩一小節燒成灰的燈芯。

想到被子下可能躺著屍體，男孩們第一時間向後退了幾步。直到柏利安壯起膽，才上前掀開。是空的。

男孩們驚嘆了一番後，又跟著站在洞口低鳴的小帆沿著河岸向前走了二十多步，突然間，一群人被眼前的景象嚇呆了，一陣寒意滾上所有人的背脊。

他們在一棵山毛櫸粗大的樹根間發現了一堆骸骨。

看來這裡就是那位應該在這裡生活了許多年的可憐人的葬身之地了，他最後竟未能安身在那簡陋的草房之中。

少年們終於見到洞穴原本的主人。

九、罹難者的地圖

柏利安、德尼凡、維各斯和瑟維斯屏住了氣息，不敢吭聲。什麼樣的人會死在這種地方？會不會也是個遇上船難的人，直到生命的最後一刻都沒能獲救？他是從哪個國家來的？來到這裡時年紀還小嗎？死的時候多大呢？他是怎麼滿足生活必需的？如果是遇上了船難，那其他船員存活下來了嗎？或者，他是唯一的倖存者？洞穴裡的物品是從船上帶下來的，還是自己做的？

都是些可能永遠也找不到答案的問題……

但這些問題之中，有個最要緊的。身在大陸之上的落難者怎麼沒有進到內陸城市，怎麼沒有找到任何港口離去？難不成回家的路有這麼艱難、這麼遙遠嗎？按此情況看來，這個落難者最後是被某個疾病擊垮，或者因為年歲過大，才會連洞穴也走不到就在這樹下斷了氣！要是他不能在北邊或東邊找到出路，這些孩子面對的會不會是一樣的命運？

無論如何，有必要再仔細搜索一下那個洞穴。說不定能找到任何書面資料，他們就能知道這人的國籍，以及他在這裡待了多久！另外，也可以評估他們在離開帆船後，在這個洞穴裡過冬的可能。

「來吧！」柏利安又點了根火把，鑽進剛才的洞裡。小帆跟在他身後進去了。

最先映入眼簾的是右牆上的燭台，上頭擺了一束作工粗糙的蠟燭，瑟維斯趕緊上前點了一根放到燭台上，搜索工作就開始了。

首先是洞穴的形狀，他們發現裡頭很適合居住，也許是天然形成的。儘管洞穴唯一的開口面對著河岸，卻感覺不到任何溼氣。穴中的牆壁就跟花崗岩一樣乾燥，和其他斑岩或玄武岩洞穴不同，沒有任何會形成鐘乳石的結晶或水珠。洞穴的方位正好背著海風，雖然日光不太充足，若在牆上鑽幾個洞，應該能改造成容納十五個人的住所。

洞穴寬約二十英尺、長三十，這樣的空間同時做為臥室、餐廳、客廳和廚房實在過於擁擠，不過也只需度過冬季的五、六個月，在那之後他們就能朝東北前進，尋找某個玻利維亞或阿根廷的城市了。若是要長居久住，為了環境舒適，當然得把這質地鬆軟的岩洞挖得更大些，但按目前的狀態來看，待到夏天應該不成問題。

弄清了洞穴的狀況後，柏利安著手觀察洞裡少之又少的物品。可憐的落難人當時一定是一無所有。遭遇海難時，他從船上救下了什麼東西嗎？除了一些殘破的木材外什麼也沒有。那些截斷了的桅杆和船身的殘骸被他拿來做成了便床、餐桌、置物箱和一把凳子，這些就是屋內僅有的家具。獵犬號的孩子身邊還有很多工具，但他卻什麼也沒有。眼前所見一把十字鎬、一把斧頭、兩三個廚房用具、一個裝水的小木桶、一把錘子、兩支鑿子、一把鋸刀，這些就是他們能找到的工具了。看來這些工具就是從小河上堤道旁只剩殘骸的船上拿下來的。

柏利安把這個想法說了出來。原本因為屍骨而驚恐不已的他們，想到身邊多了很多那人沒有的用品工具，又安心了許多。

現在要解決的問題是，這個人是誰？是從哪裡來的？什麼時候遇難的？從他們在樹下看到的屍骨就可以判斷這人已死去多年。還有十字鎬上的鐵鏽、洞口茂密雜亂的枝葉，不都是鐵證嗎？

還能找到新的證據證實這項假設嗎？

搜尋持續進行，他們又找到了一把刃口殘缺的刀、一個羅盤、一支熱水壺、一把錘子和挫子再加上一些木工用具。除了這些以外，沒有任何像是望遠鏡、指南針這樣的航海工具，甚至沒有獵槍之類的武器可以防身！

也許是設了陷阱才活下來的。正當大家想著這件事時，維各斯突然大叫：

「你們看那是什麼！」

「什麼？」瑟維斯也問。

「是用來玩的球。」維各斯說。

「球？」柏利安一臉驚訝，但隨即便明白了維各斯手裡那兩顆圓石的用途。那是狩獵用的流星錘，南美洲的印地安人常把兩顆石頭繫在繩索的兩端製成這樣的武器。有經驗的獵人把球丟向野獸，纏住牠們的四肢，如此一來就能輕易捕捉獵物。他們還另外找到了用於近距離狩獵的皮套索，看來都是洞穴的主人製作的工具。

從洞裡找到的東西來看，柏利安和他的同伴們所擁有的物資多得多了。但洞穴的主人可是個男人，而他們卻只是孩子。

看樣子他是把書裡學到的知識全都用上了，會是個普通的水手，還是軍官呢？關於這一點，他們找不到更多可以用來判定的資訊。

維各斯也在床頭那塊被柏利安掀開的被子下，找到了一支掛在牆上的手表。和水手慣用的手表不同，是支精細的手表，雙面銀製表殼下一條鍊子串著一把同樣材質的鑰匙。

「時間！是時間耶！」瑟維斯大叫。

「沒有用的，它大概早在男人死掉之前就停了。」柏利安說。

柏利安花了點力氣打開氧化的表殼，表面上的指針指著三點二十七分。

「可是，」德尼凡看了一下，「上面有名字，可能有用……」

「沒錯。」柏利安回答。

於是他們仔細看了刻在內殼上的字：

戴柏緒，聖馬洛——是製表人的名字和地址。

「是個法國人！和我一樣！」柏利安興奮大叫。

在這地方結束悲慘的一生的人無疑是個法國人！

除了手表外，德尼凡搬開便床後，他們又在地板上發現了另一個得以證實這項推論的重要證據——一本寫滿了鉛筆字跡、紙張泛黃的筆記本。

可惜的是大多數的字都已模糊不清，只有幾個字勉強看得清楚，其中包括「弗朗斯瓦·博杜安」（François Baudoin），是名字，看來就是樹上刻的 FB 了！小冊子裡記載的是他來到島上後每天的生活。

柏利安還從那些沒被時間抹拭的句子裡認出了迪蓋·特魯安（Duguay-Trouin）這個名字，指的應該就是那艘被遺落在太平洋一角的小船。本子的第一頁上還寫了一個日記，也跟樹上刻的一樣，大概就是他漂流到這裡的那一年吧。

算一算，弗朗斯瓦·博杜安來到島上的日期距今也有五十三年了。那段歲月中，沒有任何外來的救援帶他離開此地！可是他也沒有移居到這片大陸的其他地區，難道是因為遇到了無法突破的障礙嗎？

男孩們第一次感受到他們的處境有多麼艱難。一個這樣的水手、這麼能吃苦耐勞的男人都沒有克服的障礙，孩子們又怎麼可能突破？

接著，他們又發現了另一個讓他們離開這片土地的希望全成泡影的東西。

德尼凡在翻閱筆記本時，在書頁間發現了一張墨水地圖，看起來應該是用水和炭混合而成的墨汁。

「有地圖！」他大叫。

「是弗朗斯瓦．博杜安自己畫的！」柏利安跟著說。

「要是真的是他畫的，那他肯定不是個普通的水手，應該是迪蓋．特魯安號上的軍官了……」維各斯提出看法。

「這地圖該不會是……」德尼凡驚聲道。

沒錯！就是這片地區的地圖！他們一眼就認出了獵犬灣那片礁岩、船擱淺的沙灘、他們剛沿著西岸走來的湖泊、湖面上的三個小島、河邊那排岩壁和覆蓋在中央地區的那片樹林。

從地圖上可以看到湖泊另一邊的樹林蔓延到另一片水岸，而那片水域……或者說是海域包圍了整座小島。

向東尋找救援的計畫就此幻滅！結果柏利安還是說對了！原本以為是大陸的小島被海包圍著……也難怪弗朗斯瓦．博杜安終其一生沒有獲救了。

地圖畫得還算精準，看起來不是用三角測量，而是用雙腿走出來的。柏利安和德尼凡研究了獵犬灣到湖泊的這一段路程，覺得和實際情況相差不遠。從地圖的完成度和細節可以推測他走遍了整座小島，而且小河上的堤道和阿祖巴應該也是他的傑作。

弗朗斯瓦·博杜安畫出的小島是這個模樣的：

長條狀的小島形似體形龐大、展開翅膀的蝴蝶，獵犬灣位於中央，和東邊另一個海灣一樣凹陷，南邊也有第三個海灣。島中央茂密的樹林環繞著長約十八英里、寬約五英里的湖泊，面積之大也難怪站在東岸的柏利安、德尼凡、瑟維斯和維各斯看不到盡頭，甚至誤以為是一片大海了。湖泊有許多支流，洞穴之外的這一條小河一路流至獵犬灣。島上唯一的高地是從獵犬灣北方的海峽延伸到河右岸的岩壁，往北是荒涼的沙地，以南則是廣闊的沼澤，南端縮小似漏斗狀。此外，東北和東南都有長條狀的沙丘，和獵犬灣的地景完全不同。

根據地圖下方的比例尺計算，這座島由北到南約五十英里，東到西則是二十五左右。要是把小島不規則的形狀考慮進來，島的周長大約是一百五十英里。

但光從地圖上還是看不出小島屬於玻里尼西亞的哪一個群島，也無法得知是否被孤立於太平洋之上。

看來，他們注定要定居在島上了。既然這個洞穴提供了遮風避雨的環境，他們還是趕緊在冬季的狂風暴雨摧毀獵犬號前移居比較好。

現在最要緊的就是以最快的速度回到營地，這四個男孩已經離開三天了，柯爾登肯定以為發生了什麼事而萬分擔心。

柏利安提議十一點就出發返回營地，按照地圖的標示，他們不再需要爬上岩壁，最短的路徑應是沿著這條由東向西流的小河回到海灣。這段路程最多七英里，只要幾個小時就能走完了。

但在離開以前，孩子們還想為落難的法國人做最後一件事。他們用十字鎬在刻了弗朗斯瓦·博杜安名字的樹下挖了一個坑，安葬了他的屍骨，並用木頭做成十字架放置在墳上。

一場莊重的儀式完成後，為了防止野獸進入洞穴，他們又回到洞穴外把洞口堵上。接著，吃完剩下的糧食後，他們沿著小河和岩壁的山腳前行，一小時後，他們遇上了擋住他們去路的高地，轉往西北邊前行。

岸邊的路沒有樹林、灌木和雜草阻礙，走起來輕鬆。柏利安一路上都仔細觀察著河道的情況，為接下來移營做準備。看起來海水漲潮時，河流上游靠近湖泊的這一段河道可以拉著小船運送物資和器材。再加上河床夠深，而且沒有任何急流，非常適合船隻通行。

然而，下午四點左右，他們發現不能再沿著河岸前進了。河的右岸有一大片溼軟的泥地，一不小心就會踏進去，繞路才是明智的選擇。

柏利安手裡拿著指南針，帶領大家朝西北前進，抄最近的路回到獵犬灣。只是這一段路雜草叢生，加上枝葉茂密的樺樹、松樹和山毛櫸擋住了夕陽的餘光，前進的速度變得非常緩慢。他們又在這種情況下走了兩英里左右才繞過那片持續向北延伸的泥地。現在最好還是回到河岸邊，根據地圖所示，小河終將流向獵犬灣，但這麼做會繞更遠的路，由於剩下的時間不多，他們只能繼續穿越樹林，一直到晚上七點左右，才發現迷路了。

難道又得在樹下過一夜了嗎？他們已經沒有任何食物了，要是這麼做，肚子餓的時候會有點麻煩。

「繼續走吧，往西邊走，我們得回到營地才行。」柏利安說。

「除非地圖畫錯了，這條河不會流入獵犬灣！」德尼凡說。

「為什麼會畫錯呢？」

「為什麼不會呢？」

看得出來德尼凡對自己的錯誤耿耿於懷，滿腹怨氣無處可發，只能投射在地圖之上。不過，對照他們目前走過的地區，弗朗斯瓦·博杜安的地圖都畫得很準確。

柏利安知道爭論下去也是無益，所以選擇閉上了嘴繼續前進。

八點左右，夜色暗到他們認不出方向，樹林的盡頭似乎也還在遠方！突然間，樹林的間隙劃過一道光芒。

「那是什麼？」瑟維斯問。

「是流星嗎？」維各斯說。

「不，是信號彈！」柏利安說，「是獵犬號發出的信號彈！」

「是柯爾登發出的信號！」德尼凡興奮大叫，並朝天空開了一槍。

為了避免被誤認為星光，柯爾登又射出了另一個信號彈，柏利安一行人朝著那個方向趕路，總算在四十五分鐘後回到了獵犬號上。

沒錯，的確是柯爾登做的，因為擔心他們迷路，才射出了信號彈定位。真是個好主意啊，要是沒有信號彈，柏利安、德尼凡、維各斯和瑟維斯今晚就不能在船艙裡的被窩上休息了。

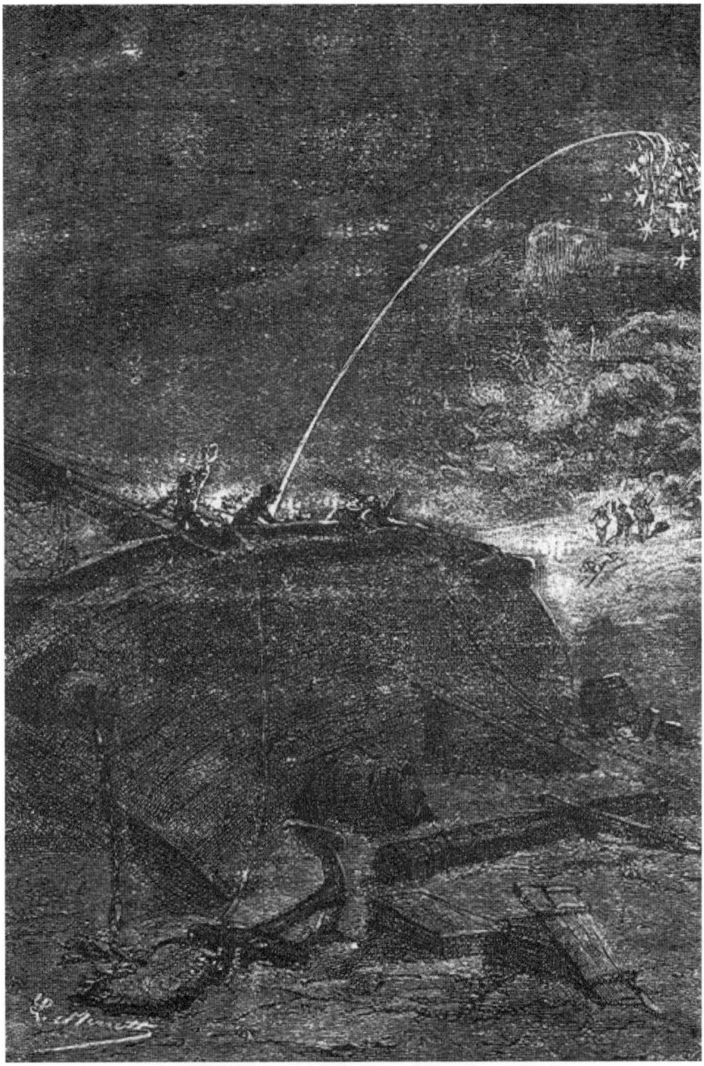

柯爾登發射信號彈，為探險隊的成員指引方向。

十、抵達法蘭西洞

可以想像柏利安一行人的歸來受到了多麼熱烈的歡迎。柯爾登、克羅斯、巴克斯特、卡爾內和韋博都張開了雙臂把他們擁入懷中，小一點的孩子也興奮地跳到他們身上。海灘上歡聲雷動，就連小帆也以吠聲加入孩子們的歡呼，彷彿是久別重逢似的。

「他們會不會迷路了？會不會被土著抓走了？還是被猛獸吃了！」獵犬號上的孩子反反覆覆煩惱著。

好在他們回來了，大家都想聽聽探險的故事，但長途跋涉的四人過於疲憊，只好把故事留到明日再說。

「這是一座島！」

柏利安只說了簡短的幾個字，就足以表露他們即將面對的困難。但柯爾登還是保持冷靜，沒有露出一絲沮喪之情。

「好吧，我早就做好心理準備了，沒有太驚訝！」柯爾登的眼神似乎說著這些話。

隔天（也就是四月五日）一早，柯爾登、柏利安、德尼凡、巴克斯特、克羅斯、維各斯、瑟維斯、韋博和卡爾內，還有總是能給出好主意的莫可，在年紀小的孩子們還睡著的時候，就全聚到帆船前了。

柏利安和德尼凡輪流說著過去幾天發生的事，包括河上排列整齊的石頭堤道和藏在灌木叢下的阿祖巴遺跡讓他們以為那裡有人居住，包括那一大片大到讓他們誤以為是海的湖泊，包括位於河與湖交接處的小山洞，包括他們如何發現法國人弗朗斯瓦．博杜安的屍骨，還有那張清楚標示出獵犬號失事地點是一座小島的地圖。

柏利安和德尼凡沒有放過任何一個小細節。最後，所有人的目光都集中到了地圖上，心裡也想著同一件事：只能期待外來的救援了。

然而，儘管他們的未來慘澹，儘管他們只能將希望寄託在上帝身上，他們之中有個少年卻沒有任何情緒起伏。這個人是柯爾登，這個年輕的美國男孩在紐西蘭沒有任何家人，而且以他的實踐力、條理分明的頭腦和安排事務的能力，要想建立一個小小的家園並不是難事。現在，他看到了一個發揮所長的機會，所以總是不停地給所有人打氣，並且承諾只要大家願意幫忙，他會建造一個適合生存的小家園。

只是，奇怪的是，這座小島的面積看來並不小，但靠近南美洲的太平洋地圖上卻不見其蹤影。他們又回頭仔細看了史蒂勒地圖，這才發現，原來除了幾個重要的群島外，其他包括火地島、麥哲倫島、荒蕪島（Île Désolation）、阿德萊達皇后島（Île de la Reine Adélaïde）和克拉倫斯島（Île Clarence）等群島都沒有標示出來。然而，若他們身處的小島屬於這些群島之一，那麼跟美洲大陸間應該也只隔著些狹小的海峽，弗朗斯瓦．博杜安沒有道理不畫出來。由此可知，他們所在的位置是在這些群島的北方或南方。在沒有更多資訊和測量工具的情況下，根本無法定位。

他們只有一條路可以走了，得在氣候惡劣的季節來臨並阻礙他們移動前安頓好一切。

「最好的方法是住到我們發現的那個小山洞裡，至少能遮風避雨。」柏利安說。
「那個洞住得下我們這麼多人嗎？」巴克斯特問。
「當然住不下，但我們可以再挖一個洞，我們有工具。」德尼凡說。
「先暫時這樣住下吧，就算有點擠也沒關係。」柯爾登說。
「對，可以的話還是盡早動身吧！」柏利安也接著說。
他說的沒錯，柯爾登也發現獵犬號的狀況一日不如一日。上一場大雨後，接著連日的高溫，船身和甲板都陸續被掀了開來，風雨也不停滲入原本用來遮避的帆布，再加上船底的沙子不斷被掏空，船身傾斜的角度越來越大，並陷入了另一堆沙裡。在這秋分時刻，若是再有暴風雨來襲，獵犬號在幾個小時內就會被四分五裂了。再說，除了躲避風雨外，他們還想好好地將獵犬號拆解開來，回收那些還堪用的桅杆、木板、鐵皮、銅片，以便抵達「法蘭西洞」（他們決定這麼稱呼它，用以紀念那位罹難的法國人）時能夠再利用。
「那在住到洞穴以前，我們要住在哪裡？」德尼凡問。
「帳篷，搭在河邊的樹林裡。」柯爾登回答。
「這是最好的方法了，趕緊動手吧！」柏利安也附和。
他們的考量沒有錯，拆解帆船，把船上的物資搬出，再到建造一艘載運用的小船，完成這些事情得花上一個月的時間。等到一切就緒也要五月初了，也就相當於北半球的十一月初，冬季之始。
柯爾登選擇傍水搭篷也不是沒有道理的，畢竟他們最後還得靠水道運送物資，沒有比水道更方便、更直接的方法了。這些從帆船上拆解下來的東西要穿越樹林或從河岸上搬運根本是不可能的，但若是放上小舟，藉著幾次漲潮的推力，就能順利抵達湖泊了。

小河的上游沒有任何瀑布、湍流或其他阻礙，這一點柏利安早就說明了。這一天他們又進行了另一次勘查，由柏利安和莫可搭乘皮艇前往確認從沼澤地到出海口這一段河道的狀況，結果也是很正面的，因此，可以確定從獵犬灣到法蘭西洞間船隻可以通行無阻。

接下來的幾天，他們忙著把營地遷到河岸邊，首先是用長桅杆將兩根山毛櫸下方的樹枝和另一棵樹的樹枝連接起來，再掛上帆船上的備用帆，讓帆布的四邊垂至地面，這麼一來帳篷就搭好了。接著，是把船上的床、必備的廚具、武器、彈藥和信號彈都搬到篷子底下。由於搭建木筏需要用到船身的木柴，因此還得先等船拆掉之後才能動工。

這些日子的天氣沒什麼好抱怨的，天空晴朗，偶爾吹點從內陸來的風，所有的工作都在最好的狀態下進行著。

四月十五日左右，帆船上就只剩下需要拆開才能搬走的重物了，其中包括了壓艙用的鉛錘、艙裡的水箱、起錨機和整個廚房，這些都是不借助器械無法搬運的。至於索具、桅杆、橫桁、鐵絲、船錨、繩子、纜線、麻繩和其他為數不少的小零件都已經搬到帳篷附近了。

除了這些工作外，一日三餐的食糧也沒有被忽略。德尼凡、韋博、維各斯每天會抽出幾個小時獵捕岩鴿和從沼澤飛來的鳥類。年紀小的孩子們則會到退了潮的潮間帶撿貝類。詹肯、艾弗森、多樂和克斯達蹲在浪花間的模樣就像一窩小雞，看了便覺得愉快。有時他們會因為弄濕了大腿以上的褲管而被嚴格的柯爾登責罵，另一頭的柏利安則扮著白臉原諒他們。杰可也跟孩子們一起撿貝類，但卻從來

少年們開始遷移到「法蘭西洞」。

沒有和他們一起開懷大笑。

所有的工作都按部就班地進行著，一切都得歸功於柯爾登有條不紊的指揮。這些日子以來，就連誰也看不起的德尼凡也敬他三分。整體而言，孩子們間的關係變得更和諧了。

然而，他們得加緊腳步了，四月下半旬的天氣驟變，溫度急速下降，好幾個清晨溫度計的數字都掉到了零度。凜冬已至，冰雹、白雪和狂風也隨著降臨在太平洋高緯度地區的小島上。

因此，所有的孩子們都換上了冬衣，鋪棉的長褲和厚毛衣全都上了身。由於柯爾登早就將這些衣服按尺寸和數量分類，並記載在他的小冊子上，所以要找到它們並不是難事。柏利安特別叮嚀孩子們游泳時別把腳暴露在寒風與冷水之中。只要稍微有感冒症狀，他也會馬上要求孩子到日夜燃燒的柴火邊上躺好。多樂和克斯達好幾次都得躺在帳篷裡靜養，莫可也用藥箱裡的東西幫他們煮熱茶。

清空帆船裡的物品後，孩子們便開始拆除本來就幾近支離破碎的船身。

他們小心翼翼地拆下了船底的銅板，接著又拿來了鉗子、鐵橇和錘子把固定在船骨上的鐵釘和長木釘拔開。孩子們稚嫩的手和柔弱的雙臂做起這些事來非常吃力，所以這項工作進行得十分緩慢，直到四月二十五日這一天，一場暴風雨幫了他們一個大忙。

當天晚上，正如氣壓計顯示，風暴在本來就冷冽的天氣中來襲。閃電一道接一道劃過夜空，雷聲也是徹夜不停，孩子們聽得心驚膽顫。幸虧沒有下雨，只有幾次得壓住船帆，他們的帳篷才沒有被吹走。帳篷因為樹枝穩壯得以倖存，但那艘直接暴露在沙灘上，而且還剛經歷過海難的帆船，可就沒那麼幸運了。

船身被吹得四分五裂。外殼散了架，船脊骨也在撞了幾次礁岩後全斷了，整艘船變成了支離破碎的殘骸。但結果還算不錯，海浪只捲走了一部分的木板，其他的都被礁岩給擋在沙灘上了，至於金屬的部分，只要稍微挖一下沙，應該都能找回來。接下來的幾天，孩子們就忙著撿回這些沒有被浪捲走而四散在海灘上的桅杆和木板。只需要把它們送到離帳篷不遠的小河右岸即可。

這項工程著實不易，孩子們費了點時間和力氣才總算完成了。他們齊心協力喊著口號拖動木頭的模樣真是奇特。除了用上了槓桿原理外，他們也把圓木枕在重物之下滾動，但又大又重的起錨機、廚房的爐灶和水箱，搬起來還是非常吃力。這時候，要是有幾個成人在一旁給予建議該有多好，比如柏利安那位當工程師的父親，或是卡爾內的船長父親，應該都能指出他們做得不好的地方，並且避免他們再犯。當下只有巴克斯特這位機械天才大顯身手，在他和莫可的建議之下，他們才能順利地將木樁打進沙堆裡再裝上滑輪，為孩子們省下了不少搬運的力氣。

總之，獵犬號上所有可用的東西都在二十八號晚上移到河邊了，最難的任務完成了，接下來只要乘著木筏沿河而上，就能抵達法蘭西洞。

「明天就開始建造木筏吧……」柯爾登說。

「好，」巴克斯特提出建議，「為了省去把木筏推到河道上的麻煩，我們最好直接在河上造船。」

「恐怕沒那麼容易。」德尼凡說。

「沒關係，先試試吧！也許難度比較高，但至少可以省去入水的麻煩。」柯爾登回答。

這個方法顯然是目前最佳的選擇，隔天一早，他們便著手建造起船體的基底了，這艘船必須容納得下許多又重又大的貨物才行。

從船上拆下來的桅杆、斷成兩節的船骨、只剩三尺左右的前桅、護欄、橫梁、艏斜桅、主帆杆、

拆除船身的工作費力又耗時，幸好一場風暴幫了他們大忙。

後桅、後桅斜杆都被放置在河岸邊上，等到漲潮時，河水將淹過這段河岸，把這些木料全帶到河面上。最後，他們將長一點的木頭排列整齊，以短木穿插其中，再用繩索捆緊。

他們工作了一整天，一刻也沒有耽擱，直到夜色降臨時，一個長約三十尺、寬十五尺的堅固船體完成了。為了避免被漲潮的海水沖到上游法蘭西洞附近，或被退潮時的水流帶到海口，柏利安將船體固定在岸上的樹枝上。

消耗了一整天的體力，所有的孩子都累壞了，大吃一頓後便一覺到天明。

隔天，也就是三十日，曙光初現時，大家又開始了一天的工作。

他們要在船架上造一個平台，獵犬號的甲板和船身因此派上了用場。鐵錘用力敲上了釘子，繩索牢牢綁緊了所有的板子和圓柱，木筏也因此更穩固了。

他們花了三天的時間日夜趕工。礁石間的小水窪和河道兩岸都已開始結霜，儘管生了火，帳篷還是難以抵擋寒氣侵襲。柯爾登和其他小伙伴擠在一塊兒，身上蓋著厚厚的被子，就算這樣也只能稍微抗寒。因此，他們得盡快搬進法蘭西洞才行，至少在那裡面他們能安全度過高緯地區的嚴冬。

木筏造得嚴實堅固，避免了在運送途中解體，導致船上貨物沉入河底的可能。同時，為了確保不會發生這樣的災難，他們也決定等上二十四個小時再出發。

「但我們絕不能拖到五月六號以後。」柏利安提出看法。

「為什麼？」柯爾登問。

「因為後天開始就是新月了啊，潮水也會隨著漲高，漲得越高對我們越有利，你想想，拉著繩子或撐杆子推動木筏，要怎麼抵抗逆流呢！」

心靈手巧的巴克斯特帶領大家在河上建造木筏。

「你說的沒錯，我們最晚三天內要出發。」柯爾登回答。

五月三日，他們開始依序將東西搬到木筏上，並小心翼翼地保持木筏的平衡。每個孩子按自己的能力搬運物品，詹肯、艾弗森、多樂和克斯達負責將一些較小的物件，像是餐具、工具、儀器等拿到木筏上，再由柏利安和巴克斯特按柯爾登的指示擺好。至於較為笨重的東西，像是爐灶、水箱、起錨機、船底銅板等，還有獵犬號的脊骨、橫板、護欄、甲板就交由其他大一點的孩子負責。一袋袋的糧食、一桶桶的酒，還有一包包從海灣的石頭間撈起來的鹽也一一被搬上了木筏。為了便於搬運，巴克斯特豎起了兩根桅杆，再用四根鋼索固定，並在另一端掛起一組滑輪和船上帶來的小型起重架。這麼一來，他們就可以輕鬆地吊起重物並放置到木筏之上。

總之，孩子們對每一件事都是小心謹慎且充滿熱情地處理。五月五日下午，所有的貨物都已經放上木筏了，只需鬆開固定的纜繩即可。隔天早上八點左右，河口的水位開始上漲時，他們鬆開了纜繩。

孩子們心想，工作應該告一段落了，至少可以輕鬆度過這一天。原本計畫好好休息一下的大家，卻因為柯爾登的提議又動了起來。

「各位，我們就要遠離這個海灣，因此再也看不到海面上的情況了，要是有任何船隻經過這片海域，我們也不能給予任何信號。所以我認為比較保險的做法是在海灘上豎起一根桅杆，並掛上一面旗，希望這樣能引起經過這個島嶼的船隻注意。」

於是，他們將造木筏時沒有用掉的中桅拖到了懸崖下，這一處靠近河岸的斜坡還算好走，但要上到頂端，還是得費九牛二虎之力。無論如何，他們爬上去了，也將桅杆牢牢地插入地面。巴克斯特接著又用吊索將一面英國國旗掛到桅杆頂端，德尼凡也開了一槍向國旗致敬。

「嘿！」柯爾登和柏利安發現，「德尼凡剛把這座小島納入英國領土了！」

「搞不好本來就是英國的了。」柏利安又說。

柯爾登回敬了一個不屑的表情，這些日子以來，他每次提到這座「我們的島」時的口氣都像是把這座島劃入了美國領土似的。

第二天天剛亮，所有的人都動了起來，趕緊將帳篷拆下，連同床鋪一起搬到了木筏上。他們把帆布蓋在木筏之上，以免雨水打溼了船上的東西。雖然按照天候來看，並沒有什麼好擔心的，但誰知道呢，風向一轉，海面上的水氣就會被帶上島嶼了。

七點左右一切都準備就緒了。孩子們預先備好了兩、三天的物資，莫可也事先把食物煮好，這麼一來航行期間就不必生火。

八點半時，所有人都登上了竹筏。大一點的男孩手裡拿著竹竿或桅杆，撐著木筏隨著水流調整行進方向。

將近九點，潮水開始上漲，木頭紛紛發出沉悶的嘎吱聲。然而，聲音也只持續了一小段時間，木筏並沒有解體。

「小心！」柏利安大喊。

「小心！」巴克斯特也喊。

兩人拉緊了纜繩，分別站在船首與船尾。

「準備好了！」德尼凡和維各斯站在木筏中央。

巴克斯特豎起兩根桅杆，再用四根鋼索固定，並在另一端掛起一組滑輪和船上帶來的小型起重架。這麼一來，他們就可以輕鬆地吊起重物並放置到木筏之上。

在確認潮水開始推動木筏後，柏利安下令：「啟航！」

纜繩解開了，恢復自由的木筏拖著一條小皮艇開始逆流而上。

大家的興奮之情難以掩飾，滿意的程度好似他們造了一艘迎風破浪的大船。但這種虛榮感也是可以理解的。

如我們所知，河的右岸是一片樹林，地勢較布滿沼澤的左岸高些。河水的深度讓木筏得以沿著岸邊前行，但柏利安、巴克斯特、德尼凡、維各斯和莫可必須盡全力維持木筏前進的方向，才不至於擱淺在河岸上。由於右岸的潮水沖力較大，河水的深度也較適合撐竿而行，因此他們決定靠著右岸行駛。

兩個小時後，他們大約航行了一英里。在這期間，木筏一次也沒有撞上河岸，若是維持下去，他們應該能夠安全抵達法蘭西洞。柏利安暗自計算著，根據他的觀察，從湖泊和小河的交接處到獵犬灣的距離約是六英里，船在每一次漲潮時，只能前進兩英里。也就是說，起碼要好幾波「浪」，他們才能抵達目的地。

十一點左右，潮水逐漸退去，孩子們趕緊將木筏固定好，以免被帶回海灣。他們大可在傍晚漲潮時再次前進，但這樣一來，就得冒著危險在暗夜中航行了。

「我認為這麼做太冒險了，」柯爾登提出看法，「木筏隨時有可能撞上東西解體，最好還是等到明早漲潮時再航行！」

所有人一致同意這個明智的提議，雖然會延誤二十四個小時，但總比拿船上寶貴的物資去冒險好。

多出一整個下午和晚上的時間，德尼凡和他的狩獵伙伴並沒有閒著，馬上帶著小帆前往右岸。

柯爾登吩咐不要走太遠，他們雖然心不甘情不願地接受，但兩對鵪鶉和許多鳩鳥的戰績還是滿足了他們的自尊。莫可收下這些獵物，準備等到抵達法蘭西洞時再料理牠們，做為新居的第一餐。

德尼凡這次進入樹林也沒有看到任何人類活動的蹤跡，但有一些大鳥在樹叢間竄逃，因為太遠，他沒能認出是哪一種鳥。

白天過去了，夜裡，巴克斯特、韋博，和克羅斯共同守著木筏，按潮水情況隨時調整纜繩的鬆緊。這一夜平靜無事，第二天上午九點四十五分左右，河水再次上漲，他們又放開纜繩再次出航。

夜裡的氣溫很低，白天也不太溫暖，得趕緊抵達目的地才行。要是小河開始結冰，要是湖泊上的冰塊漂向他們怎麼辦？只有等到平安抵達法蘭西洞才能停止擔憂了。

然而，他們既不能航行得比水流還快，也不可能在潮水退去後逆流而行，木筏現在要航行一英里得花上一個半小時了。下午一點左右，他們在柏利安上回經過的溼地附近停了下來，順便探查附近地區。莫可、德尼凡和維克斯三人乘著皮艇向北行了一英里半，直到河床過淺才回頭。這片溼地似乎是左岸沼澤的延伸，有許多水鳥在附近活動，德尼凡因此獵了幾隻鷸鳥。

夜深人靜，唯有寒風料峭陣陣吹入河谷。河面上結起了薄冰，幸虧只需輕輕一撞就能碎開或融化，但儘管想盡各種辦法保暖，待在木筏上的他們怎麼也驅不走寒氣，只能蜷縮在帆布之下。小一點的孩子，特別是詹肯和艾弗森情緒低落，甚至埋怨不該離開獵犬號，柏利安只好待在身邊不停安撫他們。

第二天下午，多虧漲潮一直持續到下午三點半，木筏才總算來到了湖邊，他們也在法蘭西洞前靠了岸。

十一、凜冬將至

木筏在孩子們的歡呼聲中靠了岸，現在任何與日常生活不同的事物都能令他們感到新鮮。多樂在岸邊蹦蹦跳跳，活像匹小野馬；艾弗森和詹肯東跑西竄；克斯達則將莫可拉到一旁詢問：

「你答應了會給我們煮一頓豐盛的晚餐，是嗎？」

「是的，克斯達先生，可是今天應該沒辦法了。」莫可回答。

「為什麼？」

「因為我根本沒有時間煮飯了！」

「什麼？所以我們不吃飯了嗎？」

「要啊，還是得吃，正好可以把那些鵪鶉煮了當晚餐！」

莫可露出了潔白的牙齒笑了。

克斯達一聽，往莫可身上用力拍了一下後便跑向其他同伴。柏利安這時也囑咐他們不得跑太遠，得在幾個大孩子的視線內活動。

「你不跟他們一起玩嗎？」柏利安問了弟弟。

「不要！我想留在這裡！」杰可回答。

孩子們上岸後開心得又叫又跳。

「杰可，你應該要多做點別的事，我不喜歡你這樣。你是不是有什麼事沒告訴我，還是你生病了？」

「沒有，我沒事！」

還是同樣的答案。柏利安忍無可忍，決心找出真相，就算要跟固執的弟弟起爭執也沒關係。只是目前他還得忙著今晚住進法蘭西洞的事，只能暫時放過他了。

在將木筏固定在遠離河道匯流處後，柏利安便領著還沒看過洞穴的同伴進到裡頭。莫可提了船上的一盞燈，因為玻璃燈罩的折射，這盞燈發出了格外明亮的光線。首先他們得清開洞口的通道。洞口枝葉就跟柏利安和德尼凡之前放置的一模一樣，代表這段期間沒有任何人或野獸嘗試進入裡頭。

清出通道後，所有人都鑽進了洞裡。在明亮的燈光照射下，他們看得比上次用樹脂做成的蠟燭照明時清楚多了。

「呃！我們會擠成一團！」巴克斯特看了洞穴的大小後說。

「只要像在船艙裡一樣，把床鋪疊在一起就好！」卡爾內反駁。

「為什麼要這樣？只要把它們整齊地排在地面就好啊……」維各斯也發表意見。

「可是這樣一來，就沒有空間活動了。」韋博說。

「那就不要動啊，不然你還有更好的提議嗎？」柏利安回話。

「是沒有……可是……」

「可是什麼，能有一個遮風避雨的地方才是最重要的！韋博應該不可能在這種地方找到一個舒適的公寓，裡面還有客廳、餐廳、臥室、會客室、吸菸室和浴室吧……」瑟維斯接了他的話。

「可是，還是得有個做飯的地方啊……」說話的是克羅斯。

「可以在外面做。」莫可回答。

「這種天氣要在外面做飯太不方便了，我還想著明天要把爐灶搬進來呢……」柏利安提出意見。

「爐灶？要放在吃飯睡覺的洞穴裡嗎！」德尼凡一臉嫌惡地說。

「德尼凡閣下，那您就聞鹽巴去味吧！」瑟維斯說著便大笑了起來。

「好啊，二廚先生！」高傲的男孩抬高了眉。

「好了！好了！」柯爾登趕緊出面制止，「無論好壞，我們都得做出決定。爐灶放在洞裡，煮飯的時候可以同時提高洞內的溫度。至於要挖洞的事，要是真的可行，我們有一整個冬天可以處理，現在，我們就先這樣住下吧，盡力把這裡弄得舒適一些。」

吃晚飯前，所有的床鋪都搬到洞穴裡，並一一在沙地上擺好了。儘管空間有點擠，但早就習慣船艙的孩子們並沒有太在意。

孩子們一直忙到日落時分，最後帆船上的大桌也安置在洞穴中央，再由卡爾內從其他小孩搬進來的餐具廚具裡拿出碗盤和刀叉擺好。

另一邊的莫可在瑟維斯的協助下也完成了他的任務。爐灶擺在崖壁下的兩塊大石上，韋博和維各斯兩人到河邊的樹下撿來了柴火，六點左右，熱湯（用碎肉餅煮成的）香氣撲鼻，還有十幾隻仔細處理掉羽毛的鵪鳥也串到鐵筷上火烤了。烤肉用的火架下擺了滴油的盤子，惹得克斯達嘴饞，直想拿塊碎肉餅沾油吃。多樂和艾弗森也沒閒著，兩人站在烤肉架旁顧著鳥肉，小帆則在他們身邊繞個不停、虎視眈眈。

不到七點，所有的孩子都聚到了洞穴裡，他們將船上的矮凳、摺疊椅、藤椅、長凳都搬了進來，山洞現在同時是餐廳也是臥室。小食客們喝了熱湯、吃了一片牛肉、烤鳩鳥、一些代替麵包的餅乾，再喝下幾口摻了十分之一白蘭地的水、幾杯雪莉酒，最後再幾片乳酪下肚，就是豐盛的一餐了，算是做為連日來沒有好好進食的補償。儘管處境並不樂觀，但孩子們還是保持著這個年紀天真樂觀的態度，柏利安也總是逗著他們，維持大家的心情。

勞累了一天，填飽肚子後，孩子們只想鑽進被窩休息。但柯爾登卻認為按照習俗最好還是先到山洞主人弗朗斯瓦．博杜安的墳上祭拜。

夜的漆黑罩上了湖面，就連最後一道夕陽的光也直沉入湖底了。繞過了崖壁後，他們來到一處隆起的小土堆旁，土堆的上頭插了一個十字架。小一點的孩子們在墓前跪了下來，大一點的則彎下了腰為他祈禱。

九點左右，除了維各斯和德尼凡留在洞口守夜外，其他人都睡了。兩個守夜的男孩負責守著洞口的營火，一方面嚇退樹林裡的不速之客，一方面也為洞裡的人取暖。

第二天，也就是五月九日和接下來的三天內所有人都忙著搬運東西。西風吹來的水氣預告了雨天或是雪日即將到來。溫度計也顯示了同樣的結果，只在零度左右徘徊，因此，他們又加緊了腳步，將易壞的東西如彈藥、固體的和液態的食物全都搬到洞裡。

由於搬運工作吃緊，這段時間內，獵捕小隊盡量不到遠處狩獵。幸虧這一帶水鳥眾多，湖面、沼澤、小河左岸都有，莫可因此能為大家烹煮食物，德尼凡也樂得偶爾射上個幾槍。但另一頭的柯爾登卻很在意獵捕時用掉的子彈和火藥，他那本小冊子上記的東西裡，彈藥是他認為最需要節省的物資，所以也總是提醒德尼凡省著點用。

「得為將來做打算！」他對德尼凡說。

「好啦，可是我們也得存下一些獵物啊！要是真的沒有辦法離開小島，我們就會後悔現在沒有多抓一些……」德尼凡回。

「離開小島？難不成我們有辦法建造一個可以乘風破浪的船嗎？」柯爾登反問。

「為什麼不行？搞不好我們能在附近找到一片大陸，我可不想跟柏利安的同胞一樣死在這裡！」

「好吧，但在真的離開這裡以前，最好還是當作要在這裡住上好幾年吧？」

「真有你的啊，柯爾登！我就知道你很想在這裡建一個新天地……」

「當然了，要是真的沒有別的選擇的話，只好這樣！」

「依我看，支持你這想法的人並不多，就連你的好朋友柏利安也不這麼想！」

「以後再說吧。但說到柏利安，我得告訴你，你對他的觀感並不正確。他是個好人，全心全意為大家付出的好人……」

「什麼嘛！」德尼凡又擺出他那副不可一世的模樣，「柏利安什麼都好，是個大英雄……」

「不，德尼凡，他跟我們一樣也是有缺點的。可是你對他的偏見會破壞整個團體的和諧，讓我們的處境更艱難！所有人都尊敬他……」

「哦，所有人！」

「至少是大部分的人。我不明白為什麼維各斯、克羅斯、韋博和你都不想聽他的！我只是順便一提，希望你可以好好想想……」

「早想過了！」

眼看這個傲氣十足的男孩一點也不把他的話放心上，柯爾登感到萬分頭痛，似乎預見了總有一天會惹出大麻煩。

如前所說，他們花了三天的時間把木筏上的東西撤完。現在就只剩把它拆除了，用來當作支架和船板的木頭都還能搬到法蘭西洞裡使用。

只可惜洞穴空間不夠，無法塞進所有的東西，要是不把洞挖大，就得建棚子給所有的物資遮風避雨。在還沒有找到更好的解決辦法以前，柯爾登提議把東西放到山壁下的角落邊，再用本來用來保護甲板蓋的防水布蓋上。

十三號這一天，巴克斯特、柏利安、莫可著手安置爐灶。他們利用圓木把爐灶滾到洞內後靠在離洞口不遠的右側牆上，以利通風。用來排煙的抽風管也讓他們傷透了腦筋，幸虧石灰岩硬度不高，巴克斯特在上頭敲了個洞就順利將風管探到洞外了。當天下午，莫可試用了爐灶後非常滿意，現在即使天候不佳，也能保證食物在最好的狀況下烹煮了。

接下來的一個星期，德尼凡、韋博、維各斯和克羅斯幾人大大滿足了獵癮，卡爾內和瑟維斯也加入了他們的行列。某一天，他們在湖邊距離法蘭西洞半里的樺樹和山毛櫸林中發現了一些很明顯是那個男人活動的痕跡。是一些陷阱，他在地上挖了一些坑，並用樹枝蓋上，坑的深度一看就是動物掉進去後出不來的。按坑洞的狀況來看，應該已經棄置多年了，其中一坑裡還有一堆難以辨認是屬於什麼動物的骨頭。

「看這骨架，肯定是個體型不小的動物！」維各斯進到坑裡把骨骸拿了出來，觀察了一會兒後說。

「而且你們看牠有四個腳掌，是隻四足動物。」韋博補充。
「那不然是五隻腳的嗎？」瑟維斯回話。
「瑟維斯！你就只會開玩笑。」克羅斯說。
「又沒有人禁止我們笑！」卡爾內也加入。
「肯定是隻壯碩的動物。你們看牠頭骨的尺寸和嘴裡的獠牙！要是牠活過來，我看你們就笑不出來了。」
「說得好！」克羅斯提高了音量，總是對表哥說的話充滿敬意。
「你覺得會不會是肉食動物？」韋博問德尼凡。
「是，毫無疑問。」
「獅子？老虎？……」克羅斯害怕了起來。
「也有可能是美洲豹或美洲獅！」
「我們可得提高警覺。」韋博說。
「不要走太遠比較好！」克羅斯也說。
「小帆，聽到了嗎，這裡有一些大野獸出沒！」瑟維斯對著狗說。小帆則以一聲歡樂的吠叫回應，看來一點也不在意。
於是，幾個小獵人準備回到法蘭西洞去。
「我有個主意！要不要再放些樹枝，把坑洞蓋起來？搞不好還會有動物掉進去？」維各斯說。
「隨便，反正我比較喜歡射會動的獵物，對這種讓獵物掉進去的坑沒興趣。」德尼凡回答。

巴克斯特在牆上開了一個洞，讓莫可燒飯時的油煙可排出洞外。

這位運動員說歸說，擅長設陷阱的維各斯還是決定發揮天資，直接動手。其他人開始幫忙砍下附近的樹枝，再把較長的橫跨在坑上，鋪上一層樹葉擋住洞口後，就是個簡單的陷阱了。這種做法雖說簡單，卻是最常被用在彭巴草原上，也最有效的陷阱了。為了便於辨認位置，維各斯在返回法蘭西洞的路上沿途做了些記號。

這一趟獵捕的收穫仍舊不少，會飛的更是不在話下。除了翎頷鴇和鵜鳥外，還有身上帶著白點的燕子，這讓人想起珍珠雞。還有群飛的鴿子和南極洲的一些鳥類，牠們的肉質鮮美，煮熟後便能除去腥味。至於有毛的小動物則有櫛鼠，一種足以取代兔肉的嚙齒類動物；兔豚鼠，棕紅色的身體，尾巴上有一些黑色斑點，口感就跟刺豚鼠差不多；帶著堅硬背甲，口感極佳的小犰狳；猯豬，一種小型的山豬和名為「智利巴」的鹿。

儘管德尼凡靠一己之力抓到了幾隻獵物，但許多難以靠近的動物還是花了他們不少彈藥，最後的結果甚至不成正比，小獵人們因此非常失落。更不用說柯爾登的不悅了，但他其實也是罵在嘴裡痛在心裡。

接下來幾次的探險中，他們採回了兩種珍貴的植物，都是柏利安第一次來到湖邊就發現的。其中一種是在溼地上生命力旺盛的野芹，另一種則是西洋菜，剛冒出土壤的嫩芽經常運用在防治敗血病。這兩種菜為他們的三餐增添了營養。

除此之外，由於湖面和河面都還沒結冰，他們還能釣到一些鱒魚和白斑狗魚。後者肉質甜美，但魚刺量多必須小心食用。某天，艾弗森甚至帶回了一大條鮭魚，為了這條魚，他花了九牛二虎之力，差點沒扯斷釣繩。要是他們正巧遇上魚群洄游的季節就好了，整個冬天都不必再擔心漁獲不足。

這段時間內，維各斯也經常去林裡查看陷阱的狀況，然而儘管坑裡擺了一塊生肉當作誘餌，卻一直沒有任何野獸上門。

直到五月十七日這一天，發生了一件大事。

這一天，柏利安和幾個男孩到崖壁附近的另一片樹林裡尋找其他可以用來儲藏物品的山洞。就在靠近維各斯的陷阱時，他們聽到裡頭傳來嘶啞的吼叫。柏利安一聽便朝著那個方向前進，一旁的德尼凡也不甘示弱趕緊超前，其他男孩則把槍上了膛跟在他們身後待命，就連小帆也是豎直了雙耳和尾巴。

就在距離陷阱二十步左右時，他們又聽見了雙倍音量的吼叫聲。看到枝葉中間開了個洞時，他們就明白一定有什麼動物掉進去了。

雖然不知道是什麼的動物，但還是小心為上。

「去吧，小帆，去吧！」德尼凡大叫。

此話一出，小帆吠了幾聲立即衝上前去。柏利安和德尼凡也跑了上去，就在坑上彎下了腰查看：

「快來！快來！」

「這不是美洲豹吧？」韋博問。

「也不是美洲獅？」克羅斯也問。

「不！是兩隻腳的，是一隻鴕鳥！」

沒錯，就是隻鴕鳥。樹林裡跑來一隻鴕鳥實在是恩賜，因為牠的肉好吃極了，特別是胸旁油脂飽滿的部分。雖然是隻鴕鳥沒錯，但從體型、長相、羽毛的長度和顏色看來應該是南美洲特有的鴕鳥。雖然體型不能跟一般鴕鳥比，但也是很珍貴的鳥類。

「應該活捉！」維各斯說。

「我也同意！」瑟維斯附和。

「那可不容易。」克羅斯回答。

「試試看吧！」柏利安也說話了。

鴕鳥飛不了那麼高，雙腳也不能攀壁，所以才爬不出坑洞，因此維各斯只能冒著被啄傷的危險進到裡面。幸虧他想了個辦法，把外套丟到鴕鳥頭上蓋住雙眼，牠才不敢動彈。接著，只需要用他們的手帕把牠的雙腳捆起，上下齊力，就能拉出洞穴了。

「抓到了！」韋博大喊。

「我們要拿牠來做什麼？」克羅斯問。

「很簡單啊！」瑟維斯永遠都有出不完的主意，「把牠騎回法蘭西洞，馴服牠以後，就可以當我們的坐騎了！我會負責這件事，就跟《海角一樂園》的傑克一樣！」

瑟維斯的建議能不能採用，還得再商議，但現下要把牠帶回洞裡並不是什麼難事，就先這麼做吧。柯爾登看到這隻美洲鴕鳥時，先是嫌惡又多一張嘴吃飯了，隨即又想起林間的葉子和草就能滿足牠後，馬上就接受了。孩子們興奮地繞著鴕鳥轉，雖然被繩子綁著，他們還是不敢太靠近。在聽了瑟維斯想馴服牠的想法後，每個人都吵著一定要讓他們也騎騎。

「好好，寶寶們，只要你們乖乖聽話，就可以騎！」瑟維斯頓時成了這些孩子心中的英雄。

「答應了！」克斯達大叫。

「克斯達？你也要騎嗎？你現在敢騎動物了？」

「坐在你後面抓緊你就可以了！」

「呃，你該不會忘了那隻海龜，還有那時候有多害怕吧！」

「不一樣啦！至少這隻不會衝到海裡！」

「是不會，但會飛上天哦！」多樂也插嘴。

話一出口，兩個孩子便陷入了幻想之中。

可以想見，柯爾登在一行人定居下來後就開始制訂日常生活的秩序了。他根據每個人的狀況安排了不同的事務，最要緊的是不能讓孩子們活在自己的世界。能夠參與公共事務當然很好，但繼續查理曼學校的學業會不會是更好的選擇呢？

「我們還有一些書可以使用，也得把以前學過的，還有接下來學到的東西都教給那些孩子。」柯爾登說。

「沒錯，在我們離開這裡，回到家人身邊前，不可以浪費時間！」柏利安回應。

他們得規劃進度，一旦開始執行了，就不能苟且。嚴冬之中，沒有人會想踏出洞穴一步，但也不能在裡頭虛度光陰。現在，最困擾這些法蘭西洞住民的就是一群人擠在狹小的空間裡極為不便，他們得動手把洞挖大一些才行。

少年們在森林陷阱中抓到一只鴕鳥。

十二、查理曼島與島主

幾次的獵捕行動中，小獵人們到崖壁附近勘察了好幾次，始終沒找到任何可以儲藏物品的洞穴。因此，他們決定回到原本挖洞的計畫上，以原有的法蘭西洞為基礎，挖出一個或多個小洞穴。如果是花崗岩，挖洞是不可能的，但這裡石灰質成份很高，用十字鎬就能輕易敲開。反正冬季無事可做，工程可以慢慢進行，挖到春天來時應該也差不多完成了。唯一要擔心的只有崩塌和漏水的問題而已。

這項工程基本上不需要使用炸藥，他們手邊就有足夠的工具。除了先前成功鑽了廚房排煙管的洞外，巴克斯特也沒費多少力氣就把洞口擴大，並裝上一扇獵犬號上帶來的門。還有洞口的兩側用來保持空氣對流和採光的小窗，或者應該說是兩個窗洞，也是他們鑿出來的。

然而，惡劣的天氣已經造訪這座小島將近一星期了。狂風席捲，好在法蘭西洞的開口位於南邊和東邊，風才沒有直接灌入。雨和雪交加，打在山脊之上，獵人們只能在湖邊不遠處逗留，抓些鴨子、鷸鳥、鳳頭麥雞、秧雞、白冠雞和幾隻鞘嘴鷗（南太平洋一帶也稱之為白鴿）。雖然湖水和河水都還沒結冰，但暴風雨後乾燥的氣流一夜就能將這裡變成一片凍原。

男孩們出不了門，因此從五月二十七日起便動手擴大洞穴空間。他們決定從右邊的牆壁下手。

「要是斜著挖出去，也許可以打出一條通到湖邊的通道，這樣一來，就能觀察湖上的狀況了。而且如果這一邊天氣不好，我們也可以從那一頭出去。」柏利安觀察了環境後說。

這項建議完全是建立在所有人的共同利益之上，而且看來也不難執行。

按照指南針顯示的方位，洞穴內部與岩壁東面的距離最多只有四十到五十英尺，從這裡挖個通道是最好的選擇，只得留心不要坍塌即可。巴克斯特則建議在擴大洞穴的空間以前，先挖一個小坑道，通到另一頭後再挖另一個空間。坑道的兩端可以隨時關上，中間也可以挖出一兩個小地窖。這個建議很好，如此一來他們就能一邊觀察岩石的狀況，必要時也能隨時停止鑿掘的工程。

五月二十七日到三十日間，挖鑿的工程進行得很順利。這片磨拉石很輕易地就被挖開了，也因此他們認為有必要架上一些木頭支架。為了避免絆腳，他們也隨時將挖下來的碎石搬到洞穴之外。雖然不能讓每個人都參與挖掘的工作，但其他人也沒有閒著，天氣一轉晴，柯爾登就帶著幾個人到河邊拆解木筏了，他們希望回收木頭後用於製作洞穴內的家具。同時，因為防水布並不能提供很好的保護，他們也得隨時注意堆在崖壁下的物品。

工作雖費心力，但也逐步向前推進，小坑道如今已經有四到五英尺的長度了。然而，五月三十日下午發生了一件意外。

當時柏利安就像個正在採煤的礦工蹲在坑道深處，忽然間，他似乎聽見岩洞中傳來一陣低鳴。他停下手上的動作，仔細聽了一下，聲音果然再次傳來。於是，他立即跑向站在洞口的柯爾登和巴克斯特，並將這件事告訴他們。

「是幻覺吧！」柯爾登說，「你以為自己聽到了……」

「那換你進去，」柏利安回答，「把耳朵貼到石壁上聽聽！」

柯爾登走進坑道，過了一會兒……

「不是幻覺！我也聽到感覺是從遠方傳來的低沉的聲音！」

輪到巴克斯特了，他去了一趟，出來後說：

「那會是什麼聲音？」

「我也不知道，但得警告德尼凡和其他人。」柯爾登說。

「別告訴孩子們，他們會怕的！」柏利安強調。

只是正巧到了晚餐時刻，所有人都一起回來，也全都聽到了這件事，不免有些害怕。

接著，德尼凡、維克斯、韋博、卡爾內都輪流進到坑道裡，但聲音卻停止了，他們也因此認為剛才那三個人搞錯了。晚飯後，他們又繼續進行挖鑿的工作，也沒有再聽見任何聲音。這時，小帆突然跑進坑道裡，出來時咆哮大怒，全身的毛豎得筆直，雙唇也捲起露出了獠牙，聽起來是回應洞裡的吼叫。

這舉動讓原本只是有點驚嚇的孩子們毛骨悚然。大孩子們只好發揮想像力，開始敘述各種北歐神話，像是地精、小矮人、女武神、風精西爾芙、水精溫蒂妮和圍繞著他們的各種精靈的故事，但多樂、克斯達、詹肯和艾弗森始終無法冷靜下來。最後柏利安束手無策，只能將他們趕上床。想當然耳，孩子們一直拖到很晚才睡著，甚至連睡夢裡也見到了鬼魂和幽靈在岩壁旁晃悠，各種惡夢都找上了門。

柯爾登和其他人繼續討論這件事，岩壁裡的聲音斷斷續續傳來，小帆也始終保持著警戒的姿態，直到疲憊征服了他們才上床休息。一直到白晝降臨前，只有柏利安和莫可守夜，法蘭西洞裡安靜無聲。

隔天一早，沒有人賴床，巴克斯特和德尼凡又深入坑道中探查……還是沒有任何聲音。小帆在洞裡跑來跑去，看起來已經不再害怕，也不再像前一晚朝著岩壁發怒了。

「繼續挖吧！」柏利安說。

「好，要是再有聲音，我們隨時可以停下來。」巴克斯特回應。

「會不會只是泉水流過這片岩石的聲音……？」德尼凡提出看法。

「可是聲音斷斷續續，一下有一下沒有！」維各斯反駁。

「有可能，也許是從岩縫吹進來的風發出的聲音……」柯爾登說。

「那就爬到上去看看，也許可以找到線索……」瑟維斯說。

男孩們決定這麼處理。

沿著河岸向下走約五十步左右，有一條蜿蜒的小道直通山頂。巴克斯特和其他兩、三個人一下就爬到了山頂，並朝法蘭西洞的方向走去。但這一趟看來是徒勞無功了，在這驢背似的山頂除了雜草叢生外，根本就沒有任何裂縫，風和水都不可能穿過。他們悻悻然下了山，還是不知道聲音從哪裡來，孩子們至今還以為是靈異現象呢。

挖鑿的工作還是持續進行，雖然昨夜的聲音沒有再出現，但巴克斯特檢查岩壁時發現原本沉悶的敲擊聲變得比較空。也就是說，坑道的另一端有別的洞穴囉？聲音該不會就是從那個洞穴傳出來的吧？這倒也不無可能。他們甚至希望真的有另一個洞，這樣一來挖洞的任務就簡單多了。

抱著期待的心情，男孩們工作起來也更加賣力了。這一整天下來花掉的體力大概也算是這些日子

男孩們在洞穴周遭察看吼叫聲的來源。

來數一數二的多了。一直到了晚上，柯爾登才發現他的狗不見了。

通常只要一到吃飯時間，小帆一定會主動靠到主人的凳子旁，可是今天那個位子卻是空的。

大家呼叫了小帆……沒有任何回應。

柯爾登站到洞口又叫了一次……一片寂靜。

德尼凡和維各斯分別跑到湖邊和河邊，但也不見狗的蹤跡。

他們一直找到離法蘭西洞上百步的範圍，都沒有小帆的影子。

柯爾登幾次呼叫都沒有得到回應，小帆一定是到一個完全聽不到聲音的地方了。會不會是迷路了呢？……不太可能。會不會是被野獸咬死了？……很有可能，這也是小帆失蹤最好的解釋。

晚上九點，黑夜籠罩了山崖與湖水，少年們只能放棄搜尋了。

所有人都回到了山洞裡，占據他們內心的不只是擔憂，還有可能再也見不到小帆的悲傷。

有的人躺上了床，有的人則坐在桌旁，但沒有人有睡意。他們比以往任何時候都更覺得孤單。他們感到被世界遺忘，遠離他們的國家和家人。

突然間，一陣嚎叫劃破寂靜，聽起來是痛苦的哀嚎，持續了約一分鐘之久。

「是那裡！從那裡傳來的！」柏利安說著，便縱身跳向坑道。

男孩們全站了起來，彷彿什麼東西將會出現。年紀小的孩子們躲在被子裡，恐懼包圍了他們……

柏利安走出坑道後說：

「那一頭一定有個洞，而且洞口就在山腳下。……」

「而且還是一個晚上有動物過夜的洞！」柯爾登接著說。

「應該是這樣，我們明天就去找找。」德尼凡說。

這時，岩壁那頭又傳來夾雜著哀嚎的吠叫。

「會不會是小帆？會不會被什麼動物抓住了？」維各斯大叫。

柏利安又進到坑道內，把耳朵貼到山壁上……什麼聲音也沒有！無論小帆在不在岩壁的另一頭，那裡一定存在一個山洞，而且還有個對外的開口。洞口也許是被崖壁下的荊棘雜草擋住了，才沒被發現。

接下來的時間內，他們沒有再聽見任何聲音。

隔天一早他們又往河邊和湖岸去找，但仍舊遍尋未果。他們找遍了法蘭西洞附近所有地區，就是不見小帆身影。

山洞裡，柏利安和巴克斯特輪著挖鑿，十字鎬的敲擊聲沒停下過，上午結束時，他們大概向內挖了兩英尺左右。他們偶爾也會停下動作，側耳傾聽，卻一點聲音也沒有。

午間大約休息了一個小時後，他們又繼續工作。因為擔心不小心挖了通道卻放出一隻野獸，他們採取了一些措施。小孩子們全被帶到河邊玩耍，德尼凡、維各斯和韋博則手持長槍在一旁待命。

約莫兩點，柏利安突然叫了出來。他手上的破冰鑿敲穿了一塊石灰岩，岩石坍塌後，露出一個大洞。柏利安趕緊退到其他同伴身邊，所有人腦袋一片空白……就在他們還沒來得及張嘴前，一隻動物迅速從中擠了出來，並跳進他們的洞裡……

是小帆！

沒錯，就是小帆，牠在第一時間跑向水桶暢飲了一番，接著又晃著尾巴興奮地在柯爾登身邊繞來繞去。看來沒什麼好擔心的。

柏利安拿起了一盞信號燈往坑道裡走去，柯爾登、德尼凡、維各斯、巴克斯特和莫可都尾隨在後。一群人從坍塌處鑽了進去，眼前出現的是一個不見任何日光的山洞。

那是一個和法蘭西洞差不多大的空間，只是高了一些，地面上也鋪了一片將近五十碼的細沙。

洞穴似乎沒有任何連外的通道，孩子們原本還擔心空氣的問題，但一看到信號燈的火光閃亮，他們便安心了。但既然沒有辦法通到外面，小帆又是怎麼進來的呢？

這時，維各斯踢到了一個冰冷僵硬的物體，伸手一摸，失聲大叫。

柏利安將燈火湊進一看。

「是死掉的豺狼！」巴克斯特大喊。

「沒錯，一隻被勇敢的小帆解決掉的豺狼。」柏利安回答。

「總算找到解答了。」柯爾登說。

可是，如果洞穴裡真的住了一隻或更多隻豺狼，那牠們到底是從哪裡進來的？他們還是得解開這個問題才行。

於是，柏利安決定沿著山崖走一段，邊走邊喊，測試洞裡從哪個位置可以聽見並回應。他們就是這樣找到一個藏在雜草間的狹小入口的。小帆當時跟著豺狼鑽進去後，入口就坍塌了，也難怪他們怎麼也找不到。

好了，謎底全解開了，持續了二十四小時的狼嚎與狗吠，還有小帆出不去的原因都得到了解釋。多麼完美的結局！不只小帆又回到了主人身邊，拓寬洞穴的工程也輕易完成了！存在著一個多樂

另一個洞穴裡，地上躺著一隻豺狼的屍體。

所謂的「現成」的洞，可憐的博杜安卻沒有發現。只要把洞口開大一點，就是另一個通往湖畔的門了。這讓他們的生活方便了許多，男孩們走進新洞時，不由得歡呼了幾聲，就連小帆也大聲同歡。

接下來，得把狹小的坑道挖成真正的走廊了，這個工作大家做得很起勁。因為新洞穴的面積夠大，他們決定稱之為「大廳」。走廊邊上的地窖完工前，他們暫時將東西搬到了這裡。大廳同時也作為臥室和工作室，原本的法蘭西洞則保留給廚房、辦公室和餐廳。因為舊的洞穴也會被用來儲藏食物，大家接受了柯爾登的建議，稱之為儲藏室。

首先要把床鋪整齊有序地擺到大廳的沙地上，現在他們有足夠的空間擺放了。接著進來的是獵犬號上的家具，包括長沙發、扶手椅、桌子、櫃子等，除此之外，更重要的是船上的火爐也搬來了，室內因此溫暖了起來。巴克斯特也花了好大力氣才把獵犬號上搬來的另一扇門裝到面湖的洞口，並在兩側各挖了一個窗洞，白天靠陽光照明，夜晚來臨時就點起掛在牆上的信號燈。

重新安置的工作花了十五天的時間才完成。這一天起，原本穩定的天氣離他們而去，雖然氣溫不至於降到無法忍受的程度，但風力卻十分猛烈，所有的孩子都被禁止外出。這一陣風來勢洶洶，雖然已經處在山崖之背，平靜的湖水還是被吹得波濤洶湧。這種情況，對任何停在湖面的漁船或獨木舟來說都很危險，因此，他們也趕緊把木筏拉到岸上，以免被浪給捲走。狂風捲起的湖水和河水好幾次都溢出了河道，一直漫到了山腳邊。幸虧大廳和儲藏室都沒有直接面對來自西邊的狂風，火爐和廚房，以及男孩們撿拾的乾柴都不會受到影響。

至於其他從獵犬號上搬下來的東西，因為都找到合適的儲藏空間，所以一點也不怕這種惡劣的天

男孩們起勁的投入工作之中。

候了。柯爾登和他的同伴現在都只能待在室內，也因此多了許多時間打造一個更舒適的生活環境。走廊和兩旁的地窖都已完工，其中一個地窖裝上了門，用來儲藏彈藥，以防任何意外爆炸。小獵人們雖然不能出門狩獵，但先前儲下的水鳥也夠他們填飽肚子了（只可惜莫可有時沒辦法去掉腥味，孩子們也忍不住露出嫌惡的表情）。當然了，在還沒建好室外柵欄前，山洞裡也有那隻鴕鳥的位置。

這些天柯爾登認真規劃起課程表，等到大家都同意以後，每個人都得按表操課。物質生活得到滿足後，也該正視精神生活了。什麼時候才能離開這座小島呢？要是真有離開的一天，在這一天來臨之前，不能浪費任何時間。年紀大一點的少年能不能從獵犬號圖書室藏書上學習，再把知識教給小孩們呢？這個方法太棒了，這麼一來大家都能度過一個充實的冬天了！

然而，在執行這個課程計畫前，他們還有另一件事要處理。

六月十日晚間吃過飯後，所有人圍坐在熊熊的爐火旁談天，話題突然轉到給島上幾個地點取名的問題上。

「這樣比較方便。」柏利安說。

「對！取名字，而且要取得漂亮。」艾弗森興奮地很。

「總是幻想著當魯賓遜。」韋博一臉不屑

「可是我們實際上也真的是魯賓遜啊……」柯爾登說。

「我們這裡是魯賓遜寄宿學校！」瑟維斯大叫。

「而且為這些海灣、河流、森林、湖泊、山壁、沼澤、海岬命名後，就會比較容易辨認了。」柯

爾登文說

可以想像這個提議廣受歡迎，大家都努力發揮想像力。

「我們本來就把那個船擱淺的海灣叫獵犬灣了，我認為應該保留這個早就習慣的名字！」德尼凡說。

「當然了！」克羅斯回應。

「也要保留法蘭西洞的名字，這是為了紀念那位罹難的先生！」柏利安也補充。

沒有人反對，就連德尼凡也不例外。

「好，那我們要給那條流向獵犬灣的河取什麼名字呢？」維各斯問。

「西蘭河，」巴克斯特提議，「這樣會讓我們記得我們的國家。」

「同意！同意！」

沒有人反對這個提議。

「那湖呢？」卡爾內問。

「既然河叫西蘭，那就給湖取一個讓我們記得家人的名字，就叫家湖！」德尼凡說。

所有人都拍手同意。

基於同樣的情感寄託，山崖的名字是奧克蘭丘。柏利安也建議把那個他當初爬到上面，以為東方是一片海的海岬稱為誤海岬。

還有其他地點的名字分別是，陷阱林（找到陷阱的那片樹林）、沼澤林（布滿沼澤的那片樹林）、南面溼地（位於獵犬灣與山崖間那一片一直延伸到小島南方的溼地）、河堤溪（那條他們發現第一個堤道的小溪）、船難灘（帆船擱淺的海灘）和運動場（夾在河道與湖泊間那片用來進行課程計畫中各種體能訓練的草皮）。

島上還有其他地點，等到遇上時，或是在當地發生其他事件時再一一命名。

現在就剩在弗朗斯瓦・博杜安的地圖上出現的那幾個海岬了，他們分別是北岬和南岬；另外，他們也決定把西邊朝著太平洋的三個海岬分別稱作法國岬、英國岬和美國岬，也就是移居這座小島的少年們原屬的國籍。

移民！沒錯！這個字代表他們並不是暫居此地。這想法一定是柯爾登先提出的，比起尋找逃離的辦法，他始終偏好安排小島上的新生活。現在這些男孩再也不是遇上海難的乘客了，而是這座島的移民。

哪座島？也該為它取個名吧！

「聽我說！聽我說！我知道要叫什麼名字！」克斯達大聲說。

「你確定？」德尼凡回話。

「小克斯達沒問題的！」卡爾內大聲說。

「一定是要叫它寶貝島啊！」瑟維斯忍不住笑話他。

「好了啦！不要開他玩笑，聽聽他的意見！」柏利安主持公道。

可是那孩子被嚇死了，閉上了嘴什麼也不肯說。

「克斯達，說吧，」柏利安鼓勵著他，「我相信會是個好名字！」

「好吧，我是覺得因為我們都是查理曼學校的學生，不如就叫查理曼島！」克斯達說。

誰也想不出更好的主意了。

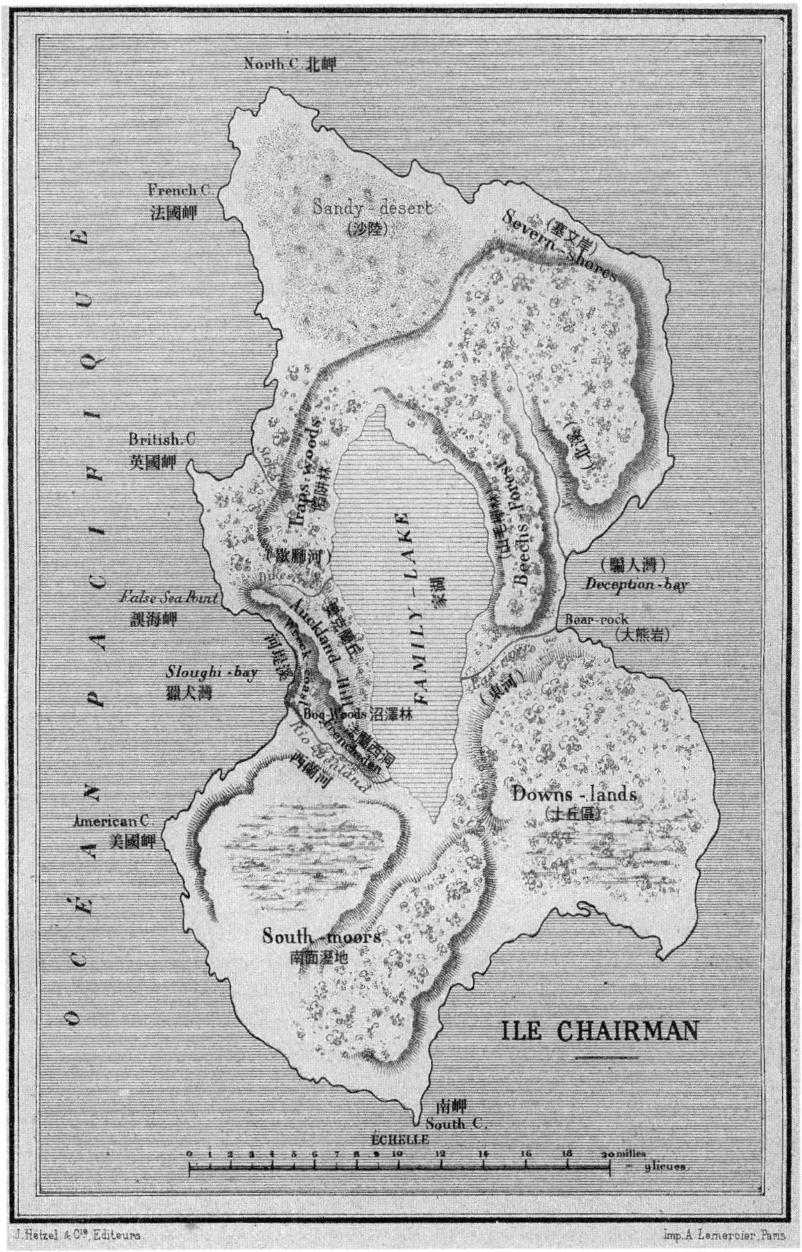
North C. 北岬
French C.
法國岬
Sandy - desert
(沙陸)
Severn - shores
(塞文岸)
British. C
英國岬
Traps - woods
Beechs - Forest
(騙人灣)
Deception - bay
False Sea Point
誤海岬
FAMILY - LAKE
家湖
Bear - rock
(大熊岩)
Auckland - Hill
Sloughi - bay
獵犬灣
East - river
(東河)
Bog - Woods 沼澤林
Downs - lands
(土丘區)
American C.
美國岬
South - moors
南面溼地
ILE CHAIRMAN
南岬
South C.
ÉCHELLE
0 1 2 3 4 5 6 7 8 9 10 12 14 16 18 20 milles
glieues
J. Hetzel & Cie, Editeurs
Imp. A. Lemercier, Paris
OCÉAN PACIFIQUE

查理曼島地圖，括號中的地名是少年們日後陸續增加的。

所有人都拍手接受了這個名字，克斯達也為此感到自豪。

查理曼島！還真的挺適合的，可以想像未來在地圖上看到這個名字。

命名儀式總算結束了，大家心滿意足準備上床休息，柏利安卻開口了：「各位，既然幫島取了名字，是不是也該選個島主來管理這個島呢？」

「選島主？」德尼凡立即反應。

「對，我覺得要有個人管制其他人的行為比較好！全世界所有的國家都這麼做，查理曼島為什麼不行？」柏利安繼續說出意見。

「沒錯！一個島主……選一個島主！」大小孩都齊聲附和。

「好，選個島主，但必須有任期……比方說一年！」德尼凡說。

「要可以連任。」柏利安補充。

「好！……那我們要選誰？」德尼凡顯得十分焦急。

這位滿心嫉妒的男孩只在乎一件事：大家的心都是向著柏利安的！但這個想法馬上就被推翻了。

「選誰？當然是我們之中最有智慧的人啊，當然是柯爾登！」

「對！沒錯！柯爾登萬歲！」

柯爾登本來還想拒絕這份榮耀，只想退居幕後規劃，而不想下達指令。但他也很清楚，眼前這些男孩熱情如火，未來甚至有可能野火燎原，所以還是接受這份他們賦予的權威比較好。

於是柯爾登成了這座小島的島主！

「對！沒錯！柯爾登萬歲！」柯爾登成了這座小島的島主。

十三、酷寒

五月份起，查理曼島就正式邁入冬季了。冬季會持續多久呢？要是小島的緯度比紐西蘭還高的話，至少會持續五個月。柯爾登可得準備好對抗漫長的冬天了。

總之，這個美國少年觀察了這裡的氣候：這裡的冬天從五月就開始了，也就是說比和北半球一月相對的七月份早了兩個月。因此，寒冷的季節也會多出兩個月，要到九月中左右春天才會到來。除此之外，還得把春分時的暴雨季算進來，這麼一來，直到十月一日前，少年們可能要被關在法蘭西洞裡，不能遠行，也不能在查理曼島上閒晃了。

柯爾登決定認真制定一份日程表，好好安排閉關的日子。

首先是查理曼學校的學長學弟制絕不能在這同名島上實行。柯爾登費盡心力要求孩子們把自己看做大人，也和大人一樣行事。因此，這裡沒有所謂的學弟奴。除了這一點外，其他傳統還是要遵守的，畢竟這些傳統就像《英國中學日誌》（La Vie de college en Angleterre）作者說的，是「英國學校的根本」。

按課程規劃，低年級的孩子和高年級孩子可以學習的內容比例很不平衡。光是看法蘭西洞圖書室裡的藏書就知道，除了旅遊外，最多的就是科學用書。這些書只能提供他們一點幫助，畢竟他們面對的生存問題就是最好的教材，他們能從中學會求生的技巧和滿足需求。求生的艱辛、危難時刻的應變與判斷能力，這些都教會了孩子慎重對待生命。另外，高年級的孩子自然也有義不容辭的責任，必須教育那些年紀還小的孩子。

在不超出孩子們能力的範圍內，他們把握每次機會鍛鍊他們的體力、陶冶他們的心智。只要天氣允許，他們就會穿上足以保暖的厚衣外出活動，甚至是各自做些能力可及的勞動。總之，整個計畫就是立基在下面幾個英國教育的基礎上完成的：

「大膽面對你們害怕的事。」

「絕不輕言放棄。」

「沒有無用的疲憊。」

只要遵循這幾個法則，便能強健身心。

大家都同意了這幾個原則後，就開始執行了：

每天上下午各兩個小時，孩子們會集合在大廳內，由五年級的柏利安、德尼凡、克羅斯、巴克斯特、四年級的維各斯和韋博輪流教課。他們以自己本來就會的東西和圖書室裡的書籍為基礎，安排給三年級、二年級和一年級孩子的數學、地理、歷史課程。除此之外，每週四和週日也有辯論會，大孩子們先決定站在正方或反方，辯論的主題包括了科學、歷史，甚至是時事（關於他們每日發生的新鮮事）。孩子們因此得以溫故知新。

身為島主的柯爾登嚴格督導計畫的執行，除非有特殊狀況，否則絕不更改行程。

同一時間，他們也推動時間規劃策略。從獵犬號上帶下來的日曆必須每天更新，還有一支表，必須按時上發條才能確保時間準確。兩個大孩子負責此事，管手表的維各斯和看日曆的巴克斯特都是很值得信任的人。還有韋博，記錄氣壓計和溫度計的指數是他的例行公事。

另一件重要的工作是把小島上發生的每一件事記錄在日誌裡，這件事巴克斯特自告奮勇，因此《法蘭西洞日誌》誕生了，裡頭詳細地記錄了他們的生活。

洗衣服的問題也是一件不得耽擱的大事。儘管柯爾登一再警告，孩子們還是經常在運動場或小河邊玩得一身髒汙，幸虧他們不缺肥皂才有辦法處理。柯爾登不知說了多少次，甚至是威脅處罰，卻總是起不了作用！每日要清洗的衣物太多，莫可再能幹也洗不完，因此年紀大的少年還是得助他一臂之力，才能維持法蘭西洞的衣物清潔。

這是一個星期天，我們都知道，星期天的生活必須嚴格遵守英國人和美國人的傳統。這一天，無論是城鎮或小村，所有的活動都是暫停的。「這一天，嚴禁一切消遣娛樂，不只是要無聊，還得讓別人看到你的無聊。無論年齡，所有人都要遵守這條規則。」傳統！又是所謂的傳統！

但查理曼島上的人決定放鬆些，這個星期天，男孩們獲准前往家湖旁散心。只是戶外溫度過低，他們在散了兩個小時的步後，就從運動場的草皮上直奔法蘭西洞。他們先在大廳暖了身，又到儲藏室裡享用大廚精心製作熱呼呼的晚餐，最後，這個週末夜在一場音樂會的樂聲中畫下了句點。卡爾內的手風琴是音樂會的樂隊，其他人則以一種英式決心哼著大半時候是錯的調子。他們之中，唯一擁有好嗓子的是小杰可。只是他始終不明所以悶悶不樂，根本也沒心情參與同伴們的活動。這一晚，大家百般懇求，但他卻一反以往在學校裡老是哼著唱著的個性，一首兒歌的歌名也吐不出來。

他們的一天，以瑟維斯所謂「敬愛的柯爾登」的談話為始，再以集體禱告為終。十點左右，所有人都沉沉入睡了，只剩盡忠職守的小帆還顧著他們。

六月天裡，氣候越來越寒冷。韋博報告氣壓計維持在二十七寸以上，溫度計則顯示為攝氏零下十到十二度。只要南風轉成西風，溫度就會上升，法蘭西洞附近也會積上一層厚雪。到時，小移民們就可以跟英國時下流行的一樣打雪仗了。孩子們難免會因此受點小傷，這一天，在一旁觀戰的杰可被打中了。當時是克羅斯不小心朝著他扎實地扔了一球，痛得他大聲哭了起來。

「我不是故意的！」克羅斯跟所有不小心做錯事的孩子一樣說了這句話。

「也許不是故意的，可是你不應該丟這麼用力。」柏利安聽到弟弟的哭聲趕到戰場上來。

「誰叫他要站在這裡！他又沒有要玩！」克羅斯又說。

「也不過就是受了傷嘛，囉哩囉嗦的！」德尼凡大聲說。

「好吧！沒關係！」柏利安知道德尼凡只是想插嘴此事，「但我覺得克羅斯不能再玩了！」

「你憑什麼這麼說？他又不是故意的！」德尼凡反駁。

「關你屁事！這件事是我和克羅斯的問題……」

「你說這話就是跟我有關係了！」德尼凡回應。

「既然想管，那就來吧，隨時領教！」柏利安插起了雙臂。

「好啊，來吧！」德尼凡大喊。

幸虧柯爾登及時制止了這場演變成拳腳相向的爭吵，並判定是德尼凡的錯。德尼凡也認了錯，嘀咕著回到法蘭西洞裡。只是這樣的意外總會再發生吧！

大雪持續下了兩天。為了逗樂小孩，瑟維斯和卡爾內做了個人偶。人偶的頭、鼻子和嘴巴都大得不像話，活像是個「夜魔人」[8]。瑟維斯和卡爾內白日還敢朝著它丟雪球，但到了夜晚，他們可是一

瑟維斯和卡爾內做了個活像是「夜魔人」的雪人人偶。

點也不敢正視這個在昏暗的燈光下顯得巨大無比的人偶。

「膽小鬼！」艾弗森和詹肯看似勇敢，實際上也沒比他們少怕一點。

到了六月下旬，他們就完全放棄了這項娛樂。大雪覆蓋在大地之上有三、四英尺之深，根本就是寸步難行了。要是冒險走出法蘭西洞，只需走上百步，大概就回不來了。

直到七月九日前，少年移民們被囚禁了十五天。但在這段期間內，他們的學習計畫絲毫沒有受到影響，每天的課程與每週固定的辯論比賽都按時進行，而且所有的孩子都樂於參與。不難想像，本來就能言善道、成績優異的德尼凡很快地就晉升到了最頂端。只不過，他為何總是要如此高傲呢？真是可惜了一身才華。

雖然大部分時間都待在大廳裡，但多虧兩個洞穴有個走廊利於通風，他們的健康狀況才得以維持，這可是非常嚴肅的問題。只是，要是有孩子生了病，要怎麼處理呢？幸好這些日子來，他們只有感冒、喉嚨發炎的症狀，這種小病通常只要適當休息，就能快速復原了。

少了一件棘手的事，現在得處理另一個問題了。法蘭西洞的飲用水通常是在海水退潮、河水不含鹽份的時候從河上取來的。然而，河面結冰後就再也無法取水了。柯爾登找來了「工程師」巴克斯特商量對策，經過一番深思熟慮後，他提出在地底下埋管線的解決辦法，這麼做的話，水流就能在不結

8 Boogeyman，神秘的人物，通常沒有具體形象，指的是童年的恐懼。在許多文化中，父母面對不乖的孩子，甚至會威脅他們夜魔人晚上會找上門。

冰的情況下直接流到儲藏室。這工程並不容易，要是沒有那條從獵犬號洗手間裡拆下來的鉛管，巴克斯特可能永遠也無法完成這項任務。經過一連串的嘗試後，水總算順利流到儲藏室裡了。除了水以外，還有照明的問題。他們目前還有足夠的燈油可以使用，但冬天過後，大概得用莫可存下來的油脂製作蠟燭了。

隨著獵物與漁獲量減少，移民們的糧食供應也成為這段艱難時期的難題之一。雖然偶爾也有幾隻動物會到運動場上覓食，但大多時候都是一些豺狼，一聽見德尼凡和克羅斯的槍聲就逃之夭夭了。某天，將近二十隻的豺狼成群結隊來訪，孩子們還得趕緊用東西把大廳和儲藏室的門堵上，畢竟是飢腸轆轆的野獸，不得不防。但小帆也總是能即時發出警報，野獸根本也沒能強行進入法蘭西洞。

面對嚴峻的氣候，莫可也不得不動用帆船的物資了。這些存糧是萬不得已才能取用的，柯爾登心不甘情不願地批准，不忍看見小冊子上多了一行又一行取用紀錄，而存入的紀錄卻始終如一。雖然如此，他們還是有不少事先煮過後密封在罐子裡頭保存的鴨肉和鴇鳥，莫可每天會取出一些，再配上醃在鹽水裡的鮭魚便成一餐。然而，不能忘記法蘭西洞裡可是有十五張嘴嗷嗷待哺，而且都是八到十四歲間永遠吃不飽的男孩呢。

儘管如此，鮮肉還是不缺的。擅長設置捕獸器的維各斯沿著河岸布下了好幾個用木棍排成「4」字型的簡便陷阱，也因此捕到了好幾隻小獵物。在其他同伴的協助下，他還把河邊撿來的花穿插在獵犬號的魚網上，再用竹竿撐起，這麼一來從南面溼地來的鳥要飛到河的另一邊時，就會被這張巨大的蜘蛛網纏住。雖然繞過這張天網逃生的鳥不少，但某些日子裡他們還是能攔截到兩餐份量的鳥。

說到鳥，那頭鴕鳥也是有不少肉可以吃呢！老實說，雖然瑟維斯花了心力，但這隻野生動物的馴服計畫至今仍看不出任何成果。

「多麼好的代步工具啊！」他時常重複這句話，只是沒有人知道他究竟要怎麼爬上鴕鳥背。又因為鴕鳥是草食性動物，瑟維斯不得不每天踏上兩、三英尺深的雪地為牠尋找青草和樹莖。為了餵飽這心愛的寵物，有什麼是不能做的呢？牠要是少了任何一點脂肪，可真怪不得這位馴獸師，只能期待春天來臨時能重拾肥美的模樣了。

七月九日一早，柏利安走出法蘭西洞外時，發現風向又突然轉成了南風。寒風刺骨，柏利安趕緊又回到大廳內向柯爾登報告這件事。

「令人擔心的事還是發生了。而且這種嚴寒我們應該還得再忍受好幾個月！」柯爾登說。

「按此看來，獵犬號是漂到比我們設想的還要南的海域了！」柏利安補充道。

「是啊，可是我們那本地圖集根本沒有標示南極附近海域的島嶼！」

「我也無法理解，就算要離開查理曼島，我也不知道該往哪個方向走……」

「離開我們的島！柏利安，你還想著這件事啊？」

「沒有停止過這個念頭。柯爾登，我們可以造一艘禁得住風浪的船。我願意出海探路，絕不猶豫！」

「好啦！好啦！反正不急……要先把這座小島的事處理好才行……」

「噢，我的兄弟！你忘了我們的家人還在那裡……」

「我知道……我知道……可是我們在這裡也過得不錯啊！一切都上軌道了，而且似乎什麼也不缺！」

「缺的可多了，」柏利安總算抓到一個適合提及這個話題的時機，「比方說，柴火都快沒了……」

「噢，還有一整片林可以燒呢！」

「別開玩笑了，柯爾登，該去補木柴了，真的沒了！」

「好吧，那今天就去！去看看今天的氣溫怎麼樣！」柯爾登說。

儘管儲藏室裡的灶火燒得正旺，溫度也只維持在五度上下，更不用說把溫度計貼在靠外的牆上了，一下就掉到了零下十七度。

冬日的寒氣逼人，要是一連幾天晴朗乾燥的天氣，溫度甚至會更低。儘管大廳的暖爐和廚房的爐灶燒得熱烈，洞裡的溫度升高的幅度仍舊十分有限。

用過早飯後，約莫九點左右，他們決定前往陷阱林裡砍些乾柴。

這一天的天氣晴朗平靜，溫度雖低，但還算承受得了。冬日最折磨人的，莫過於刮著臉和手的風刀，幸虧這一天風勢不大，萬里無雲，空氣彷彿凝固了似的。

要是在前一天夜裡踩進雪裡，半個人都會深陷進去，可是現在雪地卻已像金屬一般扎實了，只要小心腳步，就能一直走到結了冰的家湖和西蘭河上。如果再穿上雪鞋或是使用雪橇，便能在湖面和河面上通行無阻，幾個小時便能貫通南北。

但當務之急是到林裡砍柴，探險的事還得暫擱一旁。

然而，要靠人力運送足夠的柴火是個十足的體力活，莫可因此出了個好主意，大家也馬上就著手執行。在他們還沒建好其他運送工具前，何不把儲藏室裡那張牢固的大桌子倒過來呢？長十二尺、寬四尺的木桌不就正好可以在結冰的雪地上拖行嗎？沒錯，完全可行，於是，清晨八點，孩子們用繩索把四根桌腳綁好後就朝著陷阱林的方向去了。

鼻子和臉頰凍得通紅的孩子們像群小狗蹦蹦跳跳，小帆自然也沒缺席。他們偶爾也會為了誰能爬上桌子拳腳相向，但都是出於好玩，就算摔個幾次也沒什麼好擔心的。嘻笑聲傳遍了這片乾冷的冰雪大地，能看到墾殖地的孩子們身體健康、心情愉悅，真是令人放心了不少！

放眼望去，從奧克蘭丘到家湖間的大地鋪上了一層白，樹梢閃著冰花，枝葉也晶亮亮的，彷彿是一片晶瑩剔透的童話世界。鳥兒成群飛過湖面，德尼凡與克羅斯當然也不忘攜帶獵槍，但雪地上那些不屬於豺狼、美洲豹或美洲獅的腳印告訴他們得小心為上。

「可能是某種兇猛的野貓！」柯爾登說。

「只是貓啊！」克斯達聳了聳肩。

「喂，老虎也是貓科的哦！」詹肯提出警告。

「瑟維斯，這種貓真的很可怕嗎？」克斯達又問。

「真的，他們吃孩子就跟吃老鼠一樣容易！」瑟維斯回答。

這話可嚇死克斯達了。

陷阱林距離法蘭西洞半里遠，小小伐木工人很快就到了指定的區域。大斧只砍在夠粗的樹幹上，為了方便捆綁，孩子們會先折斷小樹枝，帶回山洞當作引火棒。雪橇上沒一會兒就裝滿了沉重的木柴，但還是自在地在結實的雪地上滑動，中午前就完成了兩趟旅程。

吃過午飯後，他們接著工作到下午四點，天色漸黑時才休息。又是疲憊的一天，因為沒有急事，柯爾登便下令讓孩子們休息，而孩子們也只得聽令行事。

少年們將大餐桌翻過來，作為運送柴火的雪橇。

其實，回到法蘭西洞後，直到上床前，大家都忙著鋸開、剖斷樹幹，再將它們擺放整齊。這件事花了他們六天的時間，而砍回來的柴大概可以撐上幾個星期。這些薪柴的數量之多，當然無法全數擺在儲藏室，不過反正木柴不怕風雪，所以便堆在戶外了。

根據他們的日曆，這一天是七月十五日，聖斯威辛日（Saint-Swithin），也就是法國的聖彌達爾度（Saint-Médard）。

「所以……要是今天下雨的話，就會連下四十天。」[9]柏利安說。

「依我看，也沒什麼好擔心的，天氣本來就沒好到哪裡去。唉……要是夏天的話……」瑟維斯說。

他說的沒錯，南半球這時正值嚴冬，所以這裡的住民根本不管聖斯威辛或聖彌達爾度會帶來什麼爛天氣。

不過，雖然沒有連著下雨，但東南風又起，天氣冷到柯爾登決定禁止孩子們踏出山洞一步。

八月的第一個星期，溫度計筆直降到了零下二十七度，只要把頭探出洞外，隨意呼口氣都能瞬間凝結成冰；只要摸到金屬物，手就會感到如烈火灼燒般的疼痛。因此，他們只能想盡一切辦法維持室內的溫度。

這種難耐的天氣又持續了十五天，由於不能外出活動，孩子們都快悶壞了。柏利安看著他們原本紅潤的臉色逐漸蒼白，心裡難過得很。幸虧洞裡一直都有熱飲，孩子們除了幾次感冒和支氣管炎外都平安度過了這段日子。

9 根據法國舊時節氣，如果聖彌達爾度日，即六月八日這一天下雨的話，接下來的四十天都會下雨。

八月十六日左右，西風改變了天氣，氣溫升到了還可以忍受的零下十二度。因此，德尼凡、柏利安、瑟維斯、維各斯和巴克斯特希望走一趟獵犬灣，要是一大早出發，當天夜裡就能回到洞裡了。他們的目的在於查看是否有像上回那樣的兩棲動物爬到岸上，另外，也想將可能早就被冬日狂風吹得只剩碎布的國旗換下。在柏利安的建議下，他們在原本的桅杆上釘上了一塊木板，上頭標誌了法蘭西洞的位子，這麼一來，說不定真的有行經此地的水手看見它並踏上岸時也能知道他們的存在。

柯爾登也同意了這次的行動，條件是必須在天黑前返回。於是，小隊在八月十九日清晨天還未亮時就上路了。天清雲淨，皎潔的下弦月照亮了整片大地。因為休息了好長一段時間，短短六英里的路程根本難不倒他們。

沼澤林的溼地全結成了冰，孩子們不需繞路，接近九點時，德尼凡和他的同伴們便抵達海灘了。

「好大一群鳥！」維各斯指向礁石上那排不計其數的鳥，看上去像是肥鴨，扁長的鳥喙有如河蚌，鳴叫聲尖銳刺耳。

「看起來好像在閱兵！」瑟維斯說。

「是企鵝，不值得浪費子彈！」巴克斯特也接著說。

這些傻呼呼的鳥類幾近直立、身體前傾，根本也沒逃跑的意圖，隨意揮根棒子都能打死。德尼凡一度想嚇走牠們，在柏利安的勸說下才保持距離，放牠們一條生路。

雖說這些企鵝沒用，但還有許多油脂層肥厚的動物可捕，畢竟他們還得儲藏一些油，來年冬天才能用來照明。比方說那些在鋪了白雪的礁石上嬉戲的長鼻海豹就是理想的獵物。只是要想抓住牠們，就得先切斷牠們的退路。柏利安和其他同伴一走近，牠們就以有趣的模樣蹦蹦跳跳遁入水裡，顯然下次得先計畫好再來獵捕這些兩棲動物。

簡單吃過帶來的食物後，他們便著手觀察整個海灣。從西蘭河口到誤海岬間盡是一片雪白，除了企鵝和海燕、海鷗外，其他的鳥類似乎都進到內陸得以覓食之處過冬了。海灘上蓋了一層兩、三英尺厚的雪，獵犬號的殘骸全都深埋其下。潮間的海藻只長到礁石下方，看來秋分時節的大漲潮沒有侵襲獵犬灣。

至於那一片海，柏利安的視線一直掃到海平線那端，三個月未見的海面一如往常的空蕩。距離他們幾百英里之外的某處，就是紐西蘭，那個他不敢巴望有一天能再見的家園！

巴克斯特負責掛好新的布旗，再把標識了沿著河流向上六英里便能找到法蘭西洞的木板釘上後，下午一點左右，一行人踏上了歸途。

途中，德尼凡順手殺了兩隻在河面上徘徊的針尾鴨和一隻鳳頭麥雞。四點左右，當天色逐漸昏暗時，他們回到了法蘭西洞。柯爾登在了解了這趟觀察的結果後，同意只要天氣許可，應盡快安排獵捕海豹的行動。

嚴峻的冬日的確要走到盡頭了。八月下旬到九月上旬間，海風再次吹來。白雪漸融，湖面上也響起震耳的破裂聲。所有未融的冰塊隨著水流向下漂去，一片一片堆積起來，阻塞了河道，要一直到九月十日左右才完全融解。

由於及早做了準備，少年移民們安全度過了這個冬天，每個人的身體狀況都很不錯，課程也順利進行，柯爾登幾乎沒有對任何人發過脾氣。

然而，某一天他還是懲罰了多樂，用以殺雞儆猴。這孩子經常拒絕完成負責的工作，柯爾登多次

巴克斯特掛好新的布旗，再把標識了沿著河流向上六英里便能找到法蘭西洞的木板釘上。

警告，他也只當耳邊風。最後雖然也沒有被關禁閉，但按英國學校制度的傳統，他還是得接受藤條伺候。

前面也說過，英國人看待這種懲罰的角度跟法國人不同，他們並不覺得這種事有任何不妥。這件事要不是柯爾登決定的，柏利安大概就會憤起抗議了吧。而且，一個法國學生接受這種懲罰肯定感到丟臉，但英國學生會覺得丟臉的卻是表現出對體罰的恐懼。

所有人共同推舉維各斯擔任執行者，在多樂身上抽了幾下，這個案例之後，就再也沒有任何類似的情況發生了。

到十月十日為止，距獵犬號在查理曼島上擱淺的日子已經六個月之久了。

十四、冬日將盡

隨著天氣好轉，孩子們總算可以進行一些他們在漫長冬日裡計畫好的事了。島嶼的東方，視線可及之處顯然沒有任何其他陸地。至於北方、南方和西方呢？這座島會不會屬於某個太平洋上的群島或列島？不太可能，弗朗斯瓦·博杜安的地圖畫得很清楚。然而，就算這一片海域上還有其他陸地，他也沒有望遠鏡可以使用。就算登上奧克蘭丘，頂多也只能看到幾里之外吧？孩子們手上的設備比那位迪蓋·特魯安號倖存者好多了，也許可以有更多發現。

按照島的形狀，法蘭西以東的中央地區最多十二英里。與獵犬灣相對的另一側海岸是新月狀的，也許可以往那個方向探索。但在造訪其他區域前，還是得先把奧克蘭丘、家湖和陷阱林一帶摸清楚才行。這個地區有沒有可利用的資源呢？有沒有足夠的喬木與灌木可以使用？他們決定在十一月初進行探勘。

雖然時節已入春，但位於高緯度地區的查理曼島卻還沒感受到春和日暖。整個九月與十月上半旬的天氣還是一樣差，因為風向不停變換，天氣也變得難以捉摸。這個時節的大氣擾動非常劇烈，當初也是這種天氣將獵犬號帶到太平洋的這一角上來的。狂風大作時，奧克蘭丘上的岩石似乎都被吹動了，要是風從南方來，削過毫無阻礙的南面逕地長驅直入，就真令人直打冷顫。冷風好幾次都從儲藏室端的洞口鑽入後，又穿過走廊直驅大廳，密封洞口的門成了一項難題。這種刺骨的寒冷比冬日溫度計掉到零下三十度時還難熬。而且，冷風還不是唯一的苦難，大雨和冰雹才是真正得提防的。

除此之外，鳥兒們似乎都躲到島上較不受冷風侵襲之處，魚兒大概也早就被拍打著岩岸的浪濤嚇跑了，每件事都是雪上加霜。

但洞裡的孩子們也沒閒著，由於地面上結實的雪層都已消融，木桌再也不能當載具，巴克斯特只好想法子再造一個能承受重量的交通工具了。

為此，他想了個法子利用帆船起錨機上的兩個大輪造車。然而，這項工程就連熟練的鐵匠也得花上一番功夫。起錨機上的大輪是齒輪狀的，因為千方百計磨不掉齒輪，巴克斯特只得拿木頭塞滿空隙，再繞上一圈鐵環。最後，在用鐵條固定兩個輪子形成一個車軸後，放上一個木板平台，一台簡易的板車就完成了！雖說簡略，對孩子們來說可是重要的工具呢。由於缺少馬、驢或騾，他們之中最強壯的幾個孩子自然接下了拉車的工作。

哦！要是能馴服一隻四足動物來代勞，該能省下多少力氣啊！為什麼查理曼島上除了幾隻只看到殘骸或足跡的野獸外，就只有大量的鳥類呢？瑟維斯那頭鴕鳥究竟能不能被訓練成家禽呢？

至今為止，那頭鴕鳥的野性絲毫未改。除了用尖嘴利爪攻擊靠近自己的人外，牠還不停破壞繫著牠的繩索，要是真的成功了，應該馬上就會消失在陷阱林中了吧。

然而，瑟維斯一點也不灰心，甚至給鴕鳥取名為「颶風」，就跟《海角一樂園》裡的傑克為他的鴕鳥取的名字一樣。瑟維斯費盡了心思馴服牠，但無論怎麼處理都不見成效。

「奇怪了，」某天他拿著那本懷斯所寫、他愛不釋手的書說，「傑克怎麼就有辦法把他的鴕鳥訓練成快馬呢？」

「對啊，不過也許這隻鴕鳥和那隻的差異，就跟你和那位英雄之間的差距一樣大！」柯爾登說。

「有什麼不一樣？」

「幻想與現實的差異啊！」

「不管啦！我一定會把牠搞定……要不然就叫牠給我解釋一下為什麼！」

「哦，好吧，我想聽到鴕鳥回你話應該會比你騎上牠來得正常一些！」柯爾登笑著說。

衝著這些嘲笑他的話，瑟維斯決定等天氣穩定了就騎上鴕鳥。他仿效自己的英雄，用船帆製了一套鞍具和一副矇眼的套子。傑克會不會就是在把鴕鳥的某個眼睛遮起來後才馴服牠的呢？他只要有樣學樣應該也會成功吧？瑟維斯甚至用麻繩為鴕鳥做了一條項圈，並成功戴到那隻沒有項圈也許活得更好的鳥身上。至於那副蒙眼的套子，根本連牠頭頂的毛也碰不到。

這些日子就在布置法蘭西洞的工作中度過了。沒有辦法出門的季節，能運用本來就安排好的工作時間好好整頓室內的環境，的確是最好的選擇。

現在，春分時節進入尾聲，陽光重拾活力，高掛於晴朗的天空。時間是十月中旬，地面的溫度滲入樹叢與樹幹，並為大地染上了一片新綠。

孩子們現在可以整日在法蘭西洞外活動了。所有保暖的衣褲，無論是棉的、針織或是法蘭絨，全都在拍打、修補、摺疊後，由柯爾登標好號碼，再仔細地收入箱子裡。衣著輕便的孩子快樂地迎接這個美麗的季節到來。而且，他們還帶著一絲希望呢，也許還會有得以改變目前處境的新發現。夏天時，會不會有船經過這片海域呢？他們如果看到查理曼島，看到奧克蘭丘上飄揚的旗子，怎麼可能不派人上岸呢？

十月下半旬，孩子們到法蘭西洞方圓兩英里的區域探查了好幾次，小獵人們當然也出動了。日子又回到了往常的模樣，柯爾登還是持續警告他們要節約彈藥。維各斯設了好幾個陷阱，也因此捕獲不少鳩鳥和大鴇，有時甚至會抓到長得像刺豚鼠的兔豚鼠。為了搶在豺狼之前帶回獵物，他們得時常巡視套索，總不能白白為這些貪吃鬼獵食吧，更不用說總有一天也是要把牠們處理掉的。除此之外，把舊的陷阱修好後，他們又在樹林邊上多挖了幾個，全都抓到了不少獵物。至於野獸，雖然都只看到足跡，但他們也始終不敢掉以輕心。

德尼凡也獵了幾隻肉質甜美的小野豬和小野鹿。至於林裡的鴕鳥，孩子們眼見瑟維斯無力征服，就不把牠們放在心上了。十月二十六日早晨發生的事，正好證實了他們的想法。那一天，這位頑固的少年給他的鴕鳥戴上了鞍具，決定騎到牠身上。

所有的人都聚到運動場上圍觀。小一點的孩子們看著同伴的眼神充滿了嫉妒與擔憂，在這關鍵時刻，沒有人敢開口要求同坐。大一點的只是聳聳肩，柯爾登甚至想過勸退瑟維斯，但他一點也聽不進去，也就只能隨他去了。

卡爾內和巴克斯特協助拉住眼睛被蓋上罩子的鴕鳥，瑟維斯在跌跌撞撞好幾次後，總算成功騎上鳥背，似乎有點遲疑地喊了聲：「放手吧！」

一開始，被男孩的雙腳緊緊夾住的鴕鳥因為戴著眼罩還站在原地一動也不動，直到瑟維斯拉下同時也做為韁繩的眼罩時，牠才猛地跳了一下，朝著樹林狂奔而去。

瑟維斯終於騎上他訓練多時的駝鳥。

鴕鳥如離箭之弦呼嘯而去，瑟維斯再也控制不住他的坐騎了。難道不能再套上眼罩嗎？但牠只用力晃了一下腦袋，眼罩便滑了下去，惹得瑟維斯最後只能使勁攀住脖子了。一陣顛簸，本來就沒坐穩的騎士馬上就被甩到地面上了，鴕鳥則頭也不回、揚長而去。

同伴們迅速趕了過來，但鴕鳥早已不見蹤影。

幸虧正好滾到草地上，瑟維斯才沒有受傷。

「畜生！畜生！」瑟維斯破口大罵，「最好別再讓我抓到！」

「你別妄想再抓到牠了！」一旁的德尼凡笑翻了。

「身為騎士，你那朋友傑克顯然比你優秀得多！」韋博說。

「都是因為還沒馴化牠！」瑟維斯反駁。

「不會有那一天的！瑟維斯，冷靜一點，你不可能改變牠的，懷斯寫的小說也不可盡信。」柯爾登說。

這場風波就此結束，沒騎上鴕鳥的孩子們也總算死了這條心。

十一月初的氣候宜人，適合外出探勘，他們決定沿著家湖西側往北探索。藍天白雲，氣候宜人，在野外露宿幾個晚上不是問題。這一次的探險隊由小獵人們組成，柯爾登也決定加入他們，留在法蘭西洞裡的孩子就由柏利安和卡爾內照顧。稍後在溫暖的季節結束前，柏利安也想到家湖的下半邊看看，也許乘著小皮艇沿湖岸向下，也許直接橫渡家湖。根據地圖顯示，法蘭西洞這一端的湖泊只有四、五英里寬，應該不難橫越。

瑟維斯對著遠去的鴕鳥大叫：「最好別再讓我抓到！」

同一時間，法蘭西洞的生活一如往常，在固定的工作時間結束後，艾弗森、詹肯、多樂和克斯達習慣到湖上或河邊捕魚，度過最美好的休息時間。雖然莫可沒有跟著小探險隊遠行，但可別認為那些人就吃得不好！瑟維斯不也是探險隊的一員嗎？之前他不也在廚房幫了實習水手很多忙嗎？他正想藉此機會一顯身手呢。又或者是想順道找回他的鴕鳥，誰知道呢？

柯爾登、德尼凡和維各斯身上都帶了獵槍，褲頭的皮帶上也繫了手槍。除此之外，還有獵刀和小斧頭，可以的話彈藥只用來防身或射擊獵物，以最節省的方式使用槍火。因此，巴克斯特也帶上了套索和流星錘，這個男孩沉默寡言，但卻有一雙靈巧的手，經過一段時間的練習，他已經能熟練地運用這類獵捕工具了，雖然至今為止只對付過靜止不動的獵物。至於能否征服那些跑得飛快的動物，這件事還有待驗證。

柯爾登也帶上了那只輕便的橡皮艇，摺疊後就像個十幾磅的行李箱。根據地圖上的資訊，沿途將會遇上兩條流向家湖的河，到時候若不能涉水而過，也許橡皮艇就能派上用場。柯爾登手上的地圖複本也顯示家湖的西岸算入彎曲的湖岸約十二英里長，如果路上沒有任何耽擱，單程也得花上三天的時間。

柯爾登一行人跟在小帆後頭走出陷阱林後，往左沿著鋪滿細沙的河岸前行。又向前走了兩英里後，他們踏入了搬到法蘭西洞以來沒有探索過的區域。這一帶長滿了名為蒲葦的雜草，叢生的草高過人頭，不管誰走過都會消失在草叢中。他們因此放慢了腳步，但這並非壞事，因為小帆似乎嗅到了什麼可以輕易解決的獵物，突然在六個地洞前停了下來。德尼凡也舉起了獵槍，但柯爾登卻阻止了他：

「德尼凡，把槍收起來，拜託，收起來！」

「搞不好我們的午餐就在裡面呢？」少年獵人這麼說。

「搞不好連晚餐也有了？」瑟維斯一邊說著，一邊彎下腰察看地洞。

「要是牠們在洞裡，那可以用煙燻出來，不需要花一顆子彈。」維各斯說。

「怎麼燻？」韋博問。

「在洞口點火啊，就像燻黃鼠狼或狐狸一樣！」

草叢間的空地鋪了許多乾草，維各斯馬上就點燃了。一分鐘後，洞口出現了十幾隻被燻得半死的嚙齒動物，個個驚惶不已，都是野兔。瑟維斯和韋博揮了兩、三下斧頭，小帆也咬了兩、三下，解決了好幾隻。

「有烤肉吃了！」柯爾登說。

「交給我吧。」瑟維斯大叫，好不容易有機會當大廚了，「要的話，馬上就可以處理！」

「等一下休息的時候再說吧！」柯爾登說。

他們在高過頭的草叢裡走了半個小時再次踏上了沙丘，沙粒又輕又細，風一吹便塵土飛揚。位於西邊的奧克蘭丘已經離他們兩英里遠了，因此可以知道那段山崖的方向是從法蘭西洞斜走到獵犬灣。眼前這片林樹茂密的森林，就是柏利安一行人先前曾走過的，同時也是河堤溪的流域。根據地圖所繪，這條小溪也會流向家湖。十一點左右，在走了六英里的路後，探險隊決定就在溪口處稍作休息。

他們在一棵高大的傘形松樹下歇腳，並在兩個大石間生起了火。幾分鐘後，兩隻由瑟維斯剝了皮、清了內臟的野兔已掛在劈啪作響的火堆上燒烤了。小帆躺在一旁，靜靜聞著肉香飄逸，小廚師當然是不忘按時翻面，以免烤焦。

瑟維斯的烤兔肉初體驗成果不錯，大家都吃得很盡興。這一餐除了用來取代麵包的小餅乾外，他們沒有動到任何帶來的存糧，因此又節省了一些。光是肉就滿足他們的胃口了，畢竟也是燻過青草味的甜美兔肉呢。

吃過飯後，他們便準備度過小溪。因為淺水處可以涉水而過，所以他們沒有多花時間打開橡皮艇。過了溪水後，湖岸的溼地漸多，他們不得不退回樹林邊上。樹林裡的樹種和其他地方差不多，山毛櫸、樺樹、橡樹和各種不同的松樹綠葉茂密。可人的鳥兒們在枝葉間嬉戲，黑嘴的、紅冠的，處處都有白頭的山鳥、鶺鴒、旋木雀、蒼頭燕雀、痲雀和喜雀嘰嘰喳喳的聲音。遠一點的天邊，南美洲海域常見的禿鷲、蒼鷹和幾對卡拉鷹展翅翱翔。

瑟維斯大概正為島上沒有魯賓遜漂流記裡那一家鸚鵡而感到失望吧。馴服鴕鳥不成，或許這種多話的鳥會比較聽話也說不定？只可惜他一隻也沒看到。

獵物之多，犰狳、松雞，就連柯爾登也無法阻止德尼凡獵隻小野豬，反正要是晚上吃不了，也能當隔天的午餐。

根據上次的經驗，樹林裡的路並不好走，因此他們順著林邊前行，直到傍晚五點時，另一條寬約四十英尺的河擋住了他們的去路。這條河也源自於湖泊，向北繞過奧克蘭丘後，從獵犬灣流入大海。柯爾登決定在此歇腳，這一天走了十二英里，也夠累人了。似乎應該先給這條河取個名，因為他們在此停留，所以決定稱它為歇腳河。

兩隻由瑟維斯剝了皮、清了內臟的野兔已掛在劈啪作響的火堆上燒烤了。
小帆躺在一旁，靜靜聞著肉香飄逸。

營帳就設在林邊第一排樹間，因為還有櫛鼠，他們決定把松雞留到隔天中午，而瑟維斯也再次展現了他的廚藝。然而，身體的疲憊戰勝了口腹之欲，儘管小嘴想張開吃飯，雙眼卻不受控制地閉上了。孩子們捲進了睡毯，圍在溫暖的營火旁入睡。維各斯和德尼凡輪流守夜並照顧營火，林裡的野獸應該不敢靠近。

隔天一早，他們再次背起行囊前進。

然而，光是給小河命名是沒用的，還得度過它才行。因為無法赤腳涉水，橡皮艇便派上用場了。但這脆弱的小艇一次只能載上一人，來來回回也花了一個小時才把所有人運到歇腳河右岸。不過也別太挑剔了，畢竟它還是免去了所有糧食和彈藥泡水的困擾。

至於小帆呢，牠可是一點也不反對弄溼四肢，縱身一躍游了起來，沒划幾下就到對岸了。

由於這一頭不再是溼軟的沼澤地，柯爾登便決定走回湖岸，將近十點時就回到岸邊了。簡單用過烤猯豬後，他們又繼續朝著北方前進。

視線可及之處仍然不見湖泊盡頭，朝東望去也始終是水天一線。直到中午時分，德尼凡拿著望遠鏡說：

「看到對岸了！」

所有人順著他指的方向看去，果然有幾棵樹尖露出了水面。

「別停下來，快走，要在天黑前趕到那裡！」柯爾登說。

眼前是一片乾枯的平原，幾座沙丘在地平線上起伏，偶爾幾叢芒草和蘆葦點綴，這片景象一路連綿到視線的盡頭。看上去查理曼島的北邊和中部綠樹成蔭的地景不同，是一片荒蕪的沙地。因此，柯爾登將其命名為沙陸。

三點左右，圓弧狀的湖岸出現在東北方約兩英里處。除了幾隻鷸鷲、海燕、冠鸊鷉飛至岸邊的岩石上休憩外，這一帶了無生機。

當初獵犬號要是在這一面的海灘上擱淺，這些落難的孩子應該會誤以為這座島是塊不毛之地，也不會在這一大片沙陸裡找到像法蘭西洞這麼舒適的居所。待到帆船無法再遮風擋雨時，他們也不會知道該往何處去！

現在他們還有必要繼續前行，探索這片看上去不宜人居的區域嗎？是不是該計畫下一趟勘查湖右岸、甚至是其他可能有較多資源的森林的行程呢？當然了！要是查理曼島旁真有其他鄰島，那也是在東邊才有可能。

對岸的弧線越來越清楚，德尼凡建議馬上前往應該就在不遠處的盡頭。夜幕降臨時，他們在家湖北面一條彎曲小溪旁停了下來。這一帶連一棵樹也沒有，甚至也找不到一株灌木、一片青苔或一處地衣。沒有獵物，今晚只能從袋子裡拿出帶來的乾糧；沒有棲身之處，孩子只能以沙為床。這一夜，平靜的沙陸沒有發生任何意外。

十五、不太寧靜的夜晚

距離小溪兩百步左右，有一處高約五十英尺的小沙丘，正好提供了絕佳的瞭望點。隔天太陽剛升起時，他們就爬上了兩個小山頭，並拿起望遠鏡往北方望去。根據地圖，北邊的海岸線距離他們約十二英里，東邊也要七英里，按此看來，要是沙地真的延伸到海岸那端，那他們這一望應該就只能望見滾滾沙塵了。

因此再往北去也是無益。

「現在怎麼辦？」克羅斯問。

「回去吧。」柯爾登回答。

「那也要先吃過早餐才行！」瑟維斯急忙反應。

「擺桌！」韋博附和。

「既然要往回走，要不要試試別的路？」德尼凡提議。

「好，我們試試。」柯爾登回話。

「依我看，要是能沿著湖的右岸繞回去的話，這趟探索任務就更完整了。」德尼凡補充。

「這麼繞太遠了。按照地圖，就算一路上沒有遇到任何阻礙，這段路也有三十到四十英里，需要四到五天才能回到法蘭西洞！他們一定會擔心的，最好別這麼做。」柯爾登說。
「可是，早晚都得到那一邊看看的。」德尼凡又說。
「是的，我會再派另一隊人馬過去。」柯爾登回答。
「可是我覺得德尼凡說的有道理，現在就去的話可以省下一趟路……」克羅斯說。
「我明白。我們現在就是要沿著湖岸走到歐腳河，然後轉向崖壁，沿著山壁走回去。」柯爾登解釋。
「為什麼要再走一次我們已經走過的路？」維各斯也問。
「沒錯，柯爾登，為什麼不要切過這片沙地，抄近路到陷阱林，只要往西南走三到四英里就可以了。」德尼凡說。
「因為不管怎麼樣，我們都得度過歐腳河。昨天我們渡河的地方很安全，要是再往下游去，就可能會遇上激流，所以最好還是等到過了歐腳河再入林，這樣比較保險！」柯爾登回答。
「你還是這麼謹慎啊，柯爾登！」德尼凡滿嘴諷刺。
「謹慎點總是好的！」柯爾登說。
於是，所有人滑下了沙丘，回到昨晚休息的地方。在吃了幾口餅乾和乾肉後，他們捲起毯子、收好武器，踏上了來時路。
天空一片碧藍，微風輕撫吹皺了一池湖水。看樣子是晴朗的好日子。柯爾登預計隔天晚上可以回到法蘭西洞，所以他要求的不多，只要三十六小時的晴天就行。
一行人從早上六點到十一點走了九英里的路後，總算來到了歐腳河。一路上非常順利，德尼凡甚至因為順手打了兩隻間夾著紅色和白色羽毛的黑鴉而心情大好。一旁的瑟維斯也是，看著獵物，心裡只想著拔毛、清內臟和燒烤。

一小時後，他們使用橡皮艇度過了歇腳河，瑟維斯迫不及待動手下廚。

「好了，我們現在進入林裡了，希望巴克斯特有機會使用套索和流星鎚。」柯爾登說。

「到目前為止的確沒什麼用處！」德尼凡除了自己的獵槍和短槍外，對其他獵捕工具一律冷眼相待。

「你覺得可以用來打鳥嗎？」巴克斯特反問。

「不管是鳥還是走獸，我都懷疑它們的功用。」

「我也是！」克羅斯總是在第一時間替表哥站台。

「你們至少也等巴克斯特有機會使用後再下結論吧！」柯爾登仗義執言，「我很確定他一定能有致命的一擊！彈藥也許有一天會用完，但套索和流星鎚卻不會！」

「只是我們就不會有鳥肉了！」這男孩就是管不住嘴。

「再說吧，現在先吃飯！」柯爾登結束了這個對話。

只是瑟維斯希望鴉鳥能烤得恰當，所以還需要一點時間。話說回來，也得是隻大鳥才能填飽這幾個少年的肚子吧？沒錯，這種鳥類的體型很大，重達三十斤，從鳥喙到尾巴長達三尺，是雞禽類中最大之一。但最後還是被吃到連骨頭也不剩，畢竟還有小帆在一旁清理，牠的胃口一點也不比主人差。

吃過飯後，一行人踏進了陷阱林內從未探索過的區域。地圖上的歇腳河就是在穿過這一區後朝西北邊流向太平洋。小河繞過山崖邊，在誤海岬那端匯入大海。柯爾登知道，要是繼續沿著小河前行，將會離法蘭西洞越來越遠，因此決定離開河岸。他的計畫是走最近的路到奧克蘭丘後，再順著山腳往南走。

柯爾登手拿著指南針，帶著所有人朝西邊走去。陷阱林這一帶的林木沒有南邊茂密，地面上正好露出一條沒有被雜草和灌木淹沒的小徑。

陽光自樺樹和山毛櫸枝葉間隙灑落，紅花點綴著綠意盎然的樹叢與草皮，時不時可見小小的歐洲黃菀在兩、三尺高的花梗上搖擺。瑟維斯、維各斯和韋博都摘了些小花裝飾外套。

對花草十分有研究的柯爾登這時發現了一個重要的東西，貢獻了一份心力。他注意到一叢茂密的灌木，這種植物的葉子細小、莖上布滿花刺，紅色的果實大小和豌豆差不多。

「是杜卡紅果！如果我沒搞錯的話，印地安人常摘這種果實！」

「要是可以吃的話，那就吃吃看吧，反正死不了。」瑟維斯說。

話才說完，不等柯爾登阻止，他就連咬了兩、三顆，果實瞬間刺激了他的味蕾，酸得他擠眉弄眼，也惹得大家大笑！

「你還說可以吃！」瑟維斯大叫。

「我可沒說可以吃啊，印地安人摘這種果實是用來發酵製酒的。我的意思是，用這種果實釀出來的酒等哪天我們的白蘭地喝完時就很珍貴了。但這種酒很烈，還是不能一下喝太多，我們摘一袋回法蘭西洞釀釀看吧！」

被成千上萬花刺包圍的果實並不好摘，但只要稍微敲打幾下就會掉滿地。巴克斯特和韋博用這個方法裝滿了一布包後，一行人便再次動身。

走了一段路後，他們又採了一些南美洲特有的牧豆樹豆莢，這種樹的果實也可以釀成烈酒。這一次，瑟維斯緊閉雙唇，也還好他管住了自己的嘴，這種果實看似甘甜，實則令人口乾舌燥，一般人很難生吃。

下午時，在距離奧克蘭丘四分之一英里的地方，他們又有另一個重要發現。這一處因陽光充足，植物的生命力旺盛，地景也有了些改變。六十到八十英尺高的樹幹撐起了繁茂的枝葉，鳥兒們在枝頭上吱喳嘈雜。眾多樹種中可見四季常青的極地樺樹，還有幾棵群聚的「冬樹」，法蘭西洞的大廚用這種樹的樹皮取代肉桂。

在片這生機盎然的樹林裡，柯爾登發現了「紅麗果木」。這是一種生長在高緯度地區的茶樹，樹葉香氣迷人，適合拿來泡成保健茶飲。

「這種葉子可以用來代替我們的茶，先帶一些回去，之後再回來大量採收用以過冬。」

四點左右，他們來到奧克蘭丘北端，這一帶山勢雖然沒有法蘭西洞附近高，但幾近直立的坡度根本就爬不上去。不過也無礙，反正他們只想沿著山腳走到西蘭河。

兩英里後，崖壁間的峽谷內傳來溪水潺潺流動的聲音，他們很輕易地就度過了。

「這條河應該就是我們第一次到湖邊勘察時看到的那條。」德尼凡提出他的觀察。

「就是那條有砌石的河嗎？」柯爾登問。

「正是，也因為這樣，我們才稱之為河堤溪。」德尼凡回答。

「那就在溪的右岸過夜吧，已經五點了，反正都得在野外多過一夜，不如就在這些高樹下、小溪旁歇腳吧。明天晚上如果沒有遇到什麼問題的話，希望我們能在溫暖的被窩裡入睡！」柯爾登說。

於是瑟維斯開始為大家準備晚餐，菜色是之前餘下的鴇鳥，又得吃烤肉了。但這也不能怪瑟維斯，他也沒有別的選擇。

等待晚餐的時間，柯爾登和巴克斯特到林裡探險。一人負責尋找更多可用的植物，另一人則伺機使用套索和流星錘，不為別的，就為了堵住德尼凡的嘴也好。

大約走了一百英尺，柯爾登招手叫來巴克斯特。原來是草地上有一群動物在玩耍。

「是山羊嗎？」巴克斯特小聲問。

「看起來似乎是！快去抓幾隻來……」柯爾登回答。

「活的嗎？」

「對，活的，還好德尼凡沒來，否則他早就開槍射下一隻，順便嚇跑其他同伴了！你慢慢靠近牠們，不要被發現了。」

六、七隻動物在草地上悠悠哉哉，一點也沒查覺有人靠近。直到一頭八成是母親的山羊嗅到危險的味道，才開始警戒起來，準備逃離。

這時，一陣口哨聲響起，流星錘從離牠們不到二十步距離的巴克斯特手中飛出，精準快速地纏住了一頭母羊。柯爾登和巴克斯特趕上前去，母羊雖極力逃脫，但看樣子是沒有希望了，而且，除了牠以外，一旁還有兩頭出於本能守在母親身邊的小羊。

「耶！」巴克斯特情溢於表，「耶！是山羊嗎？」

「不，看起來比較像羊駝！」柯爾登說。

巴克斯特揮舞套索，嘗試抓住羊駝。

「會產奶的羊駝嗎？」

「沒錯！」

「那就是羊駝吧！」

柯爾登的確沒有認錯，羊駝長得和山羊很像，只是腿長頭小，羊毛細短，觸感如綢，而且頭上無角。這種動物主要生活在彭巴草原一帶，有時也可在麥哲倫海峽附近發現牠們的蹤跡。

可以想像柯爾登和巴克斯特回到營地時受到了多麼熱烈的歡迎，一個人拉著套索，另一個左臂右臂各圈一隻小羊駝。兩隻小羊駝還喝母奶，照顧起來應該不難，也許牠們以後會變成一大群羊駝，這麼一來對這個墾殖地而言可就有用了。德尼凡當然對於沒有射出的那一槍感到難受不已，然而，他也不得不承認以活捉獵物為前提的情況下，套索要比槍火來得有用多了。

孩子們愉悅地享用了晚餐，母羊駝被拴在樹邊吃著草，兩隻小羊則繞著她蹦蹦跳跳。

但這一區的夜裡沒有沙陸那麼平靜，樹林裡經常有比豺狼更可怕的動物出沒，鬼哭狼嚎此起彼落。約莫凌晨三點，一陣怒吼劃破黑夜，響徹整片林區。守在營火旁、手裡拿著獵槍警備的德尼凡第一時間並不認為有必要叫醒同伴，但吼叫聲之大，把柯爾登和其他人都吵醒了。

「怎麼了？」維各斯問。

「應該是野獸在附近徘徊。」德尼凡說。

「聽起來像是美洲獅或美洲豹！」柯爾登也說。

「不管是什麼都一樣！」

「那可不一定，德尼凡，美洲獅沒有美洲豹那麼可怕吧？可是要是成群的話就危險了。」

「不管是什麼，我們都準備好應戰了。」德尼凡一邊說著，一邊做出了防備的姿勢，其他人也跟著舉起了槍。

「不要輕易開槍！這營火應該能嚇跑牠們……」柯爾登下令。

「不遠了！」克羅斯大喊。

的確，從小帆激烈的反應可以判斷這群野獸應該離他們不遠，柯爾登費了好大的力氣才拉住牠。

這些野獸顯然習慣在深夜裡來到此地喝水解渴，因為發現這裡被其他人佔領，才發出駭人的怒吼只是因為夜還很深，他們始終看不出來者何物。

發洩情緒。牠們會不會只是出點聲音嚇嚇人呢？會不會就此打住，不再更進一步做一些後果也許不堪設想的動作？……

突然間，距離他們二十英尺左右的暗處出現了一個移動的小光點，槍聲幾乎也在同一時間響起。是德尼凡開火的，野獸的吼叫也因此更加憤怒。所有人緊握著手槍，全上了膛準備射殺任何靠近營地的野獸。

這時巴克斯特抓起了一塊燃燒的木頭朝那對如火光般的雙眼丟去，過了一會兒，那群野獸便離開了這片小廣場，消失在陷阱林裡了，看樣子其中一隻應該是被德尼凡打傷了。

「牠們逃走了！」克羅斯大叫。

「一路順風！」瑟維斯補了一句。

「牠們不會再回來嗎？」克羅斯問道。

「不太可能，但天亮前還是警戒一點好。」柯爾登回話。

於是他們添了木柴，熊熊的烈火一直燃到天亮。拆了帳篷後，一行人深入林中確認昨夜的那一槍是否成功射殺了一隻野獸。他們在二十英尺之外找到了一攤血跡。野獸雖然逃走了，只要派出小帆循著線索前去，應該也是可以找回牠的，但柯爾登認為沒有必要為此追到林裡，因此他們並沒有繼續前進。

至於那些野獸究竟是美洲獅、美洲豹，還是其他更危險的食肉動物，始終是個謎。反正重要的是柯爾登一行人都安然無恙。

清晨六點時，他們又再次上路了。這一天他們得趕完河堤溪和法蘭西洞間的九英里路程，一分一秒不得耽擱。瑟維斯和韋博一人負責一隻小羊駝，母羊駝則由巴克斯特牽著，沒有任何怨言。

這一路的景色沒有太大變化，左手邊是大片的樹林，有時密不可穿，有時又只是稀疏聚集。右手邊則是高聳的石壁，石灰岩石塊層層疊疊，越往南邊越高。

十一點時，一行人才停下來吃午餐，為了節省時間，他們隨意吃了包裡的存糧後就又上路了。一路上都很順利，看來沒什麼障礙了，直到下午三點左右，林裡又響起了槍聲。

德尼凡、韋博和克羅斯跟在小帆身後向前跑了一百多步，他們的同伴都望不見他們了，直到聽到有人喊著：

「往你們那裡去了！」

這叫聲會不會是警告柯爾登、維各斯、巴克斯特和瑟維斯呢？

突然間，一隻龐大的動物穿出樹林。方才學會使用套索的巴克斯特拿起繩索，在頭上轉了幾圈後朝牠拋了過去。

他的動作矯捷精確，繩索尾端的套結穩穩地圈上了那動物的脖子，牠再怎麼樣也無法掙脫了。但以牠的體型和力氣，若不是柯爾登、維各斯和瑟維斯趕緊把繩子綁到樹幹上，應該會拖著巴克斯特跑吧。

這時，韋博、克羅斯跟著德尼凡也穿出樹林了，幾人滿口咒罵：

「該死的畜生！怎麼會讓牠跑了呢！」

「巴克斯特沒有讓牠跑走哦，我們把牠活捉起來了！活生生的哦！」瑟維斯說。

「有差嗎，反正最後還是要殺了！」德尼凡接話。

「殺了牠？怎麼可能殺了牠，這動物正好可以幫我們運送重物呢！」柯爾登回道。

「你說牠!?」瑟維斯大叫。

「這是一隻原駝，牠可是南美洲人的寶貝！」

無論有用無用，德尼凡只關心沒能朝牠開上一槍。但他什麼也沒說，只是走近觀察這隻查理曼島上的代表動物。

雖然從動物學角度來說，原駝和駱駝屬於同一家族，但牠卻長得和那種生活在北非的動物一點也不像。牠的脖子不粗，頭也不大，腿長得細長（也就表示步履敏捷），淺黃色的毛皮上有白色斑點，算是美洲馬裡俊美的一種。只要循序漸進妥善馴養，原駝便能成為身手矯捷的坐騎，因此才是彭巴草原上各莊園的寵兒。這種動物生性膽怯，巴克斯特鬆開套結後，就輕鬆地牽著牠走了。

這趟往北家湖北面探險的旅程對小移民們而言還算是豐收的。一隻原駝，一頭母羊駝和兩隻小羔羊，還發現了茶樹、杜卡紅果、牧豆樹豆莢。柯爾登，還有巴克斯特，完全值得其他同伴盛大歡迎。

巴克斯特、柯爾登、瑟維斯及維各斯用套索捉到了一隻原駝。

但這兩人一點也不像浮誇的德尼凡，老是為自己的小成就沾沾自喜。

總之，柯爾登樂見套索與流星錘起了作用。不可否認德尼凡的確是個出色的槍手，必要時也能依賴他，只是他的行動總是要用掉子彈和火藥罷了。因此，柯爾登決定要鼓勵其他人多加使用這種對印地安人而言十分便利的狩獵工具。

根據地圖所繪，他們距離法蘭西洞還有四英里，必須努力趕路，才能在天黑前抵達。

瑟維斯當然忍不住想騎著原駝，風風光光回到大家面前，但柯爾登堅決反對，要求他等原駝被馴服後再騎。

「我想牠不會太過抗拒，但要是牠不想讓人上背，至少也要學會拉車！所以瑟維斯，你得要有耐心，不要忘了上回鴕鳥的教訓。」

六點左右，他們總算看見法蘭西洞了。

在運動場上玩耍的小克斯達向洞裡的人傳達了柯爾登回來的消息。不一會兒，柏利安和其他人都歡呼雀躍跑上前來，以最熱烈的方式歡迎這幾個出門好幾天的探險家。

十六、獵海豹

柯爾登缺席的日子裡，法蘭西洞的生活一切正常。身為島主的他，對柏利安只有讚賞，其他孩子們也見證了柏利安的友善，都對他愛慕不已。其實，要不是德尼凡總露出高傲自負的模樣，又老是嫉妒他人，孩子們也是同樣敬愛他的。然而，面對那位無論是氣質或個性都和盎格魯撒克遜人極為不同的法國少年，加上維各斯、韋博和克羅斯的煽風點火，這幾個人總是沆瀣一氣地唱反調。

反倒是柏利安，一點也沒放心思，只專注在自己該做的事上，別人怎麼想，對他而言並不重要，眼前他最大的煩惱就是弟弟那令人費解的態度了。

最近柏利安又再次嘗試和他溝通，但始終得到這樣的回覆：

「沒事，哥哥，我真的沒事！」

「杰可，你不想跟我談嗎？怎麼可以！說出來無論對你或對我而言都會輕鬆許多，我不能看著你一天比一天消沉！聽著！我是你的哥哥！你應該要讓我知道是什麼事讓你這麼難過！……你做了什麼說不出口的事嗎？」

「哥哥！……」杰可大概承受不了秘密的折磨，總算鬆口了，「我做了什麼……你也許……也許可以理解，可是其他人……」

「其他人?……其他人怎麼了?杰可,你到底想說什麼?」柏利安大叫了起來。
淚珠從孩子的臉頰上滾了下來,但無論他的哥哥再怎麼逼問,也只說了這麼一句:
「以後就會知道了!」
聽到這樣的回答,柏利安的焦慮可想而知。杰可到底遭遇了什麼事?他願意不惜一切代價找出答案。因此,柯爾登一回來,柏利安就把弟弟供出一半的話告訴他,並要他介入此事。
「有什麼用呢?」柯爾登冷靜地回答,「還是讓他自己處理吧!至於做了什麼事……大概也就是個惡作劇,只是他自己看得太重而已!等他自己開口吧!」
隔天,也就是十一月九日,孩子們又開始工作了。要做的事可不少,首先,莫可提醒大家,雖然設在附近的獵捕器多少發揮了作用,但儲藏室的存糧還是快要見底了。最主要的原因是缺少大型獵物,所以他們決定建造一些較為牢固的陷阱,期許能在不花任何火藥與子彈的情況下,抓到一些羊駝、猯豬或是智利巴鹿。整個十一月(相當於北半球的五月),少年們都在忙著這件事。
還有早些日子帶回來的原駝、母羊駝和兩隻小羊駝,目前都被拴在法蘭西洞附近的樹下,因為繩索還算長,牠們能在一定的範圍內活動。這個季節的白晝較長,還能這麼做,一旦冬季到來,就得另外替牠們找個安身之處了。因此,柯爾登也決定立即興建一個有高圍欄的棚圈,就建在奧克蘭丘山腳下,離大廳洞口不遠的湖岸。
這項工程就在巴克斯特的指揮下展開了。有的人拿了鋸子,有的拿著斧頭或扁斧,看到這些充滿活力的孩子多少都能使用法蘭西洞木箱裡的工具,真令人感到高興。雖然有時也會失敗,但他們並不因此氣餒。他們從根部砍斷一些中型樹幹,去掉枝葉後,打入土裡做樁,圍起了一個足以容納十二隻動物的空間。這些木樁被深深地釘在地裡，再以橫木支撐，足以阻擋任何想推倒或穿過的牲畜。至於小棚則是用獵犬號的甲板木拼成的，這麼做可以省去把樹幹削成木板的麻煩。為了抵擋強風侵襲，棚頂上罩了一張厚實的防水帆布，棚裡也鋪了一層舒適並經常更換的乾草。除此之外，棚內也備了足夠的新鮮青草、苔蘚與樹葉作為飼料，動物們因此得以身強體壯。卡爾內，當然還有瑟維斯，負責照料棚圈裡的動物，看著原駝和羊駝似乎一日比一日溫馴，他們心裡也倍感欣慰。

不久後，棚圈裡又迎來了新的朋友。首先是第二隻掉進森林陷阱裡的原駝，後來巴克斯特和逐漸熟悉流星錘的維各斯也抓來了一對羊駝，公母各一，就連小帆也趕來一隻鴕鳥。這隻鴕鳥看來就跟上一隻一樣難應付，瑟維斯費盡心力也馴服不了。

在棚子建好前，原駝和羊駝夜間就進到儲藏室裡。夜裡的狼嚎、狐鳴和其他野獸的怒吼在法蘭西洞附近此起彼落，要是把牠們放在室外，未免也太不謹慎了。

這段時間裡，卡爾內和瑟維斯細心照料著棚圈裡的牲畜，維各斯和其他同伴則持續在林裡設置陷阱並每日查看。除此之外，艾弗森和詹肯也有自己的任務，他們得把原本在雞籠裡的鴇鳥、雉雞、珠雞、鳩鳥移到棚圈內一角，兩人忙得開心得很。

莫可現在除了有羊駝的奶可以使用，還有鳥蛋了。要不是柯爾登提醒他省著用糖，他好幾次都想做點甜點給大家呢。只有在星期天和一些節日時，他會給大家準備一桌美味的餐點，多樂和克斯達經常塞得滿嘴食物。

雖然無法產糖，難道沒有其他東西可以替代嗎？始終抱著《魯賓遜》的瑟維斯堅持只要仔細搜索一定能找得到替代物。不久後，柯爾登果然在陷阱林深處找到了一種植物，這種樹的葉子在三個月後，

男孩們為了安置生擒到的獵物們，跟著巴克斯特的指揮，蓋起馴養動物用的棚圈。

也就是初秋時節，將會轉成美麗的紅色。

「是楓樹，可以產糖的樹！」

「是糖做的樹！」克斯達興奮大叫。

「不是啦，貪吃鬼，我是說產糖的樹！把你的舌頭收回去！」柯爾登回答。

這是孩子們搬入法蘭西洞後最重要的發現之一。柯爾登在樹幹上劃了一刀，樹液立即從中流出，凝固後成了糖。雖然比起甘蔗和甜菜，這種汁液的甜度較低，但用於烹調完全是足夠的，而且跟春天的樺樹產出的糖相比，品質還是好得多。

有了糖後，他們也可以開始釀酒了。莫可在柯爾登的建議下，開始處理杜卡紅果和牧豆樹豆莢。在這之前，他早就先洗好了果實，並放在桶子裡用木杵搗碎。沒有糖的時候，只要把果實擠出的、帶酒精的汁液加入熱飲中，就可以喝了。至於茶樹的葉子，泡了熱水後的芳香幾乎可以媲美中國茗茶。所以探險隊每回進入森林時都會順道採些回來。

總之，查理曼島有一切他們生活必須的資源。然而，有樣東西他們始終無法取得，那就是新鮮蔬菜。這些日子以來，他們都吃罐頭蔬菜，儲藏室裡大概有一百多罐，柯爾登費盡心思省著分配。柏利安也試著把先前那位法國水手在山腳邊種下的山芋從荒蕪的狀態救回來，但終究未能成功。值得慶幸的是，家湖邊生長的野芹長得極好，至少算得上一點鮮蔬。

還有他們冬天架在左岸的花欄，美麗的季節來臨時就變成了完美的獵捕器。除了常見的鳥類外，還捕到了幾隻小型的竹雞，以及大概是從岸邊飛來的白額黑雁。

另一邊，德尼凡心裡一直琢磨著要到西蘭河對岸的南面溼地去探勘，但要穿越那片被湖水覆蓋、漲潮時還會有海水淹入的沼澤地實在太過危險。

維各斯和韋博也捕到體型和兔子差不多的刺豚鼠，這種囓齒動物的白肉偏乾，口感介於兔肉和豬肉之間。牠們的身手矯健，就算小帆出馬也追不上，但若是在洞裡發現牠們，只要輕輕吹上幾聲口哨，就能引出洞來抓住。還有幾次，他們甚至抓到了臭鼬和灰鼬。這種動物身上美麗的黑毛夾雜幾條白色花紋，很像雪貂，只是身上散發著臭味。

「牠們怎麼能忍受自己的體味？」艾弗森某天感到疑惑。

「這個啊……是習慣問題吧！」瑟維斯回答。

小溪裡有不少銀魚，家湖裡的就更不用說了，體型更大，而且還有美味的鱒魚，獵犬灣潮間帶上的海草裡也有數以萬計的鱈魚。鮭魚洄游時，莫可也能在西蘭河裡抓到不少漁獲。他用鹽醃起這些鮭魚，待到冬日便是美食。

這段時間內，柯爾登也請巴克斯特用光蠟樹極富彈性的樹枝製造一些弓，再以蘆葦做箭，箭端結上釘子，以便維各斯和克羅斯（兩人射擊能力僅次於德尼凡）獵捕鳥類。

柯爾登雖然總是反對動用彈藥，但總有例外情況逼得他放棄自己的堅持。

這一天是十二月七日，德尼凡把他拉到一邊說話：

「柯爾登，我們周圍有太多豺狼和狐狸了！牠們夜間都來附近破壞我們的套網，也把現成的獵物帶走！這件事必須解決才行！」

「不能設一些陷阱嗎？」柯爾登明白德尼凡這話的意思。

「陷阱？」提到這個俗氣的獵捕工具，他給終是一臉不屑。「算了吧，豺狼還有可能上當，狐狸就別想了！牠們太精明，防備心又強，維各斯再怎麼謹慎也沒用！我們的圍欄總有一天會被牠們破壞，到時候籠子裡的鳥就全完了！」

「好吧，要是沒有別的方法，我可以給你十幾個彈匣，但一定要用在刀口上！」

「好啦！你可以放心！今天晚上這些野獸出沒時我們就動手，絕對把牠們打個落花流水，再也不敢來騷擾我們。」

這次的行動的確很急迫，這個地區，也就是南美洲的狐狸似乎比歐洲的還要狡猾。事實上也是如此，牠們經常侵擾莊園，甚至還聰明到切斷牧場裡馬匹和其他家畜的套繩。

黑夜降臨時，德尼凡、柏利安、維各斯、巴克斯特、韋博、克羅斯和瑟維斯都到靠近陷阱林的湖邊，在草原上找了隱身之處。

小帆沒有加入這次行動，畢竟牠只會讓狐狸提高警覺而已。更何況他們也不需要循著任何線索前進，這些狐狸跑得再激烈也不會留下任何一點氣味，就算有，就連鼻子最靈敏的狗也是聞不出來的。

當天晚上十一點，德尼凡和他的同伴們都以野石楠樹叢作為掩蔽。夜色很深、萬籟俱寂，就連微風的氣息也沒有，正好有利於他們辨別狐狸溜過乾草的聲音。

午夜過後不久，德尼凡警告大家一群狐狸正穿越這片叢林，準備到湖邊飲水。

他們不耐煩地等著。那群狐狸約有二十來隻，前進的速度十分緩慢，彷彿牠們已經嗅到了不對勁之處。這時，德尼凡的信號傳來，好幾發子彈同時射出。五、六隻狐狸應聲倒地，其他則慌亂逃竄，但大多已受重傷。

天亮時，他們在草叢裡找到了十來隻狐狸。接下來的三夜他們重複一樣的屠殺，小移民們很快就

少年們在夜色中埋伏等待狐狸的到來。

擺脫了這些危害家禽的不速之客了。更棒的是，他們多了五十多張銀灰色的毛皮，拿來做地毯或添衣裝，都能為法蘭西洞的生活增加一份舒適。

十二月十五日，出征獵犬灣的日子。這一天的天氣晴朗，柯爾登決定所有人都去，這使得小一點的孩子們興奮不已。

只要日出即行，當天夜裡應該就能返回營地。要是真的延遲，那便準備在大樹下搭營。

這趟旅程的目的是獵捕經常在船難灘上出沒的海豹。冬季漫長的黑夜裡，他們點燈的時間很長，法國水手製作的蠟燭大約只剩兩、三打了。除此之外，獵犬號上帶下來的一桶桶食用油也幾乎用盡，這件事讓柯爾登傷透了腦筋。

莫可確實從各種獵物身上取了不少油脂，但總是入不敷出。難道沒有其他天然的物質可以取代嗎？既然沒有植物油可以使用，小移民們難道不能找到可以不會斷貨的動物性油脂嗎？

要是這些年輕的獵人能在溫暖的天氣裡多殺幾隻在礁石上玩耍的海豹，事情就能解決了。但這些兩棲動物不久後就會往南極海域去了，他們必須盡快動作才行。

因此，這趟遠征意義重大，為了確保成果豐碩，大家都做好了萬全的準備。

瑟維斯和卡爾內花了一些時間訓練兩隻原駝拉車。巴克斯特也用帆布裹上一些乾草製成龍頭，雖然還沒有辦法騎乘，至少能代替孩子們拉車。

這一天，板車上載了彈藥、糧食，還有各種工具、大盆和六、七個將用來裝海豹油脂的空桶子。為了避免漫天腥味，他們決定將獵殺的動物就地處理掉。

太陽升起時他們就動身了。前兩個小時內都沒有遇上任何困難。西蘭河右岸的地面高低不平，原駝走在上面難免吃力，但沼澤林裡的泥地才是最大的挑戰。多樂和克斯達的小腿甚至累到無法前進，柏利安還請求柯爾登讓兩個孩子坐上板車休息。

大約八點左右，大家吃力地沿著沼澤邊緣緩緩前行時，走在前方的韋博和克羅斯突然大喊。德尼凡搶先追了上去，其他人也緊隨其後。

距離他們一百碼左右的地方出現了一隻巨大的動物，孩子們立即認出那是一匹河馬。算牠幸運，沒等到他們開槍，壯碩的粉紅色河馬就沒入了林裡。不過，開了槍又能如何？有什麼好處嗎！

「那隻好大的動物是什麼？」多樂只看了那麼一眼就擔心起來了。

「是河馬。」柯爾登回答。

「河馬！好好笑的名字！」

「就是在河裡的馬啊。」柏利安回答。

「可是牠長得一點也不像馬！」克斯達說。

「沒錯！我也覺得應該叫牠河豬！」瑟維斯大聲說。

這麼說其實也不無道理，孩子們被逗得開心大笑。

十點左右，柯爾登領著大家抵達獵犬灣，他們在拆除獵犬號時紮營的河岸旁停了下來。上百隻海豹在因陽光照耀而溫暖的礁石上玩耍，有幾隻甚至跑到礁石邊的沙灘上。

這些海豹大概不習慣人類靠近，畢竟上一個法國水手可能已經死了二十年了。通常南北極海域上年長的海豹會保持警戒，因此現在還不是驚擾牠們的時候，一旦感覺到危險，牠們會立即逃離此地。

走到灣上時，少年們先是望向那介於美國岬和誤海岬間一望無際的海平面。大海一片蒼茫，他們又再次確認了這片海域上沒有任何航道。

也許碰巧會有船隻經過小島的視線範圍內，若真是如此，在奧克蘭丘頂或誤海岬上設個眺望台或許比信號杆來得實際。但成天在這離法蘭西洞有點距離的眺望台上守候實在強人所難，柯爾登認為這麼做不可行，就連始終抱持著回家夢的柏利安也不得不同意他的看法。唯一令人遺憾的就是法蘭西洞的地點不在奧克蘭丘下面朝獵犬灣的這一頭了。

簡單用過午飯後，趁著陽光溫暖了沙灘，海豹正慵懶休憩時，柯爾登、柏利安、德尼凡、克羅斯、巴克斯特、韋博、維各斯、卡爾內和瑟維斯準備出擊了。艾弗森、詹肯、杰可、多樂和克斯達幾個孩子則留在營區由莫可負責照顧。小帆也是，因為不想放牠在大群的海豹間亂竄，所以也不帶上牠。留在營區的孩子們還得照顧那兩匹正在樹林邊吃草的原駝呢。

他們帶上了所有的武器，包括獵槍、手槍還有足夠的彈藥，因為關係到全體利益，柯爾登這一次也沒有任何意見。

首要任務是切斷海豹的退路。所有的孩子都同意由德尼凡指揮這項任務，帶領大家沿河而下來到河口處並在河岸上找了蔽身之處。這麼一來，他們就能穿越礁石間隙，包圍整個海灘。

他們謹慎地展開行動，彼此拉開三到四步的距離，很快就在沙灘外圍圍成了半圓。接著，德尼凡一聲令下，所有人同時起身開火，每一發子彈都是一個戰利品。

還沒挨到子彈的海豹拚命擺動尾巴與雙鰭。因為受到槍聲驚嚇，牠們一股腦便往礁石蹦逃，卻被孩子們持槍追擊。德尼凡做起這種事來得心應手，其他同伴也盡力學著他做。

這場獵殺只持續了幾分鐘，他們一路追殺到了礁石邊緣，直到牠們消失在視線之外，留下了灘上二十來隻或死或傷的海豹。

這場征戰大獲全勝，獵人們回到了營地，在樹下開工，接下來的三十六小時，他們都處理同一件事。

當天下午所有人都投入了不太討喜的工作，就連柯爾登也親自動手了。正因為非做不可，所有人都提起了決心執行。首先得把倒在礁石間的海豹拉到沙灘上，雖然牠們體型不算大，但拉起來也算吃力。

同一時間，莫可將大盆放到置於兩塊大石間的爐上，加入了退潮時從河裡汲來的淡水，一塊塊約莫五到六斤的海豹肉放到水中，不一會兒就煮滾了，清油浮起後，木桶也一一被裝滿。

空氣裡瀰漫著令人作嘔的臭味，每個孩子都捏起了鼻子。但他們可沒遮住耳朵，這項工程給大家帶來不少笑話，就連高貴的「德尼凡閣下」也沒有逃避這份工作。第二天，他們又繼續做同樣的事。

到了第三天傍晚時，莫可已經煮出了好幾百加侖的油。法蘭西洞下個冬天照明所需都已補足，看來提油的工作可以暫告一段落了。海豹們當然再也沒有回到礁石上了，在牠們平息驚恐以前，大概都不會再光顧獵犬灣的海灘了吧。

隔天清晨，孩子們拆了營帳，想必都是心滿意足地準備上路。前一天晚上，他們將桶子、工具和廚具都放上了板車。由於比來時重得多，加上回法蘭西洞的路微微上坡，原駝的步伐快不起來。

出發時，獵鳥、灰澤鵟和隼的叫聲四起，震耳欲聾。牠們都是被海豹的殘骸吸引，從島內飛來覓

眾人在德尼凡的指揮下獵捕海豹。

食的，不久後這些殘骸將被解決得不留痕跡。

孩子們最後一次向奧克蘭丘上飄揚的英國國旗敬禮，又朝太平洋海平線那端望了最後一眼後，就沿著西蘭河右岸往上游前進了。

一路上沒有發生任何意外。雖然路不好走，兩隻原駝在大孩子的協助下也完成了牠們的工作，所有人都在晚間六點前回到了法蘭西洞。

接下來的幾天，他們都照常工作。他們把海豹油放進燈盞裡測試，雖然燈光不算亮，但也足夠照明大廳和儲藏室了。現在不必害怕下一個漫長的冬日要在黑暗中度過了。

然而，英國人通常會隆重慶祝的聖誕節即將到來。柯爾登說得好，應該好好慶祝一番，藉這個節日懷想家園，把心意傳達到家人身邊！唉，要是那些親人真能聽到孩子們的禱告，就會知道他們正高喊著：「我們在這裡……全都在！而且過得很好……一定會再相見的！上帝會帶領我們回到你們身邊！」沒錯！和遠在奧克蘭的父母不同，他們始終抱持著重逢的希望！

為了慶祝節日，柯爾登宣布二十五、二十六兩日放假，所有工作都暫停。查理曼島上的第一個聖誕節就跟幾個歐洲國家一樣，被視為一年之始。

可以想像大家對這個提議的反應有多麼熱烈。二十五日當天將舉辦一場盛大的宴會，莫可也承諾為大家燒上一桌好菜。為此，他和瑟維斯兩人偷偷商量著菜色，被美食吸引的多樂和克斯達也總是試圖偷聽他們的計畫。

當天早上，巴克斯特和維各斯在門外裝飾了所有從獵犬號上拿下來的火把、小三角旗和大旗幟，法蘭西洞過節的氣氛濃厚。一大早，第一聲愉悅的砲響迴盪在奧克蘭丘的谷地，從大廳窗口射出的這一砲是德尼凡為慶祝聖誕而點燃的。

小孩子們紛紛對著大孩子致賀，大孩子們則像父親一般回禮。克斯達甚至獻上一段給查理曼島主的賀詞，念得有模有樣。

每個人都穿上了漂亮的衣服。這一天風和日麗，除了吃午飯外，他們都在湖邊散步，也在運動場上玩各種遊戲，每個人都積極參與。這些遊戲都是英國人習慣玩的，包括小球、大球、木槌和球拍都有。他們玩了高爾夫（把橡膠球揮到一定距離以外的洞裡）、足球（踢皮球）、滾球（用手丟球，橄欖狀的球需要技巧）和手拍球（很像壁球的遊戲）。

一整天都排滿了活動，年紀小的孩子們玩得更是盡興，所有人都很開心，沒有嚴肅的話題，也沒有爭吵。柏利安用心陪著多樂、克斯達、艾弗森和詹肯玩，沒有強迫弟弟杰可加入大家。可惜睿智的柯爾登發現，德尼凡還是和平常一樣跟韋博、克羅斯、維各斯自成小圈。直到第二聲砲響提醒他們晚餐時間到了，小賓客們才一一坐到儲藏室裡的桌邊。

大桌子上鋪了美麗的白桌巾，中間擺了一棵聖誕樹。樹種在大花盆裡，周圍繞了一圈鮮花和青草，枝幹上則垂吊著英國、美國和法國國旗。所有人看到莫可準備的菜餚都非常驚喜，他也很自豪地接受大家對自己和他的得力助手瑟維斯的讚美。今晚的菜單上有燉刺豚鼠肉、串烤鳩鳥、燒烤香草兔肉，還有一隻展開雙翼尖嘴朝天的鴇鳥，看起來就像隻美麗的雉雞，再搭上兩罐罐頭蔬菜和一個布丁，哦！金字塔狀的布丁上頭還配了泡在白蘭地裡整整一星期的葡萄乾和牧豆樹果，搭上幾杯紅酒、雪莉酒、利口酒、茶、咖啡，查理曼島上的聖誕節一點也不馬虎。

柏利安舉杯向柯爾登敬酒，柯爾登回敬所有人，祝大家健康，也敬他們在遠方的家人。

莫可為大家準備了豐盛的聖誕大餐。

最後，令人感動的是，克斯達站起了身，代表所有年紀小的孩子向柏利安敬酒，感謝他為大家付出的心力。

在孩子們的歡呼聲中，柏利安感動得不能自已，但這些聲音在德尼凡的心裡一點也聽不見任何迴響。

十七、杰可

一八六一年的第八天，南半球的這個區域正值盛夏。

獵犬號海難的遇難者已經被遺棄在這距離紐西蘭一千八百里格的島嶼上將近十個月了。

這段時間內，少年們的生活條件漸入佳境，現在看來，至少物質上的必需品都是無虞的。但終究是一個無人知曉的荒島啊！外來的救援，他們唯一可以期待的救援，會不會出現呢？會在溫暖的季節結束前到來嗎？這些小移民還需要再面對另一個嚴酷的冬日嗎？直到今日，都沒有人生任何大病，大小孩子的身體狀況都很好。雖然柯爾登的嚴厲和謹慎偶爾也引來怨言，但也因此避免了許多意外和事故。然而，也不能保證他們能避開所有這個年紀的孩子會染上的疾病吧？雖然現下的狀況沒什麼好挑剔的，但也難保未來會發生什麼事。因此，柏利安從未放棄離開這座島的念頭！但以他們僅有的一艘小木船，怎麼可能冒險穿越這片廣大的海域？要是這座小島不屬於任何太平洋群島，要是最近的大陸離他們上百英里，該怎麼辦？就算派出最勇敢的兩、三個少年往東邊尋找陸地，也得靠運氣才能有所收穫！那麼他們能製造一艘足以橫越太平洋的大船嗎？不可能，完全不可能！這項工程超出他們能力所及，而柏利安一心只想要解救所有的人。

所以他們只能等待、等待再等待，同時也盡力改善法蘭西洞的環境。這個夏天因為還得準備過冬，也許隔年夏天他們就能完成整座島嶼的探險了吧。

他們去年見識了這個緯度的冬天有多麼嚴竣，好幾個星期，甚至好幾個月間，他們只能關在大廳內，所以每個人都積極投入相關工作。他們得及早預防即將到來的兩個敵人——寒冷與飢餓。

對抗法蘭西洞的寒冷只是燃材的問題，秋天再怎麼短，柯爾登也會在結束之前囤下足夠的木柴。但棚圈裡的動物們呢？把牠們關進儲藏室裡似乎不是明智的決定，除了麻煩以外，衛生問題才是更重要的考量。所以，有必要改建棚子，變成可以加溫、保溫的空間。新年的第一個月，巴克斯特、柏利安、瑟維斯和莫可都忙著這件事。

冬日儲糧的問題也必須解決。德尼凡和他的獵人朋友們負責此事，每天都前往查看陷阱和套索，所有當天沒有吃掉的肉，就會由莫可醃製或煙燻後存到儲藏室裡，成為漫漫嚴冬的糧食。

此外，他們還得再進行一次探勘。這趟旅程探索的不是島上其他未知的區域，而是家湖東岸。那一邊是森林、沼澤還是沙丘呢？會不會有其他可利用的資源呢？

某天，柏利安從另一個角度切入，跟柯爾登討論了這個問題。

「我們都知道博杜安的地圖畫得還算精確，但我覺得也該是時候去東岸看看了。我們手上有很好的望遠鏡，這是他當初沒有的。誰知道會不會發現他沒看到的陸地呢？地圖顯示查理曼島是個孤島，也許他搞錯了呢？」

「你還是想著同一件事，想要趕快離開這裡對嗎？」柯爾登回答。

「沒錯，柯爾登，我知道你內心深處也是這麼想的！你難道不覺得我們應該盡快離開才好嗎？」

「好吧，既然你都這麼堅持了，我們就去看看吧。」

「所有人都一起去嗎？」柏利安問。

「不，六、七個人就好……」

「柯爾登，這樣太多人了！要是這麼多人一起出發，就得從南邊或北邊繞行，這樣一來不就既耗時又耗力嗎？」

「你有什麼建議？」

「誰要划船？」

「我提議乘坐小木船直接從法蘭西洞穿越湖泊到對岸，這樣的話，大概兩、三個人就好。」

「莫可，他知道怎麼開船，我自己也略懂。風起的時候，就揚帆前進，逆風時就划槳，這麼做可以輕易穿越這五、六英里直達對岸。根據地圖所示，小河會穿過東岸的森林，我們可以沿河而下直到河口。」

「了解，我同意你的提議，那誰跟莫可一起去？」

「我。柯爾登，我沒有跟你們一起去北邊勘察。這次輪到我為大家做點事了……所以請你……」

「做點事！」柯爾登大叫，「柏利安，你不是已經為我們做了很多事了嗎？難道你還覺得做得比別人少？你該不會沒感覺吧！」

「好啦，柯爾登！我們都只做好份內的事！怎麼樣？你同意嗎？」

「同意。柏利安，你還想帶上誰？我不推薦德尼凡，你們兩個處不來……」

「我完全贊成！德尼凡人不差，是個勇敢、機靈的人，要不是生性愛嫉妒，一定是個好伙伴。我想他應該會慢慢改變他的看法吧，總有一天他會明白我沒有要跟任何人比高低，到時候我相信我們就可以變成好伙伴了。但現在我有另一個人選。」

「誰？」

「我弟弟杰可。我越來越擔心他的狀況了。他顯然隱瞞了什麼嚴重的事，也許這一趟跟我單獨相處……」

「有道理。柏利安，就帶上杰可吧，今天就開始準備需要的東西。」

「不會去太久的，」柏利安回答，「只去兩、三天。」

柯爾登當天就宣布了這件事。德尼凡當然表現出不能同行的不滿。當他跟柯爾登抱怨時，柯爾登說明了這趟旅程只能有三個人的原因，而且因為是柏利安的主意，所以他應該要隨行。

「反正，你也只會讓他去，不是嗎？」

「錯了，德尼凡，你對我和對柏利安的看法都是錯的！」

德尼凡不想再說，便跑回他的舒適圈裡，跟維各斯、克羅斯和韋博吐苦水。

當莫可得知自己要從廚師變成掌舵人時，雀躍之情一點也藏不住。更不用說是跟柏利安一起出行了。至於他的代理人當然非瑟維斯莫屬了。瑟維斯對此也開心不已，總算不再當任何人的副手，可以放心大展身手了。至於杰可，可以跟哥哥一起離開法蘭西洞幾天似乎也很合他的意。

小木船準備好了。莫可將一面三角帆固定在船桅上。兩把獵槍、三把手槍、足夠的彈藥、三條旅行毯、喝的和吃的、防水的斗篷、兩支槳，還有另外兩支備用，這趟小旅行所需的物品都準備好了。當然也沒有忘了帶上一份地圖的副本，他們將在旅程中增添一些新的地名。

二月四日上午八點，在跟同伴們道別後，柏利安、杰可和莫可從西蘭河邊上了船。天氣晴朗，西

留守的少年們向柏利安、杰可與莫可道別。

南風輕推著船帆。莫可坐到船尾掌舵，柏利安則在船頭注意狀況。湖面只是微微蕩起漾，但小船航向廣大的湖面後明顯地感受到了水波助瀾，船速也因而加快。半個小時後，柯爾登和其他人就只能看到一個快要消失的小黑點了。

莫可坐船尾，柏利安居於其中，杰可則在船首的桅杆下方。航行了一個小時後，他們看著奧克蘭丘漸漸沒入地平線，湖的盡頭卻還沒出現，然而，按理來說湖岸應該離他們不遠了。不幸的是，一如往常，太陽開始發威時，風就和緩了許多。中午時，只剩偶爾幾陣頑劣的強風了。

「真討厭，風沒有繼續吹！」柏利安說。

「柏利安先生，如果颳的是反向的風，那才真是討厭。」莫可回答。

「莫可，你可真豁達啊！」

「我不明白這個詞的意思，可是不管發生什麼事，我都不會往壞處想！」

「沒錯，這就是豁達的意思。」

「那就豁達吧。柏利安先生，我們該划槳了。最好能在夜晚來臨前抵達對岸。不過如果真的到不了，那也只能接受。」

「好，我們兩個各拿一支槳，杰可掌舵。」

「好的，只要杰可先生掌握好方向，我們就能順利前進。」

「請告訴我怎麼做，我會盡力按你說的掌舵。」

三人在平靜的西蘭河上航行。

此時風已完全停下，莫可收好船帆後，三個男孩抓緊了時間吃點東西。接著，莫可移到船首，杰可則到船尾，柏利安留在中間。船再次出發，根據方向盤的指示，朝著東北前進。

小船來到了湖中央，一眼望去，彷彿身處大海之上，湖的四周只有天際線圍繞著。杰可專注地盯著東方，確認湖岸是否在法蘭西洞的另一邊。

下午三點左右，莫可拿起望遠鏡，並回報似乎看到了陸地的景色。又過了一段時間後，柏利安證實莫可的話不假。四點時，樹尖從湖的那一頭冒了出來，湖的這一端地勢較低，正好說明了為什麼柏利安在誤海岬上時沒看到這裡。所以，查理曼島上應該沒有比起伏於獵犬灣與家湖間的奧克蘭丘高的地勢了。

又過了兩英里半到三英里，他們航進東邊的河道。柏利安和莫可賣力划槳，天氣炎熱，兩人划得吃力。湖面水平如鏡，清澈的水經常可以看到十二到十五英尺湖底的水草，以及游憩於水草間成千上萬的魚群。

晚上六點，小船來到了垂著青綠的橡木與海松枝葉的湖岸。然而，這一處的湖岸過高，孩子們上不了岸，所以只得朝北方再前進半英里。

「這就是地圖上畫的那條河了。」柏利安指向湖水滿溢的喇叭狀河口。

「對啊，我想我們應該給他取個名字。」莫可回答。

「說的對，它流向島的東岸，我們就叫他東河吧。」

「很好，那我們現在可以順著東河的水流下到河口了。」莫可說。

「明天吧。今晚最好還是停在這裡。明天天一亮，我們就出發，這樣才能看清兩岸的景色。」

「那我們要靠岸了嗎？」杰可問。
「當然，在樹下找個地方紮營。」柏利安回答。
於是柏利安、莫可和杰可都跳上一處小灣裡的湖岸。把小船牢牢繫在樹根上後，他們拿出了武器和糧食，並在一棵橡木下生起營火。晚餐是一些小餅乾和冷肉片，接著他們便鑽進鋪在地上的毯子裡，很快地進入了睡眠。夜裡，槍一直是上了膛的，只是除了聽到幾聲嘶叫外，這一夜沒有發生任何事。
「該出發囉！」柏利安六點左右就起床了。
幾分鐘後，三人又回到了船上，朝河道深處前進。
河道的水流湍急，海水從半個小時前就開始退潮了，因此他們也沒有必要划槳。因此柏利安和杰可坐在小船前方，莫可坐到了後頭以一支槳作櫓，把小船維持在河道中央行駛。
「這裡的水流比西蘭河還快，如果東河只有五、六英里長，那這潮水也許能把我們推到海邊。」莫可說。
「希望如此，回程也許會需要兩、三次的漲潮……」柏利安回話。
「沒錯，柏利安先生，要是您認為我們到時應該馬上動身回航，那我們就這麼做……」
「是的，莫可，一確定東邊的海域上沒有其他陸地後就馬上啟程。」柏利安說。
根據莫可的估計，小船的時速大約三英里，而且根據指南針所示，河道朝著東北方筆直前進。東河的河床較深也較窄（約莫三十英尺），正好說明了水流湍急的原因。柏利安唯一擔心的是急流、漩渦的干擾，以至於無法抵達海岸，但到時他們應該能提早發現才是。
小船航行在樹林深處，這裡的植被濃厚，樹種和陷阱林差不多，不同的是這裡以綠橡樹、西班牙栓皮櫟、松樹和冷杉為主。

雖然植物學的知識沒有柯爾登那麼豐富，但柏利安還是認出了不少紐西蘭也有的樹種。其中便有一種枝葉呈傘狀在離地六十英尺的高度撐開的樹可以結出圓錐形的果實，三、四寸長的果實兩端尖銳，外面還包著一層閃亮的鱗葉。

「這個應該是松果！」柏利安驚喜。

「要是您沒有認錯的話，那我們可得停下來。這個東西絕對植得採收！」莫可說。

莫可撐了幾下船槳，停靠在河的左岸。柏利安和杰可跳上了岸，幾分鐘後便帶回了大量的松果，每個果實裡頭都包了一個橢圓狀的核仁，味道與榛果相近。對法蘭西洞那些嘴饞的孩子來說，這可是項大發現。在他們回到洞裡後，柯爾登也會稱讚這果實的珍貴，因為這種果實的油非常好。

除此之外，觀察這一邊的樹林是否有和對岸一樣多的獵物也是重要的工作。答案是肯定的，因為柏利安看到了驚慌失措的駝鳥、成群穿過林間的羊駝，甚至還有一些原駝以令人讚嘆的速度奔跑著。德尼凡要是看到這麼多種類的鳥類，一定會射上幾槍，但考量到船上的空間不足，柏利安便忍住沒有舉槍。

將近十一點時，原本濃密的樹林開闊了些，幾塊稀落的空地穿插在林內，微風也夾帶著一股鹹味，看來海岸離他們不遠了。

幾分鐘後，高大的綠橡樹林後一條湛藍的線陡然拉開。

小船依舊隨著水流朝河口盪去，但速度明顯緩了下來。他們現在位於四十到五十英尺寬的河面，很快就會感受到海潮了。

抵達海岸線上的岩石群後，莫可將小船搖至左岸，把爪鉤牢牢固定在土地裡，接著柏利安和弟弟也上了岸。

這裡的景色跟西岸天差地別！跟獵犬灣相對的這個地區海灣很深，不像船難灘上有大片的沙灘、一排排的礁石和高聳的崖壁，取而代之的是層層堆砌的岩石，柏利安稍後會在岩石間尋找洞穴，到時他會發現有不下二十個。

這一帶的居住條件原來這麼好，當時帆船要是在這一帶擱淺，也許就有機會繼續漂流到東河裡的天然港口，那裡就連退潮時也會有水。

柏利安的視線先是穿過了廣闊的海面，朝大海盡頭望去。這一片約莫十五英里寬的區域位於兩個沙丘之間，也可以算是一個海灣了。

此時的海灣荒無人跡（其他時候大概也是如此）。視野可及之處沒有任何船影，也沒有任何陸地或島嶼！就連非常習慣在水氣瀰漫間看船隻線條的莫可從望遠鏡裡都看不到任何東西。看來查理曼島真如地圖上所示，東西兩岸都沒有其他鄰近陸地。

柏利安難道一點也不失望嗎？當然失望！失望到他決定將這片內凹的地勢命名為騙人灣。

「看來這裡沒有回家的路！」他說。

「唉，柏利安先生，總有一天會找到回家的路的，不是在這一頭，就在另一頭！現在，我們應該先吃點東西了……」

「好吧，快速解決，小船幾點可以逆流而上？」

「如果想趁著漲潮回航，就得現在啟程。」

「不可能啊，莫可！我還想好好觀察海上的狀況，找個高一點的岩石登高望遠。」

「如果是這樣的話，我們就得等下一次漲潮，潮水應該會在晚上十點漲到東河。」

「你能在夜裡行船嗎？」柏利安問。

「可以，不會有任何危險。因為現在是滿月，河道也很直，只要抓緊船櫓隨波而上就行。如果開始退潮了，我們就划槳前行，如果水流過急，也可以暫停在河邊等待天亮。」莫可回答。

「好，就這麼做。現在我們得好好利用這十二個小時的時間勘察這個地區。」

吃過飯後，他們開始察看這個地區，直到晚餐時才停止。這一帶海岸濃密的樹林一直延伸到岩石之下，獵物似乎也跟法蘭西洞附近一樣豐富多樣，柏利安於是允許自己打下幾隻鳩鳥做為晚餐。

這裡的特色是成堆的花崗岩，壯麗的岩石排成如卡納克神廟般的模樣，不規則的形狀一看便知道是大自然的巧斧。岩石之間有許多深坑，某些凱爾特地區的國家會稱之為「陝道」，是很適合棲身的場所，這些洞穴完全可以滿足小移民們的需求，既有大廳又有儲藏室，柏利安才走了半英里左右，就找到十幾個舒適的岩穴。

柏利安不禁思考那位遇難的法國人怎麼沒想到住到這一帶。地圖上畫的海岸線跟實際情況完全一樣，表示他一定來過。那麼完全找不到他的足跡的原因，大概是他來到東岸以前，已經在法蘭西洞裡安定下來了，而且相較之下這裡容易受到強風侵襲，所以才沒有搬過來吧。這個解釋合情合理，柏利安便不再深究。

將近兩點時，太陽過了頭頂，正是適合仔細觀察海面的最佳時機。柏利安、杰可和莫可決定攀上

成堆的花崗岩排列成如納克神廟般的模樣。

一塊像大熊的岩石。這塊岩石約莫高出小船停泊之處一百多英尺，他們費了些力才爬到頂端。

三人站到制高點後回望，眼前的樹林一路延伸到家湖之上，有如一條布幕遮蔽了湖面。南面的冷杉林間交雜著黃色沙丘，景色如同北半球的熱帶稀樹草原。北面海灣之後地勢較低，同樣是一片黃沙。因此可以確定查理曼島只有中央地區因為小溪與兩條河流的湖水傾注了生命力，所以才得以滋養各種植物。

柏利安又拿起望遠鏡朝西望去，地平線在鏡筒裡一覽無遺，方圓七、八里內的範圍也都看得一清二楚。

但這個方向除了無邊的海天一線外，什麼也沒有！

柏利安、杰可和莫可在那裡仔細觀察了一個小時，就在要往下走時，莫可叫住了柏利安。

「那是什麼？」他指著東北方問。

柏利安拿起了望遠鏡朝他手指的方向望去。

地平線上的確有個白點，要不是當時天空清澈，如果只以肉眼看，一定會誤以為是白雲。柏利安拿著望遠鏡看了良久，確認兩個白點既不會動也不會變形。

「我沒辦法確定那是什麼，搞不好是座山吧！可是山也不會是這種形狀！」

又過了一會兒，太陽逐漸西沉，白點也隨之消失。那個白點真的是高起的地形嗎？或者只是水折射後的亮點？杰可和莫可都認為是後者，但柏利安卻對此抱持懷疑的態度。

三人回到東河河口停靠著小船的岸邊，杰可撿了些枯木起火，莫可則把鵜鳥處理好，準備火烤。七點左右，三人飽餐一頓後，杰可和柏利安到灘上散步，等待漲潮時刻。

莫可則走到左岸採收一些松果和水果。

當他再次回到東河河口時，夜幕已漸漸降臨。遠處的海面上依稀可見落日餘暉，也有些許灑落在小島之上，但海岸早已被暮色籠罩。

莫可回到船上時，柏利安和他的弟弟還沒回來。由於他們沒有走得太遠，他一點也不擔心。

此時，一陣哭泣與責備聲傳來，莫可感到十分驚訝。他沒聽錯，是柏利安的聲音。

該不會是遇到危險了？莫可毫不猶豫便往灘上跑去，繞過遮蔽小港口的岩石。

突然，眼前的景象迫使他停下了腳步。

杰可跪在柏利安跟前……看上去似乎是請求柏利安原諒！哭泣聲就是他的。

莫可原本不想打擾他們，準備默默離開……但為時已晚，他全聽見了！杰可全盤供出，現在，他知道杰可鑄下的大錯了！柏利安此時正大聲責罵：

「你這傢伙！竟然是你，竟然是你做的！……」

「對不起，哥哥……對不起！」

「所以你才會一直躲著你的朋友！……所以你才怕他們！……天啊！他們絕對不能知道這件事！……不行！……一個字也不能說……不能跟任何人說！」

莫可情願付出一切代價也不願知道這個秘密，但現在要在柏利安面前裝傻也太難了。所以後來當他和柏利安在小船上獨處時，他對柏利安坦白：

「柏利安先生，我剛才都聽到了……」

「什麼！你聽到杰可做的事了？」

杰可跪在柏利安面前，祈求哥哥的原諒。

「是的，柏利安先生……他不是故意的，原諒他吧……」

「其他人知道以後會原諒他嗎？」

「也許吧！但是最好還是別讓他們知道，請放心，我不會說出去的！」

「哦！可憐的莫可！」柏利安緊握住莫可的手。

啟航前的這兩個小時內，柏利安沒跟杰可說上任何一句話。杰可獨自坐在岩石下，看來沮喪不已，畢竟他已全盤托出，只想請求哥哥的諒解。

十點左右，開始漲潮了，柏利安、杰可和莫可都坐上了小船。爪鉤一收回，小船便隨著潮水快速前進。日落後不久，月亮就升起了，照亮了東河的河道，小船也得以航行到半夜十二點半。海水開始退潮後，他們只能划槳前行，然而因為逆水而上，划了一個小時也才不到一英里。

因此，他們決定採用柏利安的建議，等待天亮後的下一次漲潮再出發。清晨六點左右，他們再次啟程，將近九點時駛進了家湖。

莫可再次揚起船帆，乘著微風往法蘭西洞前進。

在家湖上航行了一小時後，柏利安和杰可仍舊保持沉默。約莫晚間六點，正在湖邊捕魚的卡爾內告訴大家小船回來的消息，柯爾登也趕來迎接順利返航的伙伴。

十八、六月十日的選舉

回到法蘭西洞後，柏利安決定隻字不提讓莫可感到驚訝的那件事，就連在柯爾登面前也不例外。當天晚上，所有人圍坐在大廳裡，聽他敘述探查的結果。他描述了查理曼島東岸的景色，包括騙人灣四周，還有穿過對岸森林的東河河道，以及林裡多樣的樹種。同時，他也指出要在東岸找到棲身處比西岸來得容易，但目前沒有必要離開法蘭西洞。至於海面上，他們沒有看到任何東西，只有一個奇怪的白點。但這白點很有可能只是浪花而已，待到下次他們造訪騙人灣時再確認。總之，完全可以肯定的是查理曼島附近沒有任何其他陸地，最近的大陸或是群島應該離他們至少好幾百英里。

因此，他們只能重拾與生命搏鬥的勇氣，繼續等待外來的救援，畢竟這些小移民們應該不大可能找到自救的方法了。每個人又回到各自的工作崗位，繼續為下一個嚴冬做準備。這段時間，柏利安變得跟弟弟一樣沉默寡言，似乎刻意與其他人保持距離，只是比以往更投入工作了。除了個性上的轉變外，柯爾登也發現柏利安總是盡量給杰可表現的機會，任何可以展現勇氣或者冒險的事，他都讓杰可去執行，而杰可也從不拒絕。然而，因為柏利安什麼也沒說，也從不給他機會詢問，所以即使知道他們兄弟兩人應該談了些什麼，他也不打算主動提起。

二月份的生活就在各種工作裡度過了。維各斯發現鮭魚開始洄游到家湖的淡水裡，因此架在西蘭河上的魚網也攔截了不少漁獲。為了將這些魚妥善保存，他們需要大量的鹽，因此巴克斯特和柏利安在沙丘之間設了幾個簡單的四方形鹽田，田裡的海水在太陽照射蒸發後便會留下海鹽。

三月的上半旬，三、四個少年去了一趟位於西蘭河左岸的沼澤林。這次探險是德尼凡提議的。在他的建議下，巴克斯特用圓木製作了一些高蹺。因為沼澤林裡有幾處都被淺水覆蓋，穿上高蹺走這些溼地就能保持鞋子乾燥了。

四月十七日清晨，德尼凡、韋博和維各斯身上掛著獵槍，乘著小船往左岸去了。德尼凡甚至帶了遠程平底船槍，期待有機會派上用場。

為了深入注入了些許海水的沼澤內部，三個獵手一踏上河岸就穿上了高蹺。

小帆也跟著來了，但牠一點也不需要高蹺，完全不怕弄溼四肢的牠，開心地穿過一個又一個水窪。

朝西南方走了一英里後，他們來到一塊乾地。三人解下高蹺以便打獵。

沼澤林廣闊無邊，除了東方一條藍色的海線在天邊畫成一道弧線外，什麼也看不到。沼澤裡有各種鳥類，鷸鳥、針尾鴨、水鴨、秧雞、蠣鴴、雁鴨，這些鳥類的羽毛比鳥肉更有價值，若適當處理，味道倒也可以接受。德尼凡和同伴們不需使用任何火藥就可以射下上百隻水鳥，但最後還是保守獵了十幾隻而已。一旁的小帆也在沼澤裡奔跑，幫忙把掉落在水裡的獵物撿到他們身邊。

還有與高蹺鴴同屬一目的杓鷸、長著銀白羽毛的蒼鷺，德尼凡很想都獵下幾隻，只是這兩種水鳥的肉質儘管是天才廚師莫可下廚恐怕也上不了桌。小獵手們非常克制狩獵的欲望（因為射再多也只是白浪費子彈），直到他們看到肉質與竹雞一樣甜美、生性喜好在鹽水裡活動的紅鶴與他們火紅的翅膀

德尼凡、韋博和維各斯穿上巴克斯特製作的高蹺，來到沼澤林打獵。

後，就再也抵抗不了誘惑了。這些紅鶴排成一列，而且還有哨兵站崗，一旦察覺到危險就會發出喇叭般的警告聲。看到島上這些美麗的鳥類，德尼凡失去了理性。維各斯和韋博也不比他冷靜多少，拿起槍猛力出擊，但事實證明，這是一場毫無用處的行動。他們都忘了，只要不被紅鶴發現，小心靠近以後大可輕鬆射上幾槍，被槍聲嚇得不知所措的紅鶴就會待在原地，而非倉皇四散了。

德尼凡、維各斯和韋博本想靠近這些高達四英尺多的鳥類，但如今牠們已有警覺，展翅往南邊飛去，現在就連出動遠程平底船槍也無用了。

儘管如此，三位獵手還是收穫頗多，不枉來了這趟南面溼地。他們再次穿上高蹺，走過沼澤深處回到小河邊，並決定之後會再次造訪。到時，他們也會發現第一波寒流來時，收穫更多。

法蘭西洞這裡，柯爾登一點也不想坐等嚴冬侵襲，他們還得多存一些取暖用的木柴，以供洞穴和牲棚使用。這十五天來，他們為此帶著原駝來回林間好幾趟。有了足夠的乾柴和海豹油，可以確定接下來為期至少六個月的寒冬不至於為寒冷與暗夜所苦了。

然而，這些工作一點也不影響這個小世界移民的學習計畫。大孩子們還是輪流給小孩上課。每週兩次的演講上，德尼凡總是過於賣弄自己的學識，因此沒有人願意與他交好。除了原本的那幾個支持者外，大家都看他不順眼。再過兩個月柯爾登的任期就結束了，德尼凡卻指望著接任。因為自我感覺良好，他甚至認為這麼發展才是合理的。第一次選舉時他竟然沒被選上，實在太不公平了吧？維各斯、克羅斯和韋博也盲目地給他希望，更四處探聽大家的想法，下了個穩贏的結論。

然而，德尼凡其實沒有優勢，特別是年紀較小的孩子根本無意支持他（同時也不支持柯爾登）。柯爾登全看在眼裡，雖然有權連任，卻一點沒興趣。他很清楚自己在「任期」內的嚴苛對拉票一點也沒有幫助。過於嚴竣的做法、過於實際的態度都不討人喜歡，而德尼凡則一心想著把這點轉成自己的優勢。看來選舉日時將有一場好戲可看。

孩子們對柯爾登最不滿的是他的過於節省和對糖的斤斤計較。除此之外，每次他們回到法蘭西洞時，身上的衣服若有任何裂縫或汙點，又或者鞋子破洞（因為難以修補，所以顯得更嚴重），都少不了柯爾登一頓責罵。至於遺失扣子，更只有挨罵或受懲一途！事實上這種事層出不窮，柯爾登卻每晚要他們清算扣子數量，少了就是不得吃甜點或關禁閉。這時柏利安總會站出來，一下替詹肯說情，一下又替多樂說情，這就是他為什麼受歡迎的原因了！孩子們也很清楚儲藏室的兩個管理人員，瑟維斯和莫可的心都是向著柏利安的，要是柏利安真的當了查理曼島的島主，未來的日子可就有甜頭了，點心蛋糕都不會少。

世界就是這樣運作的！事實上，這些住在新天地的少年們不就是社會的縮影嗎？這些男孩難道不是從來到世界的那一刻起，就開始學習「成人」嗎？

柏利安對這件事一點興趣也沒有，全心投入工作，絲毫不倦怠。他拉著弟弟一起，兩人總是一馬當先，並堅持到最後一秒，彷彿他們有什麼責任需要完成似的。

但他們也不是一整天都在學習，也是有娛樂的時間的，要保持身體健康就得勤加鍛鍊。爬樹，或是拉著繩子上到樹枝，所有人都得參與這些體育活動。還有撐竿跳、游泳（還不會游的孩子很快就學會了）、賽跑（贏的人會得到獎勵）、拋流星錘和套索。

另外也有幾個活動是英國人很常做的，除了之前提過的以外，像是槌球、繞圈球（規則類似棒球，

工作之餘，少年們也不忘進行各種可以鍛鍊身體的遊戲。

在一個五角形的球場上，攻擊方以球棒揮球，防守方守在各角接球）和擲套環（眼力和臂力的考驗）。這邊得特別說說最後這種遊戲，因為某一天玩擲套環時，柏利安和德尼凡又起了爭執。

那天是四月二十五日，當天下午八個孩子分成兩組在運動場上玩，一組是德尼凡、韋博、維各斯和克羅斯等人，另一組則是柏利安、巴克斯特、卡爾內、瑟維斯。他們將兩個釘子釘在相距五十尺左右的平坦處，每人手上拿著兩個套環（鐵製的圓圈，中央有洞，邊界較薄）。

遊戲規則是每個人要把套環精準地套到鐵釘裡，套進第一個套環的人可得兩分，再套進第二個可得四分。但若沒有人套進釘裡，離目標最近的兩人各得兩分，只有一人靠近的話，則只得一分。

這一天大家的情緒激昂，特別是德尼凡和柏利安又身處敵隊，每個人都對自己信心滿滿。

遊戲已經進行了兩局，第一局柏利安、巴克斯特、瑟維斯和卡爾內贏得七分，敵隊則在第二局取得六分，因此他們正在進行所謂的「決勝局」。目前雙方各得五分，只剩最後兩個套環了。

「德尼凡，輪到你了，瞄準了！這是最後一個套圈，非贏不可！」

「放鬆好嗎！」德尼凡說。

他擺出了姿勢，雙腳一前一後站立，右手執環，身體前傾，左軀微彎。

看得出這個浮誇的男孩聚精會神，咬緊了牙關、臉頰發白，皺起的雙眉下一雙銳利的眼神盯著目標。

在瞄準了目標後，他朝著五十多尺外的鐵釘用力拋出了套環。

小圓環只敲到了邊緣，降落在一旁的地面上。這一隊因此得到六分。

德尼凡氣得直跺腳。

「可惜啊，可是我們不會因此輸掉的！」克羅斯說。

「肯定不會！你的套環那麼靠近目標，除非他套進去了，否則不可能比你更好！」維各斯也說。

他說的沒錯，要是柏利安沒有套進目標（正好輪到他），也不可能比德尼凡還近了，一定會輸掉這場比賽。

「瞄準了！……一定要瞄準！」瑟維斯緊張大叫。

柏利安沒有理會，而且也沒有和德尼凡作對的意思。他的心裡只想著一件事：贏得這一局，為了同伴而贏。

他站定了位置，穩穩丟出套圈，套進了鐵釘裡。

「七分！」瑟維斯得意大叫，「贏了！贏了！」

德尼凡一個箭步站了出來。

「不！……沒有贏！」他說。

「為什麼？」巴克斯特問。

「因為柏利安作弊！」

「作弊？」柏利安臉色大變。

「對！就是作弊！柏利安超線了！他往前站了兩步！」德尼凡回道。

「胡說！」瑟維斯大叫。

「沒錯！就算他說的是真的，那也是不小心，我不接受這種含血噴人的話！」柏利安也回應。

「是嗎！……含血噴人？」德尼凡聳了聳肩。

「沒錯，我可以證明自己沒有超線……」柏利安情緒激動。

「對啊！對啊！」巴克斯特和瑟維斯同聲附和。

「不對！不對！」韋博和克羅斯反駁。

「你們看沙地上的腳印！德尼凡不可能看不出來吧，所以他說謊！」柏利安說。

「說謊!?」德尼凡大聲重複，同時慢慢走向柏利安。

韋博和克羅斯在他身後站開，瑟維斯和巴克斯特也準備好替柏利安出頭了。

德尼凡擺出拳擊的姿勢，脫下外套、挽起袖子，還把手帕捲在拳頭上。

恢復冷靜的柏利安並不想和同伴大打出手，更不想成為孩子們的壞榜樣，因此沒有任何動作。

「德尼凡，你本來就不應該中傷我，現在更不應該挑釁！」

「是啊，對那些不知道怎麼還手的人來說，挑釁的人永遠是錯的！」德尼凡回話。

「我不還手是因為我認為沒有必要！」柏利安說。

「你不還手是因為你沒種吧！」德尼凡又回嘴。

「沒種？你說我嗎！」

「你這個懦夫！」

柏利安挽起了袖子，毅然站到德尼凡跟前。兩人擺定了姿勢，雙眼相視。

拳擊在英國，甚至是這種住宿學校都是必修的技能。學習這種運動的男孩子個性似乎較溫和，也比較有耐心，不會無端肇事。

一場套環遊戲竟然又演變為德尼凡與柏利安的爭執。

身為法國人的柏利安從來就對拳腳相向的事不感興趣，也不想老是把人體當成沙包。因此，站在拳擊手德尼凡面前，儘管兩人年紀相當，身高和身材也相差無幾，他卻幾乎沒有優勢。

情勢如箭在弦，第一拳就要落下時，柯爾登被多樂叫來了，即時阻止了兩人。

「柏利安！德尼凡！」柯爾登怒斥。

「他說我是騙子！」德尼凡先發制人。

「是他先冤枉我作弊的，還說我是懦夫！」柏利安接著說。

所有人都聚到柯爾登身邊，兩個對手後退了幾步。柏利安雙手交叉擺在胸前，德尼凡還是保持出拳的姿勢。

「德尼凡，」柯爾登語氣嚴肅，「我了解柏利安！他不是沒事拳腳相向的人！一定是你先找碴的！」

「柯爾登，你是認真的嗎！我也很了解你……你只想著要跟我作對！」

「沒錯……你的行為就是讓我覺得有必要！」柯爾登回答。

「好吧！可是不管是誰的錯，要是柏利安拒絕單挑，他就是個懦夫。」

「你呢！」柯爾登又說，「那你就是個壞蛋，給你的同伴們樹立壞榜樣！我們的情況還不夠糟嗎，竟然還有人老是想著搞分裂！而且還總是對我們之中最好的人有意見！」

「柏利安，向柯爾登道謝！然後就上吧！」

「不准！我以島主的名義嚴禁任何暴力行為！柏利安，回洞裡！至於德尼凡，隨你要去哪裡發洩，沒準備好認錯前不准回來！這是命令！」

「贊成！贊成！」其他人同聲應道（韋博、維各斯和克羅斯的聲音小一些）「柯爾登萬歲！柏利安萬歲！」

面對（幾乎一致的）群眾壓力，他們只能服從了。柏利安回到大廳，德尼凡則在熄燈前回到洞裡，沒有再提起那件事。然而，可以感覺到他內心積上了許多埋怨，對柏利安的敵意也更深了，同時也暗自記下了柯爾登這筆帳，再也不想接受他任何提議了。

可惜這些爭執擾亂了小天地的寧靜。維各斯、克羅斯和韋博又總是在德尼凡身邊敲邊鼓，不久的將來會不會有分裂的危機呢？

那天之後，這件事似乎落幕了，沒有任何人再提及。所有禦寒的工作都照常進行。很快的，冬季來臨，五月的第一個星期，天氣冷到柯爾登下令爐火必須日夜維持。再過不久，連牲棚和雞圈也需要生火了，瑟維斯和卡爾內將負責此事。

鳥類準備遷徙，牠們飛往何處呢？無疑是飛向太平洋北部或是美洲大陸吧，那些地方冬季的氣候要比查理曼島舒適得多。

這些候鳥中，最早離開的一批是燕子。牠們的飛行速度很快，也能長時飛過遙遠的路程。始終抱持著希望的柏利安想出了讓燕子為獵犬號傳訊的辦法。這種「家燕」在儲藏室裡築了巢，他們輕鬆就能抓個十來隻，在脖子上綁一個裝了小紙條的布袋，紙條上大致標出查理曼島在太平洋上的相對位置，並請求對方盡快將訊息送到紐西蘭的首都奧克蘭。

孩子們看著燕子朝東北方飛去，一句再見百感交集。

五月二十五日，初雪落地，比前一年早了幾天，會不會代表了今年的冬天將會更寒冷呢？的確很有可能，幸好保暖措施、燈火、食物都足夠撐上幾個月，南面溼地上的鳥禽也經常到西蘭河上方徘徊。幾個星期前，保暖衣物都拿出來了，柯爾登叮囑每個人仔細檢查衣服乾淨與否。

近來，法蘭西洞裡有某種情緒蠢蠢欲動，孩子們特別興奮，因為柯爾登的任期將在六月十日結束。為此，他們進行了許多會談和秘密會議，甚至有點像密謀犯案了，整個小世界因此熱血了起來。我們都知道柯爾登對此毫不關心，而身為法國人的柏利安則一點也不想管理一個多數住民為英國血統的小島。

因此只有德尼凡一人暗自熱衷這場選舉。要是他不那麼高傲、控制欲不那麼強、嫉妒心也別那麼重，憑著他高人一等的聰明才智無庸置疑的勇氣一定可以順利當選。

也許是認定柯爾登不是對手，又或者是臉皮太薄，德尼凡總是裝作不在意的模樣。事實上，所有見不得光的事，好友都替他處理了。維各斯、韋博和克羅斯經常在同伴間鼓吹大家支持德尼凡，特別是那些年紀小的孩子。目前看來，檯面上沒有比他更有贏面的人，他也就私心認定這場選舉穩當了。

六月十日。

下午進行投票。每個人要在票上寫下候選人的名字，多數票取勝。島上共有十四個選民（莫可因為身為黑人，沒有、也不能期待有投票權），因此，得票數超過七票的人就當選島主。

下午兩點，投票儀式在柯爾登的主持下正式開始，就跟英國人平常舉辦這類活動時一樣嚴肅。

開票結果如下：

柏利安八票

德尼凡三票
柯爾登一票

柯爾登和德尼凡都沒有投票，柏利安則投給了柯爾登。

票數公布時，德尼凡再也掩飾不住內心的失落與憤恨了。

柏利安得知當選時，先是謝絕了這項榮譽，然而在看了杰可後，一個念頭閃入腦海，接受了這個職位：

「謝謝各位，我接受你們賦予的任務。」

從今天起，為期一年的時間，柏利安將擔任查理曼島的島主。

十九、叛逆的德尼凡與克羅斯

柏利安當選的原因在於他熱心助人的個性、面對艱難時展現的勇氣，以及為全體利益奉獻的精神。打從獵犬號從紐西蘭出海後擔任帆船指揮（暫且就這麼說吧）以來，他從未向任何險境低頭。雖然國籍不同，但所有的孩子都愛他，特別是年紀小的孩子們，因為受到他無微不至的照顧，一致決定把票投給了他。只有德尼凡、克羅斯、維各斯和韋博無視他的優點，然而，在內心深處，他們其實很清楚自己的態度並不公正。

柯爾登雖然知道這場選舉的結果可能會讓原本就存在的分歧更嚴重，也擔心德尼凡和他的同伙會做出什麼無法挽救的事，但終究無法否定大家做出了一個最好的選擇，因此還是鄭重其事地恭喜了柏利安。另一方面，他自己也傾向除了管理法蘭西洞物資外什麼都不管。

德尼凡和他的三個同伴顯然決定了不接受這個結果，但柏利安也決心阻止他們鬧出亂子。

看見哥哥被選上，杰可也驚訝得很。

「你該不會是想……」他的話還沒說完，柏利安就低聲接了：

「對，我就是想把我們該做的事做好，彌補你的過錯！」

「哥哥，謝謝你，別忘了任何事都算上我！」

隔天，他們又繼續過起漫長冬日的單調生活。

在大寒阻止他們前往獵犬灣巡遊以前，柏利安做了件有意義的事。

還記得他們在奧克蘭丘頂插了根旗子吧，經過幾個星期的海風吹襲後，柱子的頂端只剩一片破布在風中搖擺。柏利安決定用其他能夠承受冬季狂風的東西取代，巴克斯特便在他的建議下，用沼澤邊上採來的籐草編了一顆球，大風可以直接穿過縫隙，自然不會破壞球體。球編好了以後，他們在六月十七日造訪了獵犬灣，柏利安把原本的英國國旗拆下，換上了這顆幾英里外也可以看得到的籐球。

接著，柏利安和他的「屬下」們就要被關進法蘭西洞裡了。溫度計的刻度緩慢卻持續地下降，顯示漫長的嚴冬已至。

柏利安把小船拉上岸，擺到山腳下的一角，再用防水布蓋上，以防冬季的乾燥導致木柴龜裂。巴克斯特和維各斯在雞圈旁設了一些套索，並在陷阱林邊挖了新的坑洞，還有西蘭河上的花欄也得架好，才能網到一些為了躲避南風而到小島內過冬的水鳥。

這段時間內，德尼凡和另外兩三個同伴經常穿上高蹺到南面溼地打獵。儘管他們很節省彈藥（柏利安對這件事和柯爾登一樣嚴格），每一趟都還是能滿載而歸。

一進入七月，河水就開始結冰了。家湖上的冰塊順流而下，在法蘭西洞旁的下游處聚集起來，塞住了河道。溫度已經降到零下十二度左右了，湖面也即將結冰。雖然一陣暴風減緩了結冰速度，但在風向一轉，東南的風吹來，晴空萬里之時，溫度便快速跌到了零下二十度。

一切按照去年冬天訂下的計畫進行。柏利安沒有濫用職權，只是維持正常運作，孩子們也都甘心服從他的指令。看來，柯爾登樹立的習慣幫了他一個大忙，就連德尼凡和他的同伴似乎也沒有表現出不服的態度，他們每天都去查看坑洞、陷阱、花欄和套索，然而，卻仍舊活在自己的小世界裡說著悄悄話，就連用餐時或晚上站哨時也不加入其他人的話題。會不會是策劃著什麼詭計呢？沒有人知道。總之，他們的表現沒什麼好指責的，柏利安也沒有理由介入他們的私事。他試著公平對待所有人，盡心盡力處理所有最煩人、最艱難的工作，並且總是帶上跟他一樣熱心的弟弟。一旁的柯爾登也觀察到杰可的個性慢慢有了一些轉變。莫可看到他在對柏利安坦白後變得比較願意接受和同伴聊天玩耍，也為他感到開心。

躲在洞穴內避寒的日子裡，他們每天都很認真學習。詹肯、艾弗森、多樂和克斯達都明顯進步了。少年們教著小孩，自己也感到不足而學習。漫長的夜晚，他們大聲讀著歷險記，瑟維斯當然偏愛他的魯賓遜[10]了。卡爾內偶爾也會彈他的手風琴。

柏利安沒有一刻放棄過回紐西蘭的念頭，大部分的時間都想著這件事，這也是他和柯爾登最大的差別。柯爾登一心只想著完善這個小社會的運作系統，而柏利安最大的目標則是離開這座小島。他始終掛念著騙人灣上看到的小白點。會不會是附近的島嶼呢？他這麼想著。若真是如此，能不能造一艘船到那裡去呢？可是當他談及此事時，巴克斯特只是搖頭，他知道這麼做遠遠超過他們能力所及！

「唉！為什麼我們是孩子呢？當我們需要當個大人時卻只能是孩子！」

這是最令他難受的事。

冬夜裡，儘管法蘭西洞的安全措施很完備，但外頭還是有好幾次警戒事件。每當有野獸（多數時候是豺狼）靠近雞圈時，小帆就吹起狗螺。這時德尼凡和其他同伴就會從大廳這一端的門趕去，朝著這些可惡的禽獸丟些燒紅的木塊，通常都能嚇跑牠們。

還有兩、三次是美洲豹或美洲獅來訪，但牠們從來不敢靠得像豺狼那麼近，所以總得開槍射擊，可惜礙於距離太遠，只能傷及皮肉。看來還是得小心防衛雞圈的安全才行。

七月二十四日這天，莫可總算可以用另一種鳥肉來展現料理天份了，有的孩子張口大啖，有的細細品嚐，滿足了每個人的口腹之欲。

事情是這樣的。這些日子以來，抓些小型的動物對維各斯（和樂於幫忙的巴克斯特）已經沒有挑戰性了，於是他們拉下一些樹枝，在上頭設了絞索，用來捕捉大型的鳥類。這種陷阱一般裝在森林裡獐出沒的地區，而且通常效果不差。

但這次陷阱林裡的這個絞索抓到的不是獐，而是一隻紅鶴。七月二十四日這天，牠走過絞索時被套了進去，無論怎麼使力都出不來。隔天維各斯前往查看時，牠已經掛在半空中勒死了。拔了毛、清了內臟、塞了香草後再以火烤的方式料理，便是一道美味的佳餚。孩子們都分到了翅膀和腿肉，甚至還有一塊舌頭，那是他們吃過天底下最美味的食物。

八月上旬時，天氣冷到無以復加。柏利安看著溫度計降到零下三十度，心裡不免擔心了起來。碧空如洗，這番冷冽的天氣裡沒有任何一絲微風。

這種氣溫之下，只要一踏出法蘭西洞，凜冽的空氣便直鑽入骨。年紀較小的孩子完全被禁止出門，一秒也不行。年紀大點的少年也只在必要的時候才出去，大多是為了填加柵圈的柴火。

10《魯賓遜漂流記》和《海角一樂園》的主角都叫魯賓遜。

一隻紅鶴被絞索套住勒死，祭了少年們的五臟廟。

幸虧這種嚴寒沒有持續多久，八月六日左右，吹起了西風。狂風暴雨在削過奧克蘭丘山頭後，也侵襲了獵犬灣和船難灘，但法蘭西洞卻安然無恙。就連能吹倒戰艦或堅石大樓的狂風也沒能晃動這石壁，大概只有地震才能動搖吧！至於那些被吹得東倒西歪的樹枝，倒替這些小伐木工人省了事，等到需要補柴火時就不必再砍了。

總而言之，這場暴風雨後，天候就轉變了，也代表著嚴寒將盡。自此，氣溫逐漸上升，這一波寒流過後，升到了零下七、八度。

八月下旬的天氣舒適了許多，除了湖面還結了一層厚冰無法捕魚外，柏利安又恢復戶外的工作了。孩子們經常前往查看陷阱、套索和花欄，捕捉到的鳥類十分豐富，多是從沼澤區來的，這些獵物讓廚房得以持續提供鮮味。

除此之外，棚圈裡也多了許多新的住民，除了鴇鳥和珠雞孵的蛋外，羊駝也產下了五隻新生命，都由瑟維斯和卡爾內負責照顧。

在湖面的冰層還允許時，柏利安決定邀大家一起滑冰。巴克斯特用木頭製了幾雙鞋子，加上鐵片後就是滑冰鞋了。男孩們對滑冰其實並不陌生，紐西蘭冬天經常玩這種活動。現在正是到家湖上展示滑冰技巧的好時機。

柏利安帶上了號角，用來警告溜得太遠的孩子。一行人在吃過午飯後出發，預計晚飯前回到洞裡。法蘭西洞旁的家湖擠滿了大量的冰塊，因此他們走了三里左右，穿過陷阱林後才找到一個合適的地方。這裡的湖面平滑結實，冰層向東方延伸而去，幾乎望不到盡頭，真是完美的滑冰場。

德尼凡和克羅斯自然是帶了獵槍，一有機會就想獵幾隻野鳥。柏利安和柯爾登原本就不太熱衷於這種運動，只是為了盯著孩子們防止發生任何意外而來。

不可否認，德尼凡和克羅斯是所有人裡滑冰技術最好的，還有杰可，比起在冰上劃出複雜的弧線這類精準的動作，他更擅長衝刺。

在發出開始的信號前，柏利安集合了所有人：

「我就不再重複要求你們小心了，請把個人堅持放在一旁，不要魯莽行事！就算冰層沒有破裂的危險，你們也有可能不小心摔斷手或腿！絕對不要超出我們的視線範圍！要是滑得太遠，也不要忘了我和柯爾登在這裡等你們，號角一響起時，就得馬上回到這裡！」

叮嚀結束，滑冰選手們朝著湖面滑去。柏利安看到他們都滑得很好，也就放心了。偶爾也會有人滑倒，不過也只是引來一陣大笑而已。

杰可的表現非常出色，時而前進，時而倒退，一會兒單腳，一會兒雙腳，還能站立和蹲下，並劃出完美的圓弧。柏利安看到弟弟能融入遊戲之中也感到安慰。

身為運動健將的德尼凡對所有的體育活動都很熱衷，看到大家不停為杰可鼓掌，心裡又是一陣嫉妒，於是將柏利安的警告拋諸腦後，往遠方滑去，甚至還不停慫恿克羅斯隨他一起。

「喂！克羅斯！我看到一大群鴨子，就在那裡，東邊，你看到了嗎？」

「有！」

「拿好你的獵槍，我也拿了！走吧！打獵去！」

「可是柏利安不准……」

「哇！不要跟我提柏利安！走吧……全速前進！」

德尼凡無視柏利安的命令，慫恿克羅斯和他一起去打獵。

一眨眼的功夫，他們已滑離了半里，朝著那群正飛過湖面的野鴨前進。

「他們是要去哪裡？」柏利安說。

「大概是看到那裡有獵物，愛好打獵的天性作祟吧……」柯爾登回答。

「我看是叛逆的天性作祟吧！又是德尼凡……」

「柏利安，你覺得他們會出什麼事嗎？」

「呃……誰知道呢？……離大家那麼遠總是太魯莽了！你看他們已經滑多遠了！」

由於快速滑行，德尼凡和克羅斯這會兒已經變成地平線上的兩個小點而已。雖然離天黑還有好幾個小時，他們還有時間可以趕回來，但滑這麼遠總是不智之舉。這個季節的天氣變幻莫測，風向一變，就有可能帶來大霧或狂風。

一如柏利安所擔心的，下午兩點左右，地平線那端捲起了濃霧。

克羅斯和德尼凡還沒回來，但霧氣已經捲上了湖面，東方也已經消失在霧幕之後了。

「看吧，我就是擔心這個，他們怎麼找得到方向回來？」柏利安大叫。

「吹號角啊……吹號角！」柯爾登激動地說。

號角吹響了三次，銅管的聲音劃過整片大地。也許德尼凡和克羅斯會發射子彈回應，畢竟那是唯一能知道他們位置的方法。

柏利安和柯爾登豎耳傾聽，但一點回音也沒有。

然而，霧越來越濃，湖面上約有半英里的範圍都瀰漫著大霧，幾分鐘內，整個湖應該就會消失在視野裡。

柏利安叫攏了其他還在視線之內的孩子，沒一會兒，他們全聚到了岸邊。

「怎麼辦？」柯爾登問。

「在他們完全迷失在霧裡前，我們要盡力找到他們。得有一個人往他們的方向去，試著用號角的聲音引導他們……」

「我去！」巴克斯特說。

「我們也是！」另外兩、三個人也說。

「不……我去吧！」柏利安決定。

「哥哥，應該是我去才對！以我的速度很快就能追上德尼凡了……」

「好吧……去吧，杰可，注意聽槍聲！拿著號角，讓我們知道你在哪裡！……」

「好的！」

沒多久，杰可也消失在漫天迷霧之中，此時天色也逐漸暗了。

柏利安、柯爾登和其他人都屏氣凝神聽著號角的聲音，但再過不久，這聲音也消失在遠方。半小時過去了，既沒有失去蹤跡的克羅斯和德尼凡的消息，也沒有前去尋找他們的杰可的回音。

要是黑夜降臨前他們還回不來會怎麼樣呢？

「要是我們還有砲彈的話，也許……」瑟維斯突然想到。

「砲彈？法蘭西洞裡還有！……趕快去拿！快去！」柏利安回答。

砲彈能同時為杰可、德尼凡和克羅斯指明方向，的確是最好的選擇。他們必須抄最近的路回到法蘭西洞，才能把信號發出。

半小時內，柏利安、柯爾登和其他人就跑了三英里的路，回到洞裡了。

情況特殊，他們也不再節省彈藥了。維各斯和巴克斯特拿起了獵槍，朝東方射去。

沒有任何回應，沒有槍聲，也沒有號角。

三點半了，隨著日光的消逝，湖面被霧氣裹得嚴實，遮住了所有的視線。

「發砲！」柏利安下令。

在把砲彈放進砲台後，在莫可的建議之下，他們又填了一些乾草，據說能發出更大的聲響。巴克斯特點燃了引爆線，莫可果然沒錯。

開砲了，多樂和克斯達嚇得摀住了雙耳。

在這麼平靜的大地上，砲聲應該能輕易穿過好幾里的距離吧。

沒有回音……

接下來的一小時內，他們每十分鐘發射一次。德尼凡、克羅斯和杰可若是真的聽見了，一定會知道這聲音的意義。再說，霧氣是非常好的傳聲介質，濃霧的效果更好，因此，聲音應該能順利被傳到遠方。

下午五點左右，他們隱約聽見兩、三聲從東北方傳來的槍響，距離似乎還很遙遠。

「是他們！」瑟維斯大喊。

巴克斯特又發射了一次，用以回應德尼凡的槍聲。

幾分鐘後，霧裡穿出了兩個人影，運動場上的孩子忍不住歡呼了起來。

柏利安等人發射大砲，用砲聲為德尼凡、克羅斯與杰可指引方向。

是德尼凡和克羅斯。

杰可沒跟他們一起。

可以想像柏利安有多慌張！他的弟弟沒有找到這兩個連號角聲都聽不到的人。事實上，當杰可朝東方滑去時，急於尋找方向的德尼凡和克羅斯已經往家湖南邊去了。要不是法蘭西洞發射了砲彈，他們也不可能找到回來的路。

沒等到弟弟的柏利安一心想著他還在萬里霧中，根本沒有心情責備德尼凡。要不是他不服從紀律，也不會發生這種事。如今杰可可能要在零下十五度的寒冬中過夜了，他怎麼可能撐得過這種酷寒！

「早知道應該是我去的……是我！」柏利安內疚不已，柯爾登和巴克斯特試圖安慰他，但他一點也聽不進去。

他們又發射了幾顆砲彈。杰可顯然還沒回到法蘭西洞附近，否則一定會聽到砲聲並以號角應聲。最後幾聲砲響消失在遠方，始終沒有得到回應。

夜幕緩緩降臨，黑暗馬上就要籠罩小島了。

值得慶幸的是，濃霧逐漸散開了。一如往常，日暮時分，微風就會輕輕吹起，把霧氣吹向東方，湖面也變得開闊了許多。現在要返回法蘭西洞的唯一困難只有夜的昏暗而已。

他們現在唯一能做的就是在岸邊生起大火，為杰可指引方向了。正當維各斯、巴克斯特和瑟維斯開始往運動場中央疊起乾柴時。柯爾登阻止了他們：

「等等！」

柯爾登拿著望遠鏡朝東北方望去。

「我好像看到了一個小黑點……移動中的小黑點……。」

柏利安接過望遠鏡。

「感謝上帝……是他！……是杰可！……我看到他了！」他激動大喊。

孩子們用盡全力大叫，要是一里外真的有人一定聽得見！

距離逐漸縮小，杰可踏著冰鞋如箭般在冰上滑行，往法蘭西洞而來。再過幾分鐘應該就會到了。

「看起來好像不只有他！」巴克斯特藏不住驚訝。

他說的沒錯，仔細一看，杰可後方約一百英尺處還有另外兩個黑點。

「會是什麼東西？」柯爾登問。

「是人嗎？」巴克斯特說。

「不是！……看起來是動物！」維各斯說。

「可能是野獸！」德尼凡大叫。

他毫不猶豫舉起了槍衝到湖面上朝杰可跑去。

不一會兒，德尼凡就來到杰可面前並向兩隻野獸各射了一槍，野獸受到驚嚇逃跑。是兩隻熊，之前竟然沒在島上看過！要是島上真的有這種可怕的野獸，小獵手們怎麼會從未遇過？唯一的可能就是牠們不住在島上，趁著冬日海面結冰走了過來，或是踩著浮冰來的，這兩隻熊怎麼這麼剛好來到附近海域呢？會不會表示查理曼島附近真的有大陸？這些問題值得好好思考。

無論如何，杰可安全回來了，哥哥將他緊緊擁入懷裡。

所有的人都來向這個勇敢的男孩道賀、擁抱、握手。當時在吹了好幾聲號角都沒有得到兩人的回音後，他自己也在濃霧中迷失了，直到聽見砲響才找到了方向。

「應該是法蘭西洞傳來的吧！」他心裡這麼想著，朝著聲音的方向前進。

當時他在湖的東北，離湖岸好幾英里遠，在聽到槍響後全速往聲音來源滑來。

就在大霧逐漸散去時，他突然看見兩隻大熊朝著他追來。幸虧他並未因此驚慌失措，冷靜快速地滑行，才維持了和熊之間的距離。當時要是不小心滑倒，後果就不堪設想了。

所有人都回到洞裡後，他把柏利安叫到一旁，小聲地說：

「哥哥，謝謝你，謝謝你遵守諾言……」

柏利安緊握了他的手，沒有回話。

就在德尼凡要走進大廳時，柏利安對他說：

「我早就警告過不要離太遠，你也看到了自己的叛逆有可能導致什麼後果！可是，儘管你有錯在先，我還是要感謝你救了我弟弟！」

「那是我應該做的。」德尼凡冷漠地回了話，無視柏利安伸出的手便走了。

兩隻熊在杰可身後追趕，德尼凡毫不猶豫的衝上前將牠們趕走。

二十、德尼凡、克羅斯、韋博和維各斯的離別

六個星期後，某天下午五點左右，四個少年在家湖的南岸稍作停留。

那天是十月十日。美好的季節又來到了人間，樹林下千枝綻綠，大地一片春色。微風輕輕吹皺了湖面，一條狹長的沙灘包圍著南面溼地，廣大的平原正沐浴在夕陽的餘暉之中。成群的鳥兒們歡唱著，正在樹蔭之下或岩壁裂縫中尋找今晚的棲身處。松樹、綠橡樹和綿延了好幾英畝的冷杉，各種四季常青的樹為查理曼島這片荒蕪的地區點綴了一些顏色。湖岸的植被並沒有延伸到這裡，得往回走好幾英里，才能在小河的流域上找到濃密的樹群。

他們在一棵海松下生起了營火，散發出的煙燻味飄散在沼澤的空氣之中。兩個石塊間的火堆上烤著鴨子。吃過飯後，他們別無他事，只能鑽進毯子裡休息，除了一人守夜外，其他三人都安穩地睡到了天亮。

這四個人是德尼凡、克羅斯、韋博和維各斯，他們離開了其他同伴獨自生活。

冬日的最後幾個星期內，待在法蘭西洞裡的柏利安和德尼凡關係非常緊張。那段日子裡，德尼凡對選舉結果感到不屑，因此變得更加善妒易怒，一點也不服從新島主制定的規矩。當時的他之所以沒

四名脫離同伴的少年在家湖南岸稍作停留。

有公開反抗，也是因為很明白多數人並不同意他的做法。儘管如此，他還是經常做出一些讓柏利安不得不責備他的行為和態度。自從上次或許因為急於打獵、或許因為想發脾氣，因而發生的滑冰事件後，他一點也沒有收斂。柏利安因此認為應該嚴厲處理此事了。

柯爾登對這種情勢感到十分憂慮，因此始終要求柏利安容忍對方。然而，他也知道柏利安的耐心已經到了極限，為了全體的利益，為了維持秩序，該是樹立榜樣的時候了。過去，柯爾登對德尼凡還有些影響力，但如今早已蕩然無存。德尼凡無法諒解他總是為自己的對手說話，因此，柯爾登的勸阻無效，只能無可奈何地看著事態越發嚴重。

這件事破壞了法蘭西洞融洽的氣氛，大家的心裡都感到很不自在。

德尼凡和他的同夥除了用餐時間外，都在自己的小圈子裡活動。天氣惡劣而無法外出打獵時，他們就窩在大廳的小角落竊竊私語。

「我很確定他們四個一定在策劃什麼事……」柏利安某天對柯爾登說。

「應該不是針對你個人吧？要取代你嗎？……德尼凡沒這個膽！你知道我們都是站在你這裡的，他也很清楚！」

「也許他們是想離開我們？」

「有可能，但目前為止，我們沒有權力阻止他們這麼做！」

「他們也許是要到遠一點的地方……」

「應該不會這麼想吧？」

「就是這麼想的吧！我之前還看到維各斯拿了一份博杜安的地圖，看起來就是要帶著它……」

「維各斯？」

「沒錯。柯爾登，說真的，我在想，為了避免發生這種事，會不會我自己解職比較好……把這個位子給你，甚至是給德尼凡！……這麼做才是最快的方法……」

「不，柏利安！這麼做只會辜負了那些選你的人的期望，而且也是不負責的態度。」

冬日就在這種煩人的爭執中過去了。一進入十月，嚴寒就離他們而去了，湖面和小河上的冰層也開始融化。十月九日晚間，德尼凡向大家宣布將與韋博、克羅斯和維各斯一起離開法蘭西洞。

「你們要拋棄我們嗎？」柯爾登問。

「拋棄你們？……不，柯爾登！我和克羅斯、維各斯、韋博只是要搬到小島的另一邊。」德尼凡回答。

「為什麼呢？」巴克斯特也問。

「因為我們想按自己的方法生活，坦白說，我們不想聽從柏利安的命令！」

「德尼凡，你究竟對我有什麼不滿呢？」柏利安問。

「沒有……除了你是領袖這件事！我們不是已經有過一個美國來的領袖了嗎……現在又是一個法國人在指揮我們！……就差沒有選莫可而已了……」

「你不是認真的吧？」柯爾登問。

「我認真告訴你，聽命於外國人讓我和我的同伴感到不舒服！」德尼凡回答。

「好吧！你們自由了，帶上屬於你們的那份東西！」柏利安接了話。

「我們本來就打算這麼做，明天就離開法蘭西洞！」

「你們一點也不後悔這個決定嗎？」柯爾登明白再怎麼堅持勸說也沒有用。

德尼凡的計畫是這樣的：

幾個星期前，根據柏利安對查理曼島東部的描述，他們知道那裡的生活條件也很適合居住。東岸上的岩石間有許多山洞；家湖到海岸間有一大片的樹林；提供足夠淡水的東河；河岸邊成群的野鳥……總之，應該會跟法蘭西洞一樣舒適，也比獵犬灣好得多。再說，法蘭西洞和東岸間的直線距離不過十二英里，度過六英里的家湖後，再沿著小河划一半的水路就到了。必要時，也能很快聯絡上法蘭西洞的人。

德尼凡是經過深思熟慮後才要維各斯、克羅斯和韋博跟他一起到島的另一端生活。

然而，德尼凡並不打算穿過湖面到騙人灣。他的計畫是沿著湖岸南行，繞過南端後再順著對岸北走，順便觀察他們沒有到過的地區後，再從東河走水路到河口。這段路程不短，大約是十五到十六英里，但他們會沿路狩獵。這麼做對划船技術並不那麼精熟的德尼凡一行人也比較好。只要帶上橡皮艇，他們就能度過東河，甚至是其他還沒發現的小溪了。

其實這趟遠行的目的只是造訪騙人灣，找到適合居住之處後，德尼凡和同伴們會再安排第二次旅程。因此，他們並沒有帶上所有的行李，只帶了兩支獵槍、四支手槍、兩把斧頭、足夠的彈藥、魚網、旅行毛毯、小型指南針、橡皮艇，再加上幾個食物罐頭。他們認為一路上的獵物與漁獲可以提供足夠的糧食。再說，這趟旅程預計最長六到七天，只要一找到合適的地點，他們就會回到法蘭西洞來取走從獵犬號上帶下來的屬於他們的物品，以板車運送到對岸。他們歡迎柯爾登或其他人前往拜訪，但要在同一個屋簷下生活是不可能的，因此絕不會後悔自己做的決定。

隔天一早天剛亮，德尼凡、克羅斯、韋博和維各斯就和他們的同伴道別了。同伴們顯得依依不捨，也許他們心裡也是同樣的難受，只是已下定決心執行計畫（一個賭氣成份居多的計畫），因此並沒表現出相對的情緒。莫可划著小船載他們度過西蘭河後，他們便悠閒地踏上了旅程，順道觀察家湖南邊的情況。逐漸縮小的湖面由廣大的南面溼地取代，一眼望去幾乎看不到盡頭。

他們在沼澤區獵了幾隻鳥也走了幾里路。德尼凡知道必須計較子彈的用量，因此只有在獵捕食物時才會舉槍。

天空烏雲密布，但還不至於下雨，微風自東北方吹來。走了一個上午，四個男孩不過前進了五、六英里，傍晚五點左右，他們抵達湖的尾端，決定在這裡過上一夜。

這就是八月底到十月十一日間法蘭西洞發生的事。

德尼凡、克羅斯、維各斯和韋博真的離開了那些以為在任何情況下都不會輕易分離的同伴了！他們感到孤單了嗎？也許吧！然而，既然下定決心要執行計畫，就得認真地在查理曼島的其他地區開始新的生活。

夜裡氣溫低，幸虧一夜的營火為他們取暖，隔天一早他們再次動身。家湖南端是個尖角，兩岸在此相會，右岸筆直向北延伸。再往東去，是一片布滿了沼澤的地區，但長了綠草的地面並沒有完全被水淹沒，高低起伏的小丘上或鋪著綠草、或綴著小樹。

因為這個區域主要由丘陵組成，德尼凡便定名為土丘區（Downs-lands）。德尼凡並不想深入這塊未知的區域，因此選擇沿著湖岸走到東河與柏利安先前探勘過的地方。土丘區就待日後再探索了。

但在出發前，他們還是討論了這項決定。

「要是地圖上畫的沒錯，東河應該只離這裡七里遠，天黑前就能輕鬆抵達了。」

「為什麼不直接切過這個區域，往東北方走，直接走到河口附近？」維各斯看了地圖後問道。

「對啊，這樣應該可以減少三分之一的路程。」韋博補充。

「也許吧，只是我們沒必要冒險穿越一無所知的沼澤群，搞不好最後還得繞更多路？相較之下，沿著湖岸我們至少可以確定不會遇到阻礙！」德尼凡回答。

「而且，我們也應該了解東河的流域比較好。」克羅斯附和。

「沒錯，這條河是連結家湖和海岸的直接通道，沿河而下的話，還能順道穿過整片森林。」

下了決定後，他們便邁開步伐前進。這條小路距離湖面約三、四英尺高，一邊是湖水，另一邊就是往右綿延的丘陵地。他們走在緩坡之上，可以推測幾里外的地景應該又會不同。

這個推測無誤，約莫十一點時，德尼凡和同伴在一條小溪旁暫停，並在一棵巨大的山毛櫸下吃飯。從這裡向東望去，所見之處是一片不見盡頭的林地。

維各斯當天早上獵下的刺豚鼠是他們的午餐，克羅斯則接替莫可的工作，成為大家的廚師，在這種艱難的狀況下，也算是做得不錯。他用燒紅的木炭烤好刺豚鼠後，大家很快地吃完了午飯，填飽肚子也解了渴後，就往家湖的右岸出發了。

湖邊的森林樹種和陷阱林差不多，只是常青的樹多了一些，像是海松、杉木就比綠橡樹和山毛櫸多，而且也比較高大。

德尼凡很高興看到這裡的動物也和島上其他地區一樣多元。除了出現好幾次的原駝和羊駝外，還有成群的鴕鳥來到湖邊解渴後正準備離去。灌木叢中到處可見兔豚鼠、櫛鼠、猯豬和許多鳥類。

晚間六點左右，他們準備停下來休息。一條小河從湖裡流出，切開了湖岸，應該就是東河了吧。德尼凡在小河灣深處的樹下發現了紮營的痕跡（換句話說就是灰燼），因此確認了自己的判斷沒有錯。這裡就是柏利安、杰可和莫可來到騙人灣勘察時，第一晚紮營的地方。

德尼凡、韋博、維各斯和克羅斯認為最好在同一處紮營，於是他們點燃了熄掉的營火，用了餐後便在同一棵大樹下睡了。

八個月前，柏利安初次造訪此地時，可沒想過他的同伴會為了要到查理曼島上的另一處生活而回到這裡！

也許當克羅斯、維各斯和韋博在意識到自己遠離了法蘭西洞的舒適生活時，會後悔一時興起的決定！然而他們的命運如今已和德尼凡的緊緊相連，自尊心強的他，是不可能承認自己的錯誤的，固執的個性也不會允許他放棄自己的計畫，還有嫉妒心作祟的他更不可能在敵人面前低頭。

天亮時，德尼凡就提議渡河。

「現在就過河吧，今天應該就能抵達河口了，這裡到那裡不過五、六英里而已！」

「而且莫可上次就是在左岸撿到松果的，我們也可以趁機採一些。」克羅斯也提議。

他們打開了皮艇，一放下水後，德尼凡就拉著一條繩索往對岸前進。撐了幾下槳就度過了三十到四十英尺的河道。位在另一岸的維各斯、韋博和克羅斯拉著繩索將小艇拉回來，幾個人按此方法輪流度過了河道。

過河後，維各斯又把皮艇摺了起來，變成一個旅行提袋揹到背上繼續前行。若是能乘著皮艇順流而下，那肯定是省力多了，柏利安、杰可和莫可就是這麼做的；但皮艇一次只能載上一人，所以並不能當成交通工具。

這一段路程並不輕鬆，濃密的樹林之下鋪了一層厚實的草，時不時還有被最近那場暴風雨吹落的樹枝，逼得他們不得不繞路而行，也因此延誤了路程。跟陷阱林不同，德尼凡沒有在這片地區找到任何法國水手遺留的痕跡，但可以肯定的是，他一定走過這段路，因為地圖上明確地指出了東河到騙人灣的流向。

將近十二點時，他們在松樹林裡停下來吃飯。克羅斯採了許多松子，大家便以此充飢。接下來的兩英里路，他們都在灌木叢裡穿梭，為了不要遠離河岸，還得用斧頭開路。

由於耽擱了路程，一行人將近七點才走出森林。黑夜中，德尼凡完全看不到海岸的模樣，只有透過水面上一道白泡沫和浪拍打著岸發出的低吼，他才知道海就在眼前。

他們決定在這片星空下搭營。下一夜應該就能在某個離河口不遠的山洞裡度過了吧。

搭好了帳篷後，他們用林裡撿來的枯柴和松果起火，烤了隻松雞當晚餐。

為了安全起見，火堆整夜不熄，守夜的德尼凡負責添加柴火。

維克斯、克羅斯和韋博就在一棵枝葉如傘的松樹下睡著了，一整天的路程讓他們筋疲力盡，沒多久就進入了夢鄉。

德尼凡努力保持清醒，直到該換班守夜時，所有人都還是睡得很沉，他也不忍心叫醒任何人。

這片樹林十分平靜，看來應該和法蘭西洞一樣安全。因此往火堆裡丟了幾根木柴後，他也閉上了雙眼，直到朝日露出地平線並照向廣闊的海面時才醒。

二十一、幻境般的夜晚

德尼凡、維各斯、韋博和克羅斯先是沿河而下航行到河口。他們仔細掃視了這片第一次見到的海，看起來似乎也跟另一邊的海面一樣荒涼。

「可是，說真的，要是查理曼島真的離美洲大陸不遠，那些穿過麥哲倫海峽，開往智利或祕魯的船隻應該會從東岸經過！所以我們更應該在騙人灣這裡住下來，柏利安給它取了個不吉利的名字，但願不會真的應驗！」

德尼凡這番話也許是想把自己拉著同伴離開法蘭西洞的行為合理化，但換個角度看其實也不無道理，開往南美洲的船隻的確較有可能經過查理曼島的東岸。

德尼凡拿起了望遠鏡觀察海平面那一端，接著又到東河河口處察看。跟柏利安觀察到的一樣，他們也認為這個區域是天然的避風港，帆船當初若是在此靠岸，應該可以避開擱淺的命運，甚至可以保住船體以便回航。

岩石環繞，形成了一個小港灣，森林的第一排樹就從這裡開始，綠幕除了往家湖的方向延伸外，也向北發展到地平線的盡頭。至於花崗岩間的洞穴之多，柏利安一點也沒誇大其詞，德尼凡看得眼花撩亂。在不離東河太遠的前提下，他很快就找到了一個所謂的「狹道」。這個洞穴中鋪滿了細沙，內部還有許多隔開的空間，舒適度絕不亞於法蘭西洞。除此之外，因為有許多小空間，每個人可以擁有獨立的房間，不必像法蘭西洞只有大廳和儲藏室。

這一天他們探索了沿岸一、兩英里的區域。德尼凡和克羅斯趁機獵了幾隻鴇鳥，維各斯和韋博則在離河口一百多步之處撒了魚網，捕到六、七隻魚。除了兩條肥美的河鱸外，其他魚類就跟西蘭河裡洄游的一樣。暗礁在海岸東北部形成天然防波堤，眾多的縫隙與小洞中藏著無數貝類。海藻間也有大量的魚群，淡菜和其他貝類俯拾即是。

還記得柏利安第一次造訪東河時曾爬上一塊形似大熊的巨大岩石吧，德尼凡也注意到那驚人的形狀了。作為此地的新主，德尼凡稱之為熊岩港，也把名字寫到了地圖上。

這天下午，德尼凡和維各斯爬上了大熊岩眺望海灣，怎麼看都看不到任何船隻或小島，東北方也沒有柏利安所說的白點，或許是落日西沉，光線昏暗所以看不見，或者只是柏利安的錯覺而已。

當晚，德尼凡和他的同伴們在一棵朴樹下吃晚飯，並討論了這個問題：「該不該馬上回到法蘭西洞拿取物資，趕快到大熊岩的洞穴定居呢？」

「我認為應該盡快動身，繞湖回去還得花上好幾天！」韋博說。

「那回來的時候呢？是不是直接渡湖，接上東河航行到河口？柏利安之前就這麼做過，我們也可以吧？」維各斯提議。

「這樣做可以省下很多時間，而且不會那麼累！」韋博又補充。

「德尼凡，你覺得呢？」克羅斯問。

德尼凡考慮了一下。

「你說得沒錯，要是莫可可以……」

「要是莫可同意的話。」韋博的語氣不太肯定。

「怎麼會不同意？難道我不能像柏利安一樣指使他嗎？更何況只是要載我們渡河而已……」

「他是一定要服從的啊！」克羅斯大聲說，「要是得從陸地上搬運所有東西的話，那不是沒完沒了嗎！而且板車根本過不了森林，最好是能乘船……」

「可是如果他們拒絕把船借給我們呢？」韋博強調。

「拒絕？誰會拒絕？」德尼凡大聲回應。

「柏利安啊……他不是島主嗎！」

「柏利安……他敢！那艘船屬於他嗎？要是他敢拒絕……」

德尼凡沒把話說完，但可以感覺到，這位暴躁的公子哥無論如何都不願屈服。

此外，維各斯也認為根本沒有必要糾結於此，柏利安絕對會幫助他的伙伴把東西搬到大熊岩的。現在唯一要考慮的是要不要馬上回到法蘭西洞。

「絕對不敢！」克羅斯說。

「那，明天出發？」韋博問。

「不，出發前我還想往北走一段距離，觀察那邊的狀況，花兩天的時間就可以回到這裡了。搞不好會在那裡找到其他那個法國水手沒有看到、也沒有畫在地圖上的陸地呢。不能沒弄清楚狀況就住下來了。」

這個提議很好，因為來回需要兩、三天的時間，他們決定馬上出發。

隔天，也就是十月十四日清晨，德尼凡和其他同伴就沿著海岸往北邊出發了。約莫三英里左右的路程，大海和森林之間都夾著巨大岩石群，石頭之下則是一條寬約一百英尺的沙地。

中午時分，走出了岩石群後，男孩們決定停下來用餐。不遠處，一條小溪流入大海，根據它東南—西北的流向來看，應該不是從家湖流出來的。溪水應是穿過小島北部，匯集了水流後順著狹窄的水道流向大海。因為溪水淺小，無法稱之為河，德尼凡便替它取名為北溪（North-creek）。

他們只撐了幾下槳就過了小溪，接著只需沿著海岸與小溪左岸間的陸地前行。

此時，德尼凡和克羅斯幾乎同時射出了兩槍，原因如下：

三點左右，順著北溪前行的一行人發現已經遠離了原本計畫好的路線，於是準備向右前進，以便回到海岸上。就在這時，克羅斯突然停下腳步大喊：

「快看，德尼凡，快看！」

他指向前方樹蔭，蘆葦與高大的草叢間有一個正在移動的紅色物體。

德尼凡立即要韋博和維各斯停下所有動作，自己則把槍上了膛，和克羅斯一起輕輕溜向那個物體。

那是一頭體型很大的動物，看起來像是犀牛，只是頭上沒有角，下嘴唇也不長。

突然間，接連兩聲槍響，德尼凡和克羅斯幾乎在同一時間發射了子彈。

德尼凡等人看見一隻長得像犀牛的巨大野獸。

但是，在約一百五十英尺外的距離發射的子彈對那粗厚的皮膚幾乎起不了任何作用。動物鑽出了蘆葦，快速越過小溪，消失在對岸的森林裡。

雖然過程短暫，但德尼凡還是認出了那是隻完全無害的雙棲動物，名為南美貘，毛色偏棕，是最常在南美洲河流附近出沒的貘。沒抓到這頭動物其實也沒什麼好可惜的，畢竟抓了也無用，只是身為獵人的自尊心作祟罷了。

查理曼島的這個地區依舊是綠樹如蔭，各種植物枝繁葉茂，其中又以山毛櫸數量最多，德尼凡因此將此地命名為山毛櫸林，並標在已寫了大熊岩和北溪的地圖上。

夜色降臨時，他們已經走了九英里。只要再走上九英里，他們就能到達島的北端，不過那是隔天的事了。

天一亮，他們再度出發。這一天吹起了西風，代表了氣溫即將下降，因此他們不得不加快腳步。海面上飄來了烏雲，因為壓得不低，他們還可以期待雨不會那麼快降下來。如果僅是大風，甚至是暴風，都嚇不倒這幾個意志堅決的男孩，然而陣風若吹起大浪，那對他們而言就很困擾了。若真是如此，他們只得暫停這次的探勘，先回到大熊岩躲避風雨。

他們走得更快了，同時還得抵抗從側面吹來的強風。白天天候如此，夜晚就更不必說了。傍晚五點起，雷電交加，看來是一場扎實的暴風雨啊。

德尼凡一行人一點也沒有退縮，眼看就快抵達目的地了。若真有必要，山毛櫸林離他們不遠，隨時可以躲到繁茂的枝葉底下。狂風大作，相較之下，雨水根本算不了什麼。

八點左右，他們隱約聽見了浪花拍打的聲音，顯然這一帶海岸上有成群的礁石。

然而，此時的海面已罩上一層濃霧，原本就迷濛的天空越來越暗。為了能看到海面上的情況，並且趁著還有天光時前進，他們又加緊了腳步。樹叢的邊緣是一片寬約四英里的海灘，海潮拍打在北岸的岩石上，翻起了滾滾浪花，灘上也泛著白沫。

儘管已經疲憊不堪，德尼凡、韋博、克羅斯和維各斯還是用盡了力氣向岸邊跑去，至少要在餘暉完全沒入海平面前看一眼太平洋。他們想知道，把小島跟另一個大陸或島嶼隔開的，究竟是一望無際的大海，還是狹窄的海峽。

可是跑在其他人前頭的維各斯突然停下了腳步，指向灘上的一個黑色物體。是隻海洋生物擱淺在灘上嗎？是幼鯨或大鯨嗎？該不會是一艘被捲上礁石的船吧？

沒錯！灘上擱著的就是一艘往左舷傾倒的船，而且，就在不遠處的潮線上，隨潮水起伏的海藻間還躺著兩個人。

德尼凡、韋博和克羅斯先是愣了一下，隨即全速跑向海岸，來到這兩人身邊，該不會是屍體吧！……

幾個人受到了驚嚇，顧不得他們是否還有一絲氣息，也忘了應該馬上給予急救，一徑跑向樹林裡尋找避難處。

天色昏暗，雖然還有一絲光線，但也馬上就要消逝了。暗夜之中，狂風暴雨的怒吼與大浪沖岸的咆哮交雜。

暴風恣意肆虐！樹枝一根根應聲斷裂，躲在下方避風雨的人也不一定安全。然而，大風吹得海沙如霰彈般四竄，所以回到海岸上也是不可能的。

是人！有十五名少年以外的人出現在這座島上！

德尼凡、維各斯、韋博和克羅斯縮在同一個地方，一夜不敢闔眼。寒風折磨著他們，卻不能生火，深怕大風把火苗吹向地面成堆的乾柴。

各種情緒交雜，也使得他們無法入眠。灘上的船是從哪來的？是哪個國家的？是從附近的其他陸地來的嗎？……又或者是屬於某艘在暴風雨中沉沒的大船？所有的假設似乎都不無道理，在暴風雨偶爾停歇的片刻，德尼凡和維各斯靠在一起小聲地討論著。

此時，他們似乎開始產生了幻覺，風勢減緩時，彷彿聽見遠處傳來了哭喊聲。他們豎起雙耳傾聽，擔心是否還有其他遇到船難的人無法上岸。不！絕對是幻聽，暴風雨中沒有絕望的呼喊。他們後悔剛才因為恐懼而放棄救人的行為了！……現在，他們想冒著被風捲走的危險回到礁石間！……可是，岸上一片漆黑，浪花沖岸拍出的水氣籠罩整片區域，他們要怎麼找到剛才小船擱淺，或是沙地上那兩個人倒地的位置呢？

無論是精神或生理上，他們都感到極度疲憊。長久以來，他們自我放逐，並把自己視為男人，如今面對獵犬號失事後遇上第一批以屍體形式被大海捲到小島上的人類時，卻畏縮得像個孩子。

冷靜下來後，他們總算想出了處理的方法。

明天一早，他們就會回到岸邊，在沙地上挖個大洞，為死者祈禱安息後將他們埋入土裡。

然而，黑夜彷彿沒有盡頭！黎明似乎也不願前來驅走恐懼！

在這之前，他們也得先知道時間才行！只是這種狀況火柴怎麼也點不著，就連躲進毯子裡也無用，克羅斯嘗試了好幾次後還是放棄了。

這時，維各斯想到了另一種方法，也許可以大概知道時間。他的手表每天需要上十二圈發條，最後一次上發條的時間是晚間八點，只要點算剩下的圈數，就可以知道過了幾小時。計算過後，他得出現在約莫是凌晨四點的結論，距離黎明時刻不遠了。

他算得沒錯，不久後，第一道曙光就從東方升起了，但暴風卻一點也沒有減弱。海面上的雲逐漸壓低，看來大雨會在德尼凡和其他同伴回到熊岩港前來襲。

但在返回東岸前，他們還得替那兩個罹難者做些事。因此，待晨光一穿過雲霧，撒落在海面上時，他們馬上往岸邊走去，幾個人緊抓著彼此，奮力穿過強風。

船倒在沙堆上，那是海水沖積的地區，在風的強力作用下，潮水偶爾會沖到船體。

可是，那兩具屍體不見了……

德尼凡和維各斯又向前走了二十步……

沒有！……就連印子也沒有。（就算有，大概也被潮水沖刷了吧。）

「這兩個可憐人，難不成還活著，自己爬起來了！……」維各斯驚聲。

「到哪裡去了呢？」克羅斯問。

「去哪裡了？」德尼凡說著，指向浪濤洶湧的海面，「那裡，潮水把他們帶往那裡了！」

他順著岩石爬到邊緣，拿起望遠鏡看了海面……

沒有任何屍體！

那兩個人被帶到更遠的海面了！

德尼凡回到船邊，也許可以找到其他生還者？

德尼凡等人重回沙灘上小艇擱淺處，然而那兩具疑似屍體的人已經不知所終。

不，小船是空的。

這是屬於某艘商船的小艇，甲板在前，大約三十英尺長。船已經報銷了，右舷部分吃水線以下在撞上岸時破損，船桅也從甲板以上攔腰截斷，只有幾塊破碎的帆布掛在船緣上。儲物箱裡沒有任何食物、工具或武器，什麼都沒有，船頭的小倉庫裡也是空無一物。

船尾寫著兩個名字，指明了船的所有者及註冊港口名稱：

塞文號——舊金山

舊金山！加州的港口之一！船是從美國來的！

塞文號遇難的這片大海，除了無邊的地平線以外，什麼也沒有。

二十二、團結

別忘了德尼凡、韋博、克羅斯和維各斯是在什麼情況下離開法蘭西洞的。他們離去後，洞裡的孩子們都很沮喪。每個人都為離別而感傷，誰知道會不會導致嚴重的後果呢！這件事顯然不是柏利安的錯，但他卻無可避免地比其他人更敏感，畢竟也許他就是造成分歧的主要原因。

柯爾登試著安慰他，似乎也不見成效：

「柏利安，他們會回來的，甚至會比想像的快！德尼凡雖然頑固，但環境更是如此！我打賭他們會在嚴酷的季節來臨前回到法蘭西洞。」

柏利安搖了搖頭沒有回應。也許嚴竣的情勢會把那幾個出走的孩子帶回來，但那該是多嚴竣的情勢啊！

「在嚴酷的季節來臨前」，柯爾登是這麼說的。意味著他們還要在查理曼島上度過第三個冬季嗎？在這之前不可能得救嗎？夏季時，難道沒有任何商船會經過這片海域，並看到奧克蘭丘上的信號球嗎？

事實上，這顆球的高度只高於地平面兩百英尺左右，遠方的船隻是看不見的。柏利安與巴克斯特嘗試過設計一艘禁得住風浪的船，但結果總是不佳，因此柏利安認為應該想個方法把求救信號升高一些。他經常把這件事掛在嘴邊，直到某天，提出了一個巴克斯特也認為也許可行的辦法，也就是風箏。

「無論是帆布還是繩索都不缺，做大一點，升到足夠的高度，比方說一千英尺！」

「沒有風的時候怎麼辦！」巴克斯特提出意見。

「這種情況不多，無風的時候就把風箏收回來，要是真的起大風，就好好地固定在地上，任風吹吧，不需要管它的方向。」柏利安回答。

「要試試看才知道。」巴克斯特說。

「而且，白天可以在約六十英里以外看到的話，那晚上也可以，只要在尾端或骨架上掛一盞信號燈就好！」柏利安又說。

總而言之，柏利安的提議似乎很可行。對過去在紐西蘭經常放風箏的孩子們而言根本是小事一樁。

因此，當柏利安向大家說明這個計畫時，得到了非常熱烈的迴響。特別是年紀小的孩子們，除了感到有趣外，一想到可以製造一個比任何在島上見過的東西都還要有趣的風箏就更是興奮無比了。能夠拉著緊繃的風箏線，並看著它在空中飛揚，多麼美妙啊！

「要做一個很長的尾巴！」其中一個孩子說。

「還要大耳朵！」另一個又說。

「還要在上面畫個『潘趣』[11]的臉，看他在上面擠眉弄眼！」

「然後我們要對著它發射小石子！」

大家都樂在其中呢！只是在尋找趣味之外，這件事還有更嚴肅的意義，說不定還能帶來好結果。

德尼凡和幾個同伴離開法蘭西洞後的第三天，巴克斯特和柏利安就動手執行這個計畫了。

「我看他們應該會是最先被這個風箏嚇得目瞪口呆的人吧！可憐的魯賓遜，怎麼就沒想到放風箏呢！」瑟維斯感嘆。

「島上的任何一個地方都看得到它嗎？」卡爾內問。

「不只是島上，附近海域都看得到。」柏利安回答。

「奧克蘭那裡的人看得到嗎？」多樂大叫。

「當然看不到！」柏利安微笑著回答，「不過，德尼凡他們要是看到了就會回來的！」

看得出來這少年心裡只想著出走的同伴，也只有一個願望，就是他們能盡快回到大家身邊。

接下來幾天內，他們都在製作風箏。巴克斯特建議做成八邊形，骨架以一種生長在家湖邊的蘆葦編成，非常堅固，足以支撐平日的微風吹拂。接著，柏利安在骨架上鋪了一層塗了橡膠的輕布，這種布原本是用來蓋帆船天窗的，非常防水，連風也透不過。最後，再加上一條至少兩千英尺的纜繩，這種原本用來拉住測程儀的繩子能夠承受很大的壓力。

為了保持平衡，當然不能少掉一條美麗的尾巴。風箏做得極為結實，隨意便能把任何一個孩子拉上天空！但這不是做風箏的目的，為了乘風，它得有結實的骨幹；為了飛得高，得有寬闊的面積；為了在五十到六十英里外也能看見，得有龐大的體積。

另外，也不能藉由人力操控將風箏升上天，否則一吃上風，任何一個人都會輕易被拖走，因此，

11 Polichinelle，也稱作波奇尼拉，義大利經典搞笑木偶。英語系國家稱之為潘趣先生（Mr. Punch）

少年們開始打造一個八角形的超級大風箏！

他們得將風箏線綁到起錨機上。於是，起錨機就被搬到運動場正中央平放並牢牢固定住，以免被「空中巨人」（孩子們對這個名字非常滿意）拖走。

準備工作在十五號晚上完成了，柏利安宣布隔天下午舉行升空儀式。

只是天公不作美，隔天開始，暴風雨便侵襲了小島，要是這時把風箏升上天，只有被撕個粉碎的結局而已。

德尼凡一行人在北岸遭遇的，還有把那艘美國來的小艇捲上礁石群的都是同一場暴風雨，之後這一帶海岸會以那艘小艇命名為塞文岸（Severn-shores）。

又過了一天，十月十六日，儘管暴風雨平靜了不少，但風勢還是太大，不適合放飛風箏。到了下午，天氣漸佳，風勢轉弱，風向也改為東南，柏利安判斷隔天應該就能執行計畫了。

十月十七日，對查理曼島的居民來說極具意義的一天。

這天雖然是個星期五，但基於某些迷信，柏利安認為不該再多等。天氣穩定了下來，清涼的微風平穩地吹撫，非常適合放風箏。風向吹得正好，風箏也能飛得更高。夜色降臨時，他們會降下風箏，掛上燈後在夜空中發光。

這天早晨吃過早飯後，他們一直忙著準備，所有人都聚集在運動場上。

「柏利安想出的這個主意實在太棒了！」艾弗森和其他孩子不斷拍手叫好。

下午一點半，他們將風箏平鋪在地面，尾巴也拉直了放好，待柏利安一聲令下，就要放飛了，但他卻沒有發令。

因為就在這時，小帆突然從森林裡跑了出來，不停吠叫，奇怪的叫聲充滿了哀怨，也因此吸引了大家的注意力。

「小帆，怎麼了？」柏利安問。

「會不會是聞到樹林裡有什麼動物的氣味？」柯爾登說。

「不是！……叫聲聽起來不是這樣的！」

「去看看吧！」瑟維斯提議。

「帶上武器！」柏利安補充。

瑟維斯和杰可馬上跑到法蘭西洞裡各自拿了一把裝了子彈的獵槍。

「走吧。」柏利安說。

他們三人與柯爾登一起走進了陷阱林。小帆在前方走得很快，雖然已經看不到牠的影子了，卻始終聽得到牠的叫聲。

一行人才走不到五十步，小帆就在一棵樹下停了下來，樹底下躺著一個人。是個女人，似乎沒了呼吸一動也不動。她的身上穿著質感不錯的裙子與罩衫，一條咖啡色的披肩繫在腰間，看起來狀況很好。女人的年紀大約四十到四十五歲，雖然體格高大，但看上去吃了不少苦頭。也許是因為疲憊或飢餓失去了意識，但還有一息尚存。

這是他們自從來到查理曼島後第一次看到人類，可以想像他們的情緒多麼激動。

「她還活著！……她還活著！應該是餓了或是渴了！」柯爾登大聲說。

杰可立即衝向法蘭西洞，帶回了一些餅乾和一壺白蘭地。

小帆帶領少年們找到一名倒在樹下的婦人。

柏利安俯身抓緊了女人的下巴，撬開了嘴，並倒入幾滴暖身的白蘭地。

女人動了，看到圍繞著她的孩子們，眼睛裡似乎又有了生命力……接著她一把搶過杰可遞上的食物塞進嘴裡。

看來，這個可憐的女人飢餓大於疲憊。

她是誰呢？有沒有可能說說話，聽得懂她的話嗎？

柏利安很快就得到了答案。

眼前的陌生人坐了起來，說了英語：

「謝謝你們，孩子們……謝謝你們！」

半小時後，柏利安和巴克斯特合力將她抬進了大廳，柯爾登也根據她的需求提供了相應的照顧。等到她一回復精神，便急著告訴大家她的故事，可以看到男孩們對這個故事多麼感興趣：

她出生在美國，一直住在西部地區，名字叫凱瑟琳．蕾蒂，人們也叫她凱特。她在紐約首府奧本尼的威廉．R．本菲爾德家裡幫傭二十多年了。

一個月前，本菲爾德夫婦計畫到智利拜訪父母，因此來到了加州的主要港口舊金山。他們要從那裡搭乘由約翰．F．透納船長指揮的商船塞文號出航。這艘船將開往瓦爾帕萊索，本菲爾德夫婦帶著也算是家庭成員的凱特上了船。

塞文號是艘好船，要是沒有那八名新聘船員的話，肯定能一帆風順，但他們卻徹底毀了這趟旅程。出航九天後，其中一個名為華斯頓的船員，在其他名字分別為布萊特、洛克、何雷、庫克、福柏、柯柏和派克的船員協助下叛變了。他們殺了透納船長和他的副手，就連本菲爾德夫婦也罹難了。

這些人劫船是為了運送非法奴隸，南美洲的幾個地區當時都還有這種交易。

除了那幾個船員外，只有兩個人活了下來，其中一個是凱特，是船員中較不兇殘的福柏為她求的情；另一個人是塞文號的大副，伊旺，被留下來駕駛船隻航行。

這場可怕的事件發生在十月七日晚間，當時塞文號距離智利約兩百里。

為了保住性命，伊旺不得不開過合恩角，往西非海域前進。

沒想到幾天後，船隻因為不明原因起了大火了。火勢凶猛，華斯頓反應不及，塞文號馬上就被燒得面目全非。其中一個叫何雷的船員還因為心急跳海而死。當時情勢危急，他們必須立即棄船，就在塞文號沒入火海前，他們丟了一些食物、彈藥、武器到救生艇上後趕緊離去了。

這幾個倖存者的處境非常嚴竣，離最近的陸地約有兩百里遠。要不是凱特和伊旺也在船上，載著那些惡人的小艇沉沒也是他們罪有應得。

隔天，一場猛烈的暴風雨侵襲這片海域，他們的處境更加困難了。幸虧大風在把桅杆吹斷、也把帆布撕碎後，把小艇推到了查理曼島上。如我們所知，十五日晚上，船骨斷裂、船身破損的小艇被捲上了海岸。

華斯頓和幾個同夥的船員與暴風雨長時對抗，帶在身邊的糧食也消耗了一大部分，終究是不敵寒冷與飢餓的侵襲，在船身撞上礁石後半昏了過去。就在船隻擱淺前，一陣大浪捲起了五個人，另外兩個則被拋上沙灘，凱特也掉在船身的另一邊。

華斯頓、布萊特和洛克被浪捲起後又平安落在島上，他們趕緊衝到福柏和派克身旁急救。而後，他們就在岸上談話，伊旺則由柯柏和洛克架在百步之外。

他們的談話內容，凱特一字一句聽得清清楚楚：

「我們現在是在哪裡？」洛克問。

「不知道！也沒關係，不要停在這裡，往東邊去吧！天亮後也許就知道該怎麼做了！」華斯頓說。

「槍呢？」福柏問。

「都在這裡，彈藥也都很安全！」華斯頓說完後從儲物箱裡拿出了五把獵槍，和好幾個彈匣。

「只有這些而已，要在這個荒島上生存應該不夠。」洛克說道。

「伊旺呢？」布萊特問。

「在那裡，柯柏和洛克看著，無論如何都得帶著他，他要是抗拒的話我會處理！」華斯頓回答。

「凱特呢？」洛克又說，「還活著嗎？」

「凱特？不用煩惱了！我看到她飛出了船，現在應該是沉到海裡了吧。」

「很好，這倒是擺脫她的好方法，她知道得太多了。」洛克回應。

「反正這個秘密她也藏不了多久了！」誰都聽得出華斯頓這話的言外之意。

聽到這段對話的凱特決定在這些人離開後，她也得逃跑。

不久後，華斯頓和同伴們撐著不大能走路的福柏和派克走了，也帶走了槍枝、彈藥和小艇上剩下的食物（包括五到六磅的醃肉、一些菸草和三壺琴酒）。這時暴風雨正強力肆虐。

看著他們離去後，凱特站起了身。再不離開的話，逐漸上漲的潮水就要帶走她了。

現在我們知道德尼凡、維各斯、韋博和克羅斯想為死者盡點心意時，為什麼找不到人了。華斯頓一幫人往東去時，凱特也在不知情的情況下往反方向，也就是家湖北端去了。

塞文號的惡徒們在沙灘上重聚。

十六日下午，飽受疲憊與飢餓之苦的她，一路上只吃了幾個野果充飢。沿著家湖左岸走了一天一夜後，十七號當天，在半死的情況下被柏利安扶了起來。

凱特的故事讓他們意識到這件事的嚴重性。男孩們在查理曼島上一直過著安全的生活，但如今，七個無惡不作的男人來了。要是他們發現法蘭西洞，會不會想到要侵佔它？當然會！他們怎麼可能放過這些生活用品、食物、武器，還有最重要的，可以用來把船修好的工具呢？柏利安和其他男孩之中，最大的也不過十五歲，最小的才十歲整，怎麼可能打得過他們！怎麼想都覺得可怕吧！華斯頓要是真的在島上住下了，肯定會發動攻擊的！

可以想像聽完凱特敘述的事後，男孩們有多困擾。

柏利安聽了以後，只想到一件事：要是他們有危險，那德尼凡、維各斯、韋博和克羅斯的處境可就堪憂了。要是不知道這幾個塞文號倖存者就在島上，他們怎麼會提高警覺呢？更何況又是正好在他們前往探勘的那個區域活動。只要一聲槍響，華斯頓就會發現他們的存在不是嗎？到時，他們四個就會落入歹徒手中，對方怎麼可能放過他們！

「一定要去救他們，明天前要把消息傳到那裡……」柏利安說。

「還要把他們帶回法蘭西洞，這種時候最好是聯合起來對抗敵人！」柯爾登補充。

「沒錯！他們必須回來，一定會回來的！……我去找他們！」

「柏利安，你要去嗎？」

「當然了，柯爾登！」

「怎麼去？」

「和莫可一起撐船去。幾個小時就能橫渡家湖，並抵達東河，就跟上次一樣。祈禱能在河口遇到德尼凡……」

「什麼時候出發？」

「今晚，夜色深到不會被發現的時候。」

「哥哥，我也一起去嗎？」杰可問。

「不，回來的時候小船上要擠下六個人太勉強了！」

「就這麼決定了嗎？」柯爾登問。

「對！」柏利安回答。

事實上，這麼做是最好的，不只是為了德尼凡他們，也為了其他所有人。要是他們能多四個人，而且是四個最強壯的人，攻擊力也會提升不少。如果要在二十四小時內找回他們，那就不能浪費一分一秒。

可想而知，風箏暫時不能放飛了，如果真的這麼做就太不明智了，到時候會發現他們的，不是經過附近海域的船隻，而是華斯頓一夥人。想到這裡，柏利安也認為應該把原本立在奧克蘭丘上的信號球拿下來。

當天晚上，所有人都待在法蘭西洞裡。凱特聽了孩子們的歷險故事後，也不再想著發生在自己身上的事，反而關心起他們了。要是他們得在島上一起生活，她一定會忠實地為大家服務，像個母親一樣，把所有人照顧得很好。她現在已經按西部的叫法，稱最小的兩個孩子——多樂與克斯達為「帕布斯」[12]了。

瑟維斯這時又想起了他最愛的歷險記，因為發現凱特的那天正好是星期五，他提議稱她為星期五太太，就跟魯賓遜為他的僕人取的名字一樣，銘記於心。

對此，他說：

「這些惡人就跟魯賓遜的故事裡出現的那些野人一樣！該來的總會來，該解決的時候也會解決的。」

晚間八點，準備工作都完成了。莫可毫不畏懼，非常高興能與柏利安一起出發。兩人登上了船，各自帶了把手槍與短彎刀。與同伴們道別後，他們就出發了，其他人看著他們離去時心全揪成了一團。小船很快地就沒入了湖心的陰影之中。日暮時分，微風輕輕吹起，北面來的風將帶著他們出航，再帶著他們回航。

總之，對於要到東邊的他們而言，風向是有利的。夜色昏暗，正合柏利安之意。他們只要按著指南針調整方向就能抵達對岸，再根據抵達的位置，在河道上方或下方轉向即可。柏利安和莫可的視線不敢離開前方，深怕漏看了營火。德尼凡和其他人一定是在東河河口的海岸邊紮營，若真有營火，那肯定是華斯頓一幫人的。

船在兩小時內航行了六英里，夜裡的風並沒有阻礙他們前行，只是有些涼意。最後，他們來到了上一回停靠的湖岸附近，又沿岸航行了半英里才抵達湖水與東河交接處。因為逆風而行，他們不得不划槳前進，也因此多花了點時間。在沿岸樹枝的遮蔽下，一切都還算順利，森林裡沒有傳來任何人聲，綠樹間也不見任何火光。

然而，就在將近十點半時，坐在船尾的柏利安抓住了莫可的手臂。距離河道幾百英尺的右岸，若隱若現的火光從樹影間隙透出。是誰在此紮營？……是華斯頓還是德尼凡？得先弄清楚了才能繼續前行。

「莫可，讓我上岸。」柏利安說。

「柏利安先生，不需要我陪您去嗎？」莫可壓低了聲音。

「不！我最好一個人去！這樣被發現的機率會小一點！」

船靠了岸，叮囑莫可待在原地等待後，柏利安也跳到岸上。他的手裡握著彎刀，腰間的皮帶還繫著一把手槍。他暗自決定為了不出任何聲音，非到必要時絕不開槍。

爬上岸後，這名勇敢的男孩便溜進了樹林裡。

突然間，他停了下來，距離自己二十步左右的地方有堆營火若隱若現。這時，他似乎看到了一個和他一樣在樹叢中爬行的黑影。

黑影發出了一陣怒吼後，向前撲了上去。

是隻體型巨大的美洲豹。一陣求救聲傳來：

「救我！救我！」

柏利安立即認出了德尼凡的聲音，是他沒錯。但除了他以外，其他的人都在河岸邊的營火旁。

被美洲豹撲倒的德尼凡正奮力掙扎，根本無法使用武器。

聽見吶喊聲的維各斯趕了過來，把獵槍架在肩膀上準備射擊……

12 Papoose，印地安語「小寶寶」的意思。

柏利安英勇的拯救了被美洲豹突襲的德尼凡。

「別開槍！別開槍！」柏利安大叫。

維各斯還來不及反應，柏利安就衝到了野獸面前，德尼凡則趕緊趁機爬走。

幸好在給了野獸一刀後，柏利安馬上跳到了一邊。這一切發生得太快，德尼凡和維各斯完全反應不來。經過一番搏鬥，就在韋博和維各斯趕到時，野獸已受到致命的一擊倒地不起。

為了這場勝利，柏利安付出了極大的代價，他的肩膀被獸爪劃破，鮮血直流。

「你怎麼會在這裡？」維各斯驚訝地問……

「等一下再說！快走！快走！」柏利安回答。

「我還沒感謝你！你救了我一命……」

「我只是做了該做的！別再說了，快跟我來……」柏利安說。

柏利安的傷勢雖然不重，還是得先用手帕包紮起來。就在維各斯為他處理傷口時，勇敢的男孩說了最近發生的事。

原來，德尼凡以為被潮水帶走的那兩個看起來已經死掉的人還活著，而且還在島上遊蕩！原來他們是雙手沾滿鮮血的惡徒！那個和他們一起搭著塞文號救生艇來到島上的女人在法蘭西洞嗎？……查理曼島已經不再安全了！這就是柏利安阻止維各斯開槍射擊野獸的原因，也是為什麼他要徒手以彎刀搏鬥的理由！

「哦！柏利安，你真是比我好太多了！」向來自視甚高的德尼凡此時滿懷著感激之情。

「不，我的朋友，別這麼說。我會緊抓著你的手，直到你願意跟我一起回去為止……」

「會的，柏利安，我會回去！相信我！從現在起，我會是第一個服從命令的人！明天……天一亮……我們就出發……」

「不，馬上走，我們得在不被發現的情況下回到法蘭西洞！」柏利安回答。

「怎麼回去？」克羅斯問。

「莫可等著我們！船也在！本來想沿著東河而下，卻看到了營火，沒想到是你們。」

「而且還正好救了我的命！」德尼凡重複著同樣的話。

「還要把你帶回法蘭西洞！」

現在唯一的疑問是，德尼凡一行人為什麼沒有在河口過夜，反而在這個地方？理由很簡單。離開塞文岸後，他們在十六日回到了大熊岩。隔天一早，按計畫安排，他們沿著左岸回到湖邊，準備天一亮就往法蘭西洞前進。

這天清晨，柏利安和其他人都坐上了小船。乘載六個人的小船顯得有點擠，航行時得更加小心。但因為風向對他們有利，加上莫可嫻熟的技術，一路上都很平安。

清晨四點，當他們回到西蘭河岸時，柯爾登和其他人歡呼雀躍地迎接了他們！如今，儘管面對著極大的險境，至少他們全聚在法蘭西洞裡了！

二十三、柏利安的計畫

男孩們的小世界又完整了，而且還多了個新成員——經歷了一場悲劇，又被暴風雨吹上查理曼島的凱特。更不用說現在法蘭西洞裡的人都是齊心共濟，再也沒有什麼能拆散他們了。儘管德尼凡偶爾還是覺得自己沒當上島主是很可惜的事，但至少他們是團結一氣的。沒錯，這次的別離為他們帶來了豐美的果實。自尊心勝過一切的德尼凡表面上雖然什麼也沒說，更不肯承認自己的過失，但卻不止一次責問自己當初的頑固如今看來是多麼愚蠢。韋博、克羅斯和維各斯也有同樣的想法。就在柏利安以實際行動證明了自己後，德尼凡總算放下了那些良好的自我感覺，而且這一次是真的下定決心不會再犯了。

然而，法蘭西洞正面臨了前所未有的危險，七名壯碩且持槍的惡徒不知何時來犯。華斯頓的目的顯然是盡快離開查理曼島，可以想見，當他發現這個小聚落能提供他所需的一切時，肯定不會放過他們，而且他幾乎擁有百分之百的勝算。只要那幫人還在島上的一天，他們就得小心度日，不能離開西蘭河與家湖太遠。

首先，他們得知道德尼凡、克羅斯、韋博和維各斯在從塞文岸返回大熊岩的路上，有沒有注意到任何塞文號船員留下的痕跡。

「沒有，當時為了回到東河河口，我們沒有走先前北上的路。」德尼凡回道。
「可是華斯頓應該是往東邊去了沒錯吧！」柯爾登提出看法。
「這樣的話，他一定是沿著海岸走的，因為我們是切過山毛櫸林回到河口的。看一下地圖就會知道騙人灣以北的海岸線彎度很大。那裡有一片地區可以暫時躲避風雨，也不會離他們的船太遠。……其實，凱特或許能告訴我們查理曼島大概是位於那一片海域？」
柯爾登與柏利安其實早就問過凱特了，但她也沒有概念。塞文號著火後，伊旺先生把航線對準了美洲大陸，因此，查理曼島應該不會離大陸太遠。只是在被風浪拋到這座小島前後，他也從未提過小島的名字。總之，大陸沿岸地區有數不盡的小群島，距離都不遠，華斯頓很有可能是想往那個方向去，如此一來，他就一定會待在小島東岸。只要他把船修好，就能輕易前往南美海岸了。
「除非，」柏利安指出，「華斯頓在東河河口發現了德尼凡一行人的足跡，並決定往島內探索！」
「什麼足跡？不過就是一些熄滅的炭灰罷了，他又能聯想到什麼呢？島上有人！這樣的話，這幾個惡人應該會先想到要躲起來吧……」德尼凡說。
「是這樣沒錯，但如果他們發現島上的居民不過就是一撮小毛頭呢？我們必須盡全力隱藏自己！說到這個，德尼凡，你在回騙人灣的路上開過槍嗎？」柏利安又說。
「沒有，很意外吧，」德尼凡笑道，「我這麼愛用槍火，竟然沒開槍！離開海岸時，我們有足夠的獵物，所以當時一槍也沒開，當然也沒有暴露行蹤。昨天晚上維各斯差點就要開槍射擊那隻美洲豹了，幸虧柏利安及時趕到，冒著生命危險救了我一命！」
「德尼凡，我說過了，要是你站在我的位子，也會做一樣的事！從現在開始，千萬不能再開槍了，也不要到陷阱林裡去，先靠我們的儲糧過日子。」

說到柏利安的傷口，當天回到法蘭西洞時就已經妥善處理了，因此也只剩一些很快就會痊癒的疤痕和過幾天就會消失的不適。

十月過去了，華斯頓還沒有出現在西蘭河附近，該不會是修好船後離開了吧？不無可能，凱特還記得他手上有把斧頭，水手們身上也一定會隨身攜帶銳利的刀，而且塞文岸附近也不缺任何木頭。

無論如何，在情況未明以前，他們都得調整原本的生活方式。除了巴克斯特和德尼凡到奧克蘭山頂放倒信號柱外，他們就不再遠行了。

德尼凡站在山頂，拿起了望遠鏡仔細觀察東邊的綠林。雖然視野不及岸邊，但藏在山毛櫸林後方的海岸要是有一縷炊煙，一定都能看得到，也就表示華斯頓和他的同伴在這個地區安營。但空中什麼都沒有，海上也是空無一物。

自從所有探險活動都被禁止，槍枝也被管制後，小獵手們就不能再進行最喜歡的活動了。幸好法蘭西洞附近的陷阱和地洞都起了作用，總是提供為數眾多的獵物，棚圈裡的鴂鳥和松雞也因此多了不少，瑟維斯和卡爾內不得不犧牲掉一部分。此外，因為之前也採收了許多茶葉和可以製成糖的楓樹樹漿，所以短時間內也不必再到河堤溪附近。要是冬季來臨前孩子們還無法自由活動也無妨，儲藏室裡還有足夠的照明用油和獵物，唯一需要補給的只剩柴火了，他們可以在沼澤林裡和西蘭河沿岸砍取。

這段時間內，法蘭西洞的住民又發現了一個好東西。

這一次不是精通植物學的柯爾登發現的，而是凱特的功勞。

沼澤林邊緣長著一種五十到六十英尺高的樹，這種樹的樹幹纖維過多，不適合用在大廳與棚圈的暖爐中，所以至今都沒有人砍過。

凱特第一次見到這種樹的日子是十月二十五日，她大聲介紹：

「看！這就是奶牛樹！」

當時同行的多樂和克斯達一聽便哈哈大笑。

「什麼？奶牛樹？」其中一人問。

「是給奶牛吃的嗎？」另一個又問。

「不是的，帕布斯，這麼稱它是因為它能產奶，而且比羊駝的奶好喝！」凱特回答。

回到法蘭西洞後，凱特把這件事告訴了柯爾登。柯爾登馬上叫了瑟維斯和凱特一起回到沼澤林裡。經過一番觀察，柯爾登認為應該是「乳樹」的一種，大量分布於北美地區的森林裡。柯爾登這話正確無誤。

多麼珍貴的發現啊！只要在樹皮上劃一刀，乳汁就會流出來，這種乳汁就跟牛奶一樣營養美味，凝固後更是風味絕佳的乳酪，更不用說它那可比蜂膠的乳膠，可以製作出品質很好的蠟燭。

「它要是真的奶牛樹，那就要為它擠奶啊！」瑟維斯興奮地說，接著又無意識地使用了印地安人的說法：「就為這棵樹擠奶吧。」

柯爾登在樹皮上劃了一刀，一旁的凱特則用帶來的容器接了滿滿兩品脫的奶。

流出來的奶汁非常濃郁，營養價值就跟牛奶一樣，甚至超越牛奶，口感也更佳。一整壺的奶一到法蘭西洞，立即就被喝個精光，克斯達就像隻小貓，喝得滿臉都是。另一方面，莫可只要一想到這些植物奶的用途就喜不自禁，因為這群「牛」就在不遠處，根本也不需要省著使用！

凱特在森林裡找到可以產奶的「乳樹」。

一如先前所說，查理曼島能提供這群男孩所有生活必需，長期住下並不成問題。凱特加入後，這個忠誠的女人提供了慈母般的關愛，也使島上的日子更加舒適了！

為什麼原本安穩的生活要受到干擾呢！要是往東岸未知的區域探索的話，應該會有更多發現，可是現在卻不得進行了。會不會從此以後再也不能到其他地方探險了？這種探險最危險的事不過就是遇上幾隻野獸，而這種野獸甚至還比必須日夜提防人臉禽獸來得安全多了！

然而，直到十一月，法蘭西洞附近都沒看到他們的蹤跡。柏利安甚至懷疑他們已不在島上了。可是德尼凡不是親眼見過那艘船的狀況嗎？桅杆斷裂、船帆破碎，船身也被岸上的礁石撞出了大洞。如果查理曼島真的位於某個大陸附近，或是屬於某個群島，在把船身修好後，航行一小段距離應該是沒有問題的吧（伊旺先生應該也很清楚這一點）？這麼想的話，華斯頓想盡辦法離開這座小島是可以理解的！……這也是在少年們在重回生活軌道前必須弄清楚的。

柏利安好幾次都想直接到家湖東岸探查，德尼凡、巴克斯特和維各斯也很樂意同行，但這麼做就是冒著落入華斯頓手中的危險，甚至是向對手表明他們有多麼好對付，後果實在不堪設想。因此，柯爾登總是阻止他們往山毛櫸林探查，而他的建議也總是被採納。

這一天凱特提出了一個也許可以避開危險的辦法。

「柏利安先生，」某天晚上，所有人都聚集在大廳裡時，她這麼說，「請您同意，讓我明天一早就離開你們。」

「妳要離開我們？」柏利安問。

「是的！你們不能在這種不確定的情況下繼續生活了，我願意到上次被暴風雨拋到小島時擱淺的岸邊去一趟，去看看華斯頓是否還在島上。要是小船還在，就代表他們還沒離開……要是不在了，你們就不用再擔心害怕了。」

「凱特，這正是我和柏利安、巴克斯特、維各斯想做的！」德尼凡說。

「德尼凡先生，是的，只是對我來說沒有比你們去來得危險。」

「如果妳被華斯頓抓到了怎麼辦？」柯爾登說。

「那樣的話，也只是回到我逃跑前的狀況而已！」

「要是他要殺了妳呢？這是很有可能的吧？」柏利安也說。

「我都逃跑過一次了，難道不能再跑第二次嗎？更何況我現在認得回到法蘭西洞的路了。而且，如果我能帶著伊旺一起逃跑，並告訴他關於你們的事，這樣一來不是很好嗎？他一定會站在你們這邊的！」

「要是跑得了，伊旺應該早就逃了吧？他難道不會想逃跑嗎？」德尼凡回話。

「德尼凡說得對，伊旺知道華斯頓一夥人的秘密，一旦他們不再需要能帶他們到美洲大陸的人後，一定會殺了他的！所以如果他沒能從華斯頓手中逃離，那一定是因為他們看得很緊……」柯爾登說。

「或者在企圖逃跑時送了命！所以，凱特，為了避免妳被抓……」德尼凡說。

「相信我，」凱特接了話，「我會盡一切努力不被抓到！」

「雖然你這麼想，但我們不能讓妳冒這個險！不！我們會想出更好的辦法弄清楚華斯頓是不是還在查理曼島上！」柏利安堅持。

凱特的提議完全被否決了，除了繼續小心提防外，沒有其他辦法。華斯頓若是計畫離開這座小島，一定會在冬季來臨前走，到了那片陸地後，就再也不會有人理會他們的背景了，人們會像對待其他歷劫歸來的水手一樣禮遇他和他的同伴。

而且，華斯頓要是還在這座島上，應該也沒有深入小島內部探險的打算。好幾個漆黑的夜裡，柏利安、德尼凡和莫可都划著小船到家湖四周查看，但不管是湖的對岸，或是東河旁的樹林裡，都沒有發現任何火光。

然而在這種情況下過日子實在太痛苦，他們只能在西蘭河、家湖、附近森林和山崖這一邊活動。因此，柏利安不斷思考如何才能確認華斯頓的蹤跡。也許只要在晚間爬到夠高的地方觀察，就能達到這個目的。

柏利安是這麼想的，原本也只是個想法，可是這個想法卻在腦海裡揮之不去。不幸的是，查理曼島除了法蘭西洞旁的山崖高出海平面兩百英尺左右外，沒有其他制高點。德尼凡和另外兩、三個伙伴去了好幾次奧克蘭丘，但從那個高度就連家湖的對岸也看不到，更不用說東方的煙或火光了。他們還得向上幾百英尺，視野才能開闊到看得見騙人灣。

這時，柏利安的腦海裡閃過一個不太實際的方法（甚至可以說是瘋狂的想法），一開始就連自己也不願意接受。但這個想法鎮日縈繞著他的思緒，最後甚至在腦海裡生了根。

還記得那個沒升起的風箏吧。自從凱特帶來了塞文號的消息後，為了不讓東岸那些倖存者發現他們的存在，他們暫時放棄了放風箏的計畫。

風箏既然不能當作信號，但為了確保他們的生活安全，有沒有可能當作偵查的工具呢？

好幾個漆黑的夜裡，柏利安、德尼凡和莫可都划著小船到家湖四周查看。

沒錯，柏利安的想像力發揮到極點了。他想起曾經看過一份英國報紙上寫了，上個世紀末時，就有一個勇敢的女人把自己綁在特製的風箏上飛上了天空[13]。

女人都做得到的事，男孩不行嗎？這個做法也許有些危險，然後呢。為了得到結果，這一點冒險又算得了什麼！只要做好一切預防措施，難道沒有任何成功的機會嗎？雖然還沒有認真計算浮力的問題，但他已經說服了自己，只要風箏夠大、夠牢固，應該就能順利升空。到時，只要在半夜放了風箏，飛到幾百英尺的高空中，也許就能看到騙人灣那端的營火了。

聽起來似乎可行！這個想法現在不只是可行了，對他來說，只要把安全問題處理好，肯定是個好方法。

只剩跟同伴討論了。四號晚間，他叫來了柯爾登、德尼凡、維各斯、韋博和巴克斯特，並告訴他們風箏的想法。

「要用風箏？」維各斯先反應了，「怎麼用？升到天上嗎？」

「當然了，風箏本來就是要送到天上的吧。」柏利安回答。

「白天嗎？」巴克斯特問。

「不，白天看不到華斯頓的蹤跡，晚上的話……」

「可是如果掛了一盞燈，也會吸引他們的注意吧！」德尼凡說。

「那就不要掛燈。」

「那放風箏做什麼？」柯爾登問。

「用來看塞文號的人還在不在島上！」

柏利安擔心他的計畫會招來同伴無奈的搖頭，又多做了一些解釋。

但他的同伴們沒想到要笑，也笑不出來。除了柯爾登問了他認真與否外，其他人似乎都同意了這個做法。這些男孩畢竟經歷了那麼多危險的事，現在不過是要飛到夜空中，只要做好預防措施，似乎是很可行的。

「可是，我們做的風箏應該無法支撐任何一個人的重量吧！」德尼凡提出。

「是的，所以我們還得把風箏改得更大更堅固才行。」柏利安答。

「載重的問題還是需要考慮吧……」維各斯說。

「不需要擔心！」巴克斯特保證。

「這件事已經有人做過了。」柏利安補充。

他把那個一百年前實驗成功的女人的故事告訴大家，並說道：

「還得看風箏的大小和當天的風力。」

「柏利安，你想把風箏升到多高？」巴克斯特又問。

「我想六、七百英尺的高度應該就可以看遍整個小島了吧。」

「好吧，就這麼做，越快越好！我受不了不能隨心所欲行動的日子了！」

「我們也是，不能去查看陷阱好悶啊！」維各斯說。

13 作者註：柏利安說的這件事是法國的新聞。幾年後，會有一個寬二十四英尺、長二十七英尺，骨架重達六十八公斤，布和繩索重達四十五公斤，也就是總重一百一十三公斤的風箏帶著七十公斤的沙袋飛上天空。

「不能開槍我也很痛苦。」德尼凡也搭話。
「那明天就動手吧！」柏利安說。
等到大家離去後，柯爾登獨自對柏利安說：
「你是認真的嗎？」
「至少想試試！」
「這麼做太冒險了！」
「也許沒那麼冒險！」
「那要讓誰去冒生命危險呢？」
「你啊，柯爾登，你是最佳人選，是的！要是命運選擇了你，就是你了！」柏利安回答。
「所以你是交給命運決定嗎？」
「不，柯爾登！那個人必須出於自願才行！」
「你決定好了嗎？」
「也許吧！」
柏利安緊緊握住了柯爾登的手。

柯爾登與柏利安商量該由誰搭乘風箏進行這項危險的任務。

二十四、試飛

十一月二十五日一早，柏利安和巴克斯特就開始工作了。在把風箏加大前，他們得先好好計算它能承載的重量。只要慢慢嘗試，應該就能找到足以支撐至少一百二十到一百三十磅的大小。

他們沒有等到夜晚才進行第一次測試。西北風微微吹來，柏利安心想，正是放風箏的好時機，只要別飛得太高，被東岸的人發現即可。

測試非常成功，孩子們發現在正常的風速下，風箏能承載一個二十磅的袋子。他們用獵犬號上帶下來的秤子得到了非常準確的數字。

收回了風箏後，孩子們將它平放在運動場上。

巴克斯特先是加強了骨架的構造，就跟雨傘一樣，輻射狀的骨架連結到正中央的節點上，再與主要的支架相接。由於骨架加大，就得加上新的布面。法蘭西洞裡不缺針線，而善於縫補的凱特也為此出了不少力。

要是柏利安和巴克斯特有足夠的機械知識，他們就會把重量、面積、重心、風壓中心，以及繩子與風箏面的接點這些基本要素全考慮進去。如此一來，便能推斷出風箏的抬升力以及可以到達的高度，同時也能算出繩子所需的張力，這對保障升空者的安全來說，是最重要的因素。

幸虧帆船上那條原本用來固定計程儀的繩子起了作用。只要平衡點對了，就算遇上大風，風箏也不會拉得太用力。因此，繩子的接點非常重要，將會關係到風箏遇風時的傾斜角度，也就直接影響到裝置的穩定性。

令克斯達和多樂失望的是，因為用途的改變，風箏便不再需要尾巴了。畢竟現在的重量加重，無論如何風箏都不會直線下墜。

經過多次嘗試，柏利安和巴克斯特認為承載重量的位置應該放在骨架的三分之一處，用繩子綁在其中一根橫放的支架上，並懸掛於風箏下方二十多英尺的地方。

至於垂掛重物的繩子，為了防止傾斜，長度需要在一千兩百英尺左右，這麼一來，重物的高度就會離地約七百至八百英尺。

最後，為了避免發生繩索斷裂或強風吹襲的意外，他們決定在湖面上放飛。湖面的寬度對一個游泳好手來說並不算寬，輕易就能游回西岸了。

裝置完成，那是一個面積約八十平方尺的八角形風箏，邊長四英尺、直徑十五英尺。牢固的支架，不透風的帆布面，這樣的裝置應該能輕易帶起一百到一百二十磅的重物。

承載偵察者的籃子是船上經常使用的藤籃。這種藤籃深度夠深，高達一個正常身高男孩的腋窩；寬度夠大，乘客能在裡面自由活動，開口夠寬，必要的時候可以輕而易舉爬出來。

可以想像，這些準備工作不是一天可以完成的。他們五號早上動工，直到七號下午才完成。當天晚上，他們進行試飛，測試風箏在空中的拉力和穩定度。

這段時間內的生活並沒有太大的不同。他們多次爬到山崖上，待上好幾個小時觀察狀況。但無論是北面陷阱林和法蘭西洞的界線附近、南面西蘭河對岸、西面獵犬灣上或華斯頓一行人離開小島前可能造訪的家湖，都沒有任何可疑之處。視線可及之處也沒有任何炊煙。

柏利安和同伴們能否就此相信那幫惡徒已經離開查理曼島了呢？可以安心地回到之前的生活模式了嗎？

風箏計畫的目標就是為了確認此事。

只剩最後一個問題了：坐在藤籃裡的人觀察完後，怎麼讓地面上的人知道？

德尼凡和柯爾登提出這個問題時，柏利安是這麼說的：

「信號燈是不可行的，有可能會被華斯頓發現。所以巴克斯特和我想出了一個方法。我們準備了一條和風箏線一樣長的繩子，套進一顆中間有洞的鉛球後固定在藤籃上，繩子的另一端則由地面上的人拉著。上面的人觀察結束後，只要讓球順著線滑下來，我們就會知道了。」

「真是好主意！」德尼凡說。

一切都準備就緒了。按照時序推斷，月亮要在凌晨兩點左右才會升起，來自西南邊的微風對他們而言非常有利，所以他們決定這天晚上就進行試飛。

九點時，夜色已深，偶爾幾片厚雲飄過沒有星星的夜空。這種情況下，無論風箏飛得多高，應該都不會被發現，就連法蘭西洞附近也不行。

所有的孩子無論大小都參與了這次試飛，因為只是「演習」，大家的雀躍之情遠遠超過緊張的氣氛。

獵犬號的起錨機穩穩地固定在運動場上，以免風箏拉力過大而移動。風箏線和信號線在妥善纏繞好後，孩子們得以輕鬆放線。柏利安在籃子裡放了一袋一百三十磅的沙子，比他們任何一個人都還要重。

德尼凡、巴克斯特、維各斯和韋博走到距離起錨機約一百步，平躺在地面上的風箏旁。只要柏利安一下令，他們就會托起風箏，並控制連在骨架上的線。風箏被風帶起後，負責起錨機的柏利安、柯爾登、瑟維斯、克羅斯和卡爾內就會按照傾斜與升空的程度放線。

「準備好了嗎？」柏利安說。

「好了！」德尼凡回答。

「放手！」

風箏緩緩上升，在風中搖搖晃晃，隨風向左右傾斜。

「放線！放線！」維各斯大叫。

這時，起錨機因風箏的拉扯而轉動了起來，籃子也開始上升了。

雖然這件事有點危險，但「空中巨人」升空的時候他們還是禁不住大聲歡呼。只是，讓艾弗森、詹肯、多樂和克斯達感到失望的是，風箏轉眼間就消失在夜色之中，他們什麼也看不到了。凱特看到孩子們那麼希望看著它在家湖上方飛翔，便對他們說：「我的帕布斯，不要難過！如果你們聽話的話，等到沒有危險後，我們就可以在大白天放風箏，你們也可以朝著它丟小石子！」

雖然肉眼看不到風箏，但還是感覺得到它規律的拉扯，代表了高空中的風速平穩，拉扯的力道適中，同時也證明風箏的穩定平衡。

柏利安為了讓這次試飛更具說服力，在條件允許的情況下，把繩子放到了底。起錨機放出了一千兩百英尺的風箏線，按理來說風箏應該也升到七百至八百英尺的高度了。這個過程只花了十分鐘就完成了。

實驗完成，孩子們開始收線。只是花了很長的時間，一千兩百英尺的線竟用了一個小時才收完。如同其他像熱氣球一類的飛行物一樣，著陸的過程總是比較棘手。幸虧風力始終平穩，他們順利收回了風箏。八角型的布面進入視野後，他們緩緩地將它拉回地面，就跟剛才升空的位置差不多。

孩子們又再次歡呼了起來。

現在只剩把風箏固定好，以免被風吹走而已。為此，巴克斯特和維各斯自願守著風箏直到天亮。

隔天，十一月八日，風箏將在同一時間正式升空。

現在就等柏利安下令返回法蘭西洞了。

但他什麼也沒說，似乎懷抱著心事。

他想著什麼？想著在這種狀況下放飛風箏的危險？還是想著讓一個同伴冒險升空，他應該承擔什麼樣的責任？

「回去吧，很晚了……」柯爾登說。

「等等，柯爾登、德尼凡，等等！我有個提議！」

「說吧。」德尼凡回話。

「剛才的試飛很成功，因為所有的條件都配合得很好，風很平穩，不強不弱。可是，我們能保證明天的風會如何嗎？所以我覺得最好不要再多拖一天！」

這番話不假，既然決定嘗試了，那就做吧。

但沒有人應聲。面對這麼大的風險，猶豫是自然的，就連最勇敢的人也會駐足。

最後還是柏利安先開口了：

「誰要上去！」

「我！」杰可搶先自告奮勇。

同一時間，德尼凡、巴克斯特、維各斯、克羅斯和瑟維斯都出聲了：「我！」

接著是一陣沉默，柏利安也無意打破。

最先開口的是杰可：

「哥哥，輪到我盡一份心力了！……是的……讓我去吧！拜託你……讓我去！」

「為什麼是你而不是我……為什麼不能讓其他人去？」德尼凡問。

「對啊……為什麼？」巴克斯特也問。

「因為這是我欠你們的！」杰可回答。

「欠我們？」柯爾登說。

「對！」

柯爾登抓住了柏利安的手，像是要他為杰可解釋，卻感覺到他的手顫抖著。要不是夜色這麼深，柯爾登就會看到他慘白的臉和一雙沉重的眼皮垂在溼潤的雙眼上。

「哥哥！」杰可的語氣之堅定，同年齡的孩子都感到驚訝。

「柏利安，你說點話啊！杰可說他得還債！……難道他的責任比我們多？……他做了什麼嗎？」德尼凡說。

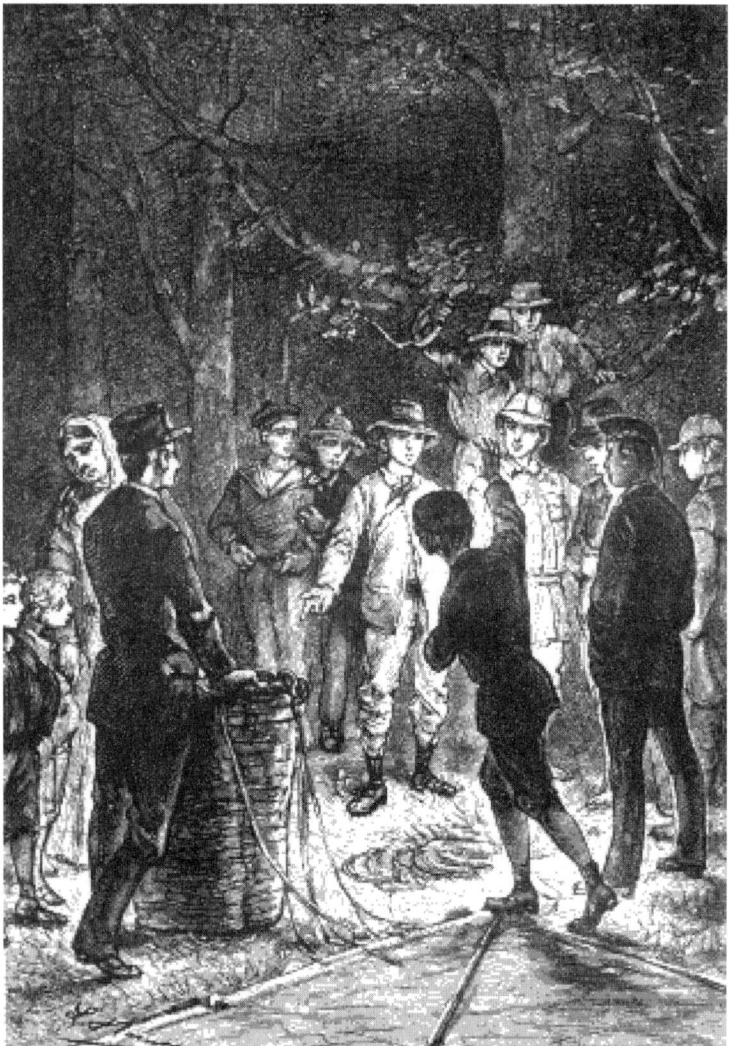

少年們紛紛自告奮勇，願意搭乘風箏上天進行偵查的任務。

「我做了什麼？我做了什麼，我現在就告訴你們！」杰可回答。

「杰可！」柏利安打斷了他，不讓他說出口。

「不，讓我說吧！」杰可情緒激動，聲音顫抖著，「這個責任壓得我喘不過氣了！柯爾登、德尼凡，你們之所以在這裡……在這座島上……遠離家人……全怪我……都是我害的！獵犬號漂流到外海，都是我一時大意……不！是我惡作劇……是我為了開個大玩笑，把繫在奧克蘭港上的纜繩鬆掉的！……沒錯！就是為了好玩！看到船開始漂行的時候，我呆住了！……我沒有呼叫救援，當時要是求救了應該還來得及！……一個小時後，半夜的時候，我們就已經在大海之上了。對不起，我對不起你們……。」

杰可說完後泣不成聲，凱特試著安慰他也無法讓他平靜下來。

「好了，杰可！你承認了犯下的大錯，現在要將功贖罪，或者至少做些補償吧？」柏利安接了他的話。

「你不是已經補償了嗎？」說話的是德尼凡，這一次他總算表現出寬容的本性，「你不是已經為我們做很多事了嗎！柏利安，我現在明白為什麼你總是要讓弟弟做這麼多事了，只要是有風險的事，他都是第一個出頭的。所以當時他才會冒著生命危險，自願到濃霧中找我和克羅斯！親愛的杰可，我們當然原諒你了，你也不必再做任何補償了。」

所有人圍了上來，緊握住他的手，杰可還是哭得喘不過氣來。現在大家都知道查理曼學校裡最有活力也最調皮的孩子為什麼這麼沉重，而且還總是躲著所有人了！這段時間內，除了聽從哥哥的命令外，他也總是自願衝到最前線……無論做多少都覺得做得不夠。稍微冷靜下來後，杰可開口了：

「現在你們知道了，都是我的錯……我一個人去！哥哥，你說對吧？」
「很好，杰可，做得很好！」柏利安重複著這話，並把弟弟抱進了懷裡。

因為杰可坦誠了一切，並要求大家給他機會補償，德尼凡和其他人也不再堅持了。過去的事就隨風去吧，說到風，風勢似乎增強了一些。

杰可回握了每個同伴的手，準備進入剛清空的藤籃裡。他轉向面無表情站在起錨機旁的柏利安說：

「哥哥，再見！」
「再見！或者應該是我跟你說再見……因為是我要上去！」柏利安說。
「你？」杰可叫道。
「你！你要去？」德尼凡和瑟維斯也重複了同樣的疑問。
「對……我要去。杰可犯下的錯由他的哥哥彌補也是一樣的！而且，這件事是我提議的，難道我會讓其他人冒這個險嗎？」
「哥哥，」杰可大叫，「拜託！」
「不，杰可！」
「那，我也要求上去。」
「不可以，德尼凡！」柏利安語氣堅決，「我要去！這是我的決定！」
「柏利安，我早就猜到你會這樣了！」柯爾登握住了他的手。

話一說完，柏利安踏進了籃子坐定，並下令放線。

風箏乘著風緩緩上升，巴克斯特、維各斯、克羅斯和瑟維斯站在起錨機旁按著節奏放線，卡爾內則把信號線套進了手裡。

十秒後，「空中巨人」就沒入暗夜之中了，這一次沒有人歡呼，取而代之的是一片靜默。英勇的島主，無畏的柏利安也隨之消失了。

然而，風箏始終平穩地上升著，在柔和的微風中，一切穩定。然而只要他稍微一動，就會感覺到失去平衡。因此，他保持靜止，緊緊抓住掛著籃子的繩索，搖搖晃晃的感覺就像在盪鞦韆。

這種懸掛在半空中，在一片傾斜的平面之下隨風搖曳的感覺非常奇特。他覺得自己坐在大鳥的背上，又更像是掛在黑蝙蝠的翼上，幸虧他的性格堅毅，才能在這樣的狀況下保持冷靜。

風箏離地十分鐘後，一陣震動說明高度已經到達極限。他站起身，握住繩索的雙手也向上移動，籃子還在晃動著。現在應該離地面六百到七百英尺了。

柏利安非常鎮定，拉緊了信號球的線，一手抓著繩索，另一手拿起望遠鏡開始觀察。

他的身下是一片漆黑，湖泊、森林、山壁全揉成了一團，看不清任何細節。但小島與環繞著的海洋之間的界線，站在這個高度的柏利安卻能一目了然。

方圓四、五十英里內若真有島嶼或是大陸板塊，大白天陽光充足的時候上來，也許就能看得到也說不定。

雖然西、北和南方的濃霧過重，什麼也看不到，但東方的天空卻有一角是清澈無雲的，甚至可以看到星光閃爍。

就是在這個方向，一團明亮的光在雲霧的底層發亮，吸引了柏利安的注意。

「是火光！」他心想，「華斯頓就是在那裡紮營嗎？不！……太遠了，看起來是在小島之外！……會不會是活火山，所以東方的海域上有其他陸地囉？」

柏利安想起了第一次到騙人灣時，他從望遠鏡裡看到的白點。

「沒錯，就是這個方向……會不會是冰河呢？……看來查理曼島的東邊不遠處真的有其他陸地。」

柏利安把望遠鏡對向暗夜中顯得特別明亮的火光，確定那是座火山，一旁似乎還有冰河，應該屬於某個離他們最多三十英里的大陸板塊或群島。

這時，柏利安又發現了另一個亮點。這一次，只距離他約莫五、六英里遠，是在島上家湖西南方的樹林間。

「這個火光在森林裡，應該是在森林邊緣，海岸那端！」

可是火光似乎只閃了一下，柏利安再定睛細看時，已不見蹤跡了。

哦！他的心跳加速，顫抖的雙手甚至連望遠鏡也拿不穩了！

然而，東河河口附近的確有火光，柏利安剛才真的看見了，沒過多久，這火光又再次從樹林裡透出。

現在可以確定華斯頓一夥人就在大熊岩旁的港灣內紮營了！塞文號慘案的兇手還在查理曼島上！島上少年們還有可能受到侵犯，法蘭西洞也不再安全了！

可想而知柏利安有多麼失望啊！在無法修復船隻的情況下，華斯頓顯然放棄出海尋找其他陸地了！但他剛才才親眼證實了附近海域的確有陸地！

觀察完這些地區後，柏利安認為沒有必要繼續待在空中了。風力明顯增強了，籃子晃得越來越厲害，使得著陸變得更加困難。

在確定了信號線的另一端還由某人拉著以後，柏利安放開了小球，幾秒內，它就滑到了卡爾內的手中了。

收到信號後，起錨機馬上開始收線。

柏利安趁著風箏下降時，又看了一次火光。沒錯，他看到了火山的光和比較近的，海岸線上的營火。

等待信號球下降的這段時間內，柯爾登和其他人的焦慮不言而喻。雖然柏利安只在上頭待了二十分鐘，對他們而言卻像是無止境的等待！但德尼凡、巴克斯特、維各斯、瑟維斯和韋博也發現風力正在增強，並且變得不太穩定，因此，他們用盡全力收回繩索。這時，繩索的拉力讓他們急切地擔心起柏利安在上頭承受的反作用力。

起錨機快速地收回一千兩百英尺的線，風力還在增強，柏利安丟下信號球四十五分鐘後，風箏受到強風吹襲，但它還在距離湖面一百英尺的空中搖晃。突然間，一陣強烈晃動，本來就沒站穩的維各斯、德尼凡、瑟維斯和韋博差點全跌在地上。是風箏線斷了。

在一片慘叫中，他們不斷呼喊著：

「柏利安！……柏利安！」

幾分鐘後，柏利安爬上了岸。一個男孩大聲喊了他：

「哥哥！哥哥！」是杰可，他在第一時間衝了上去將他擁入懷裡。

「華斯頓沒走！」

這是所有人都圍過來後，柏利安說的第一句話。

原來在繩索斷裂時，柏利安並沒有直線墜落，風箏成了降落傘，帶著他緩緩地沿斜線滑行而下。他唯一要做的就是在風箏碰到水面前跳出籃子。於是，就在籃子碰水時，柏利安跳進了水裡。像他這樣的游泳好手，要游到岸邊一點也不成問題，沒花多久時間就游了將近五百英尺。

而失去拉力的風箏此時成了一個巨大的飄浮物，隨風飛向了北方。

在陸地上的少年們用力收回風箏的繩索，終於漸漸可以看到風箏與柏利安的身影了。

風箏斷線後，柏利安跳進湖里。

二十五、山洞外的爆裂聲

這晚輪到莫可守夜，男孩們的身心經過昨夜一番折騰都疲憊不堪，一直睡到日上三竿才醒。柯爾登、德尼凡、柏利安和巴克斯特醒來後馬上聚到儲藏室裡，就連凱特也還沒開始一天的工作。

他們重新梳理了情況，不免憂心忡忡。

柯爾登認為華斯頓一幫人已經來到島上超過兩個星期了，要是船至今仍未修好，就表示他們一定是缺少合適的工具。

「很有可能，畢竟那艘小船的狀況沒有那麼糟糕。當初獵犬號也是，要是擱淺後我們好好維護了，一定能再次出航。」德尼凡說。

然而，華斯頓要是沒有離開，也不太可能是想在查理曼島上長居久住，否則怎麼至今都沒有到島內勘查，也沒有來到法蘭西洞附近。

柏利安這時說出了距離東岸不遠可能有陸地的事。

「你們還記得之前去東河河口探勘的時候，海平面上那個我無法解釋的白點嗎？」

「可是維各斯和我找了半天也沒看到任何點……」德尼凡說。

「莫可當時也看到了。」柏利安回。

「好吧！就當是有吧！那你又是怎麼推出那個地方就是大陸或是群島的？」德尼凡又說。

「是這樣的。昨天順著那個方向觀望的時候，我看到距離小島不遠的地方有一團火光，很有可能是活火山。所以我才認為附近有其他陸地！塞文號的水手們一定是知道這件事，所以才想著要到那裡……」柏利安說。

「這麼說也不無道理！他們留在島上也沒什麼好處吧？他們一直都在這裡，就說明了小船一直沒有修好！」巴克斯特接話。

柏利安的發現非常重要，證實了查理曼島並非如他們所想的那樣是這片太平洋海域上的孤島。他們真正擔心的是，根據昨晚看到的火光判斷，華斯頓現在的位置是東河河口附近，也就是說，在離開塞文岸後，他們朝法蘭西洞的方向移動了十二英里。現在他們只要沿著河向上游走，就會來到湖岸，如果從南方繞過家湖，就會發現法蘭西洞了。

因此，柏利安決定採取最嚴格的管制措施。這一天起，除非必要，所有人都不得外出，就連西蘭河左岸到沼澤林間的區域也不行。除此之外，巴克斯特也把動物的棚圈縮小，用一些灌木和雜草遮蓋，大廳和儲藏室的門也這麼處理。最後，他們也規定了所有人都不可以在湖邊或奧克蘭丘逗留。這些嚴格的防範措施，對他們原本就不太樂觀的情況來說無疑是雪上加霜。

這段時間內，除了外患外，還發生了另一件令人擔憂的事。克斯達發燒了，甚至有生命危險。柯爾登翻遍了急救箱裡的藥物，深怕自己一不小心給錯藥！幸虧凱特用了媽媽小時候給她的配方治療，以母性的本能用心照顧著這個孩子，日夜守在他的身邊。因為她無微不至的照顧，克斯達的燒退了，身體也逐漸復原。克斯達真的病到危及生命嗎？現在看來似乎沒有。但要是沒有得到相應的照顧，不知道這個可憐的孩子會怎麼樣。

是的！要是凱特不在，無法想像會發生什麼事。不可否認，上天給這些年紀最小的孩子們帶來了母性的溫情，她從來不吝給予溫柔的安撫，多麼美好的存在啊。

「親愛的帕布斯，我就是這樣的！生來就愛動手！」她總是這麼說。

事實上，女人不就都是這樣的嗎！

凱特最常做的事就是修補法蘭西洞裡的衣服。看到那些穿了將近二十三個月的衣服全都破破爛爛的，她心裡也感到不舒服。哪天真的不能穿了怎麼辦？還有鞋子，就算孩子們已經很小心，而且情況允許時也不介意赤腳走路，它們還是被穿到破爛不堪了！這件事讓人不得不擔憂啊！

十一月的上半旬，幾場大雨造訪了小島，但從十七號起，氣壓計又宣告了美好的天氣，溫暖的季節到來了。喬木、灌木、小樹叢，很快地都披上了綠衣與花朵。南面溼地的住民也都回來了，不能到沼澤區打獵的德尼凡看著心發癢。維各斯也是，因為害怕被家湖另一端的人發現，所以不能架上花欄，這件事令他感到萬分沮喪！

數以千計的鳥不只在島上其他地方活動，也進了法蘭西洞附近的陷阱。

某天，維各斯發現了一隻冬季時飛往北國的候鳥回來了。那是隻綁了小袋子的燕子。袋子裡有沒有給獵犬號孩子們的訊息呢？唉！並沒有！他們傳出去的訊息沒有得到任何回應。

這段無事可做的日子裡，大家都待在大廳裡。負責撰寫日記的巴克斯特也沒有任何新鮮事可以記錄。再過四個月，他們就要迎來查理曼島的第三個冬天了！

焦慮感逐漸侵蝕了孩子們的心靈，除了柯爾登還是很專心地處理所有的事務外，其他人都意志消沉。就連柏利安也是，偶爾也很沮喪，但他總是用盡全力掩蓋自己的情緒。他試著鼓勵所有人繼續學習，討論會和朗讀也不能中斷，除此之外，也不停地提醒他們回憶家鄉和家人，並保證總有一天會回到他們身邊！他想盡辦法提升他們的鬥志，但似乎沒有太大的成效，讓他不得不擔心總有一天絕望會找上他們。但事實並非如此。有件即將到來的事將會完全佔據他們的思緒。

十一月二十一日下午兩點左右，德尼凡在家湖旁捕魚。突然一陣混亂的叫聲吸引了他的注意力，是二十來隻鳥在左岸徘徊。看起來不是烏鴉，因為烏鴉很少成群行動，但應該是和這種喜歡腐食而且嘈雜的鳥類相近的鳥。

要不是因為牠們的行為怪異，德尼凡應該也不會特別注意到牠們。這些鳥在天空盤旋，圓圈的半徑越靠近地面越小，最後聚集在一起朝著地面俯衝。

叫聲在對岸變得更大，但在茂密的草叢間，德尼凡看不到牠們消失在何處。

這時，他想到鳥類聚集處應該有動物屍體，出於好奇，他返回法蘭西洞叫來了莫可，兩人划著船度過西蘭河。

十分鐘後，他們穿進了草叢中，那些鳥立即飛起，並大聲嘶叫，抗議外人打擾牠們用餐。

他們眼前躺了一隻原駝，還有體溫，應該只死了幾個小時。

德尼凡和莫可並不想把剩下的原駝肉帶回儲藏室，因此準備離去，卻又突然想到：這隻原駝是怎樣、又是為什麼遠離其他在東邊森林裡的同伴，來到這片沼澤區？牠們通常是不輕易離群的。

德尼凡檢查了屍體，發現側邊有個還在淌血的傷口，一個不像是被美洲豹或其他野獸咬傷的傷口。

鳥群怪異的行徑吸引了德尼凡的注意，使他注意到一隻被子彈射死的原駝。

「這隻原駝是被槍射死的！」德尼凡說。

「沒錯，證據在此！」莫可拿出了小刀，從原駝的傷口處挖出一顆子彈。

按口徑來看，是一把水手型的槍，而不是一般獵槍，所以最有可能是華斯頓的人射的。

德尼凡和莫可把原駝留給了野鳥後，回到法蘭西洞跟其他人報告。

無論是德尼凡或其他人都將近一個月沒有開槍了，所以原駝顯然是被塞文號的水手射殺的。那麼最重要的問題就是原駝是在何時何地吃了這一彈。

經過全面考量，他們認為最有可能是五到六個小時間受的傷，大概就是牠從丘陵區走到河邊的時間。因此，他們可以推論，今天早晨有個華斯頓的手下到家湖南端狩獵了，也就是說那群人越過了東河，離法蘭西洞越來越近了。

他們認為小島南方是一大片平原，有小溪、水塘和沙丘，各種野味可以滿足他們的基本需求。因此他們現在的處境雖然比之前危險，但也不至於馬上壓迫到生活。華斯頓應該不會冒險穿越丘陵區。更何況，這段時間內，他們也沒有聽到任何槍聲，所以可以判斷法蘭西洞應該還沒被發現。

然而，還是得防患於未然，必須注意任何外面發生的事，才有可能防止對方入侵。

三天後，發生了另一件讓他們更緊張的事，孩子們現在面臨了前所未有的威脅。

二十四日上午九點左右，柏利安和柯爾登度過西蘭河查看能否沿著湖泊和沼澤間的小徑上挖一條壕溝。日後要是華斯頓真的來到這裡，德尼凡或其他槍法較好的人就能快速埋伏。

兩人過了河後又向前走了三百步，柏利安這時踩到了一個物體。因為漲潮時淹沒南面溼地的海水總會帶來許多貝類，所以當時他一點也不在意。可是走在他身後的柯爾登停了下來：

「柏利安，等等，等等！」

「怎麼了？」

柯爾登彎下腰撿起了地上的物體。

「你看。」他說。

「不是貝類，是……」柏利安回答。

「是菸斗！」

沒錯，柯爾登手上正握著一支菸管被踩壞的黑色菸斗。

「我們沒有人抽菸，所以一定是……」柯爾登說。

「一定是那幫惡徒。或者也有可能是之前那個落難的法國水手留下的……」柏利安說。

不可能！這根斷掉的菸斗不可能屬於那個死了超過二十年的人。菸斗一定是最近才掉的，從裡頭殘留的一點菸草就可以知道。由此可知，幾天前，甚至可能是幾小時前，華斯頓或他們其中的一個人曾經來到家湖這裡。

柯爾登和柏利安立即回到法蘭西洞，凱特也證實了菸斗為華斯頓所有。

現在他們可以確定那幫歹徒已經繞過湖的南端了，也許今天夜裡就會來到西蘭河岸也說不定。要是他們發現了法蘭西洞，要是華斯頓知道住在這裡的人是誰，難道不會想到這裡應該有一切他缺乏的工具、器械、彈藥和食物嗎？七個壯碩的男人應該輕而易舉就能解決掉這些孩子吧？更不用說突擊了。

無論如何，那幫歹徒現在離他們越來越近了，這一點無庸置疑。

柯爾登與柏利安兩人發現了一支菸斗。

面對這樣的威脅，柏利安與所有人達成共識，從今天起要加強守衛的工作。白天的時候，他們輪流到奧克蘭丘上站哨，從那裡可以俯瞰沼澤區、陷阱林和湖岸，所有的入侵都會馬上發現。

夜裡，兩個年紀較大的孩子分別在儲藏室和大廳入口守衛，留意外頭傳來的聲音。兩座門又加固了一些，只要一個動作，疊在法蘭西洞裡的石頭就能抵住門板。石壁上的小窗裡也放了兩座砲台，其中一個防衛西蘭河岸，另一個則擺在家湖這端。還有手槍和獵槍也全都隨時準備好應戰。

凱特當然也很支持這些行動，極力隱藏自己的憂心。但她的憂心也是理所當然的！她看過這些人，就算他們的武器不足，難道就不能突襲嗎？這群最大也只有十六歲的孩子要怎麼鬥得過他們！雙方的實力懸殊過大！為什麼伊旺不在這裡呢？為什麼他當時沒有跟凱特一起逃跑？要是他在的話，也許就能好好安排防守的對策，對抗華斯頓的攻擊了！

糟糕的是，伊旺一定被嚴格看守著，若非如此，要是他們真的不需要有人帶他們到附近的陸地，大概也因為他目睹了一切而被拋棄在島上的某一處了吧！

凱特心裡想的不是自己，而是孩子們。她總是無微不至地照顧著他們，而莫可也是，兩人都是全心全意地付出。

十一月二十七日，這兩天的氣溫很高，大片的厚雲籠罩著整座小島，遠方傳來的雷聲預告了一場風暴即將到來，氣壓計也顯示了同樣的結果。

那天晚上，在把小艇拖進儲藏室裡（他們早已習慣防範暴風雨了）後，柏利安和其他人較往常早些回到大廳裡。緊緊關上大門，禱告過後，他們懷想了遠方的家人，並在裡頭等待就寢。

九點左右，雷電大作。電光穿過了小窗射入大廳，雷聲隆隆，也把奧克蘭丘震得顫抖。無風無雨，但急劇翻捲的烏雲不停釋放雷電，有時甚至持續一整夜，這種天候是最可怕的。

克斯達、多樂、艾弗森和詹肯在被窩裡縮成一團，每一聲驚雷都把他們嚇得發抖，看來雷雲就在他們附近。然而，身在堅固的山洞裡，他們其實是無需害怕的。閃電可以打在山壁上二十次、一百次，都不會穿過這片厚實的石壁。無論是電流或風都不可能。柏利安、德尼凡和巴克斯特時不時站起身，稍微一打開門就被閃電刺得趕緊退回來。外頭的電光肆虐，湖面上映著天空的閃雷，彷彿成了一片火海。

從十點到十一點間沒有一刻安寧，一直到將近午夜時，雷電才稍微減弱。雷電的間距越來越長，威力也隨著雲層遠去減緩了許多。風起了，雲層也逐漸壓低，大雨隨之落下。

睡覺的時間到了，孩子們也安心了些，兩、三個小腦袋從被子裡鑽了出來。柏利安和其他人確認了一些日常的防護措施後，也準備躺上床了。這時，小帆似乎察覺到外面有所動靜，牠站了起來，衝向大廳的門，並發出一長串低吼。

「小帆會不會察覺到什麼了？」德尼凡試著安撫牠。

「之前也有好幾次這樣，我們都知道牠有這種能力，而且牠這麼聰明，不會亂叫的！」巴克斯特提出看法。

「睡覺前還是確定一下吧！」柯爾登也說。

「好吧，可是其他人都留在這裡，準備好防衛！」柏利安說。

每個人都拿起了獵槍，德尼凡往大廳的門走去，莫可則走到儲藏室那端。兩個人將耳朵貼到門上仔細聽，沒有任何動靜，但小帆還是十分煩躁，並且開始大叫，就連柯爾登也無法讓牠冷靜下來。面對這個情況，大家其實有些困擾，要是小帆真的聽到外頭的腳步聲，對方也一定聽到牠的叫聲了。
突然間，外面傳來爆裂聲，很明顯不是雷電的聲音，聲音的距離大約離法蘭西洞兩百步。
所有人都進入戒備狀態。德尼凡、巴克斯特、維各斯、克羅斯架好了獵槍瞄準兩扇門，準備開火，其他人也撿起石頭準備出擊。這時卻聽見一聲大叫：
「救我！……救我！」
外面很可能是個受到生命威脅的人吧……
「救我！」那個聲音又叫了一次，這一次只離他們幾步之遙了。
站在門邊的凱特看了一眼後大叫：
「是他！」
「他？」柏利安說。
「開門！……開門！」凱特重複著。
門開了，一個全身溼透的男人趕緊衝進門。
是伊旺，塞文號的大副。

雷雨的夜晚，一名男子在法蘭西洞附近呼救，沒想到居然是塞文號的大副—伊旺！

二十六、伊旺的遭遇

伊旺的出現太過突然，柯爾登、柏利安和德尼凡一時愣住了。但過了一會兒，他們就彷彿看到救世主似的，衝到他面前。

伊旺是個二十五到三十歲間的男人，寬大的肩膀、壯碩的身材、目光銳利、額頭開闊、步伐堅定，看來是個聰明且善良的人。自從塞文號失事後，應該就沒整理過的散髮與落腮鬍遮住了他的臉龐。

伊旺迅速關上了身後的門，把耳朵貼在門板上仔細聽了聽。確定外面沒有動靜後，他走到了大廳正中央，藉著牆上掛著的油燈看了圍在他身邊的這群人。

「真的！……孩子！……只有孩子！」他自言自語。

突然，他的眼睛一亮，臉上露出欣喜之情，並張開了雙臂……

凱特朝他走了過去。

「凱特！」他驚喜大叫。「活生生的凱特！」

說完後又緊緊握住了她的手，好像是要確認她的確活著。

「是的！伊旺！跟你一樣活生生的！」凱特回答，「老天爺救了我們兩個，還把你送來幫助這些孩子！」

伊旺掃視了這些圍在大廳桌子旁的少年。

「十五個，大概只有五到六個有防衛能力！……管他的！」

「伊旺先生，我們會遭到襲擊嗎？」柏利安問。

「不，不，孩子，至少現在不會！」伊旺回答。

所有人都迫不及待聽他敘述這段時間發生的事，特別是救生艇被拋到塞文岸上後。沒聽到這段對他們而言極為重要的遭遇前，沒有人願意上床睡覺。但是，伊旺必須先換掉身上溼透的衣服，並吃點東西才行。因為剛才游過了西蘭河，所以他的衣服全溼了，也因為他從早上到現在都沒有時間休息，十二個小時沒有進食的他又餓又累。

柏利安馬上領著他到儲藏室，柯爾登送上了水手服，莫可也拿了一些冷肉、乾糧、幾杯熱茶和白蘭地。

十五分鐘後，伊旺開始說起他到了島上以後發生的事。

「小船被沖上岸前，五個男人，包括我，都被拋到礁石上，但都只受了輕傷，沒有任何生命危險。可是當時真正的難題是要在黑夜與洶湧的海浪中走出礁石群，更不用說狂風的作用加強了潮水的力量了。

經過一番努力後，我、華斯頓、布萊特、洛克、勃可和柯布還是走出了海浪線，平安脫險了。但缺了兩個人，是福柏和派克。他們會不會是被海浪捲走了呢？還是平安上了岸？沒有人知道。至於凱特，我以為她已經沉入海裡，再也看不到她了。」

說到這裡，伊旺的情緒激動，能再看到這個和他一起逃過塞文號死劫的女人，他打從心裡感到歡欣！現在，總算都從他們手中逃出來了，至少他們不能再對兩人做什麼事了。
伊旺繼續說道：
「靠岸後，我們花了一點時間找船。我們大概是晚上七點左右上岸的，但在沙灘上找到船的時候已經將近午夜了。因為我們沿著那個海岸走了一段……」
「塞文岸，」柏利安說，「我們中的幾個人為它取的名字，在凱特告訴我們船難的事前就取了……」
「在她告訴你們之前？」伊旺一臉驚訝。
「是的，伊旺先生，」德尼凡說，「我們在船被沖上岸的那天晚上就看到它了，當時那兩個人還躺在沙灘上！……只是隔天一早我們準備去送他們一程時，他們卻不見了。」
「原來如此，我明白了！」伊旺繼續說著他的故事，「我們還以為福柏和派克已經淹死了，真是這樣的話就是老天有眼，至少少了兩個惡徒！可惜啊，他們只是被拋到船附近而已。華斯頓就在小船旁找到了他們，並給了他們幾口琴酒。
小船的儲糧倉沒有撞壞，也沒有進水，真是大幸（對我們來說也許是不幸）。因為擔心下次漲潮，所以他們拿走了所有塞文號起火時救下來的彈藥、武器，也就是五把水手型獵槍，和糧食。然後我們就沿著海岸往東方去了。
正要離去時，這群人渣的其中一個，應該是洛克吧，發現凱特不見了。可是華斯頓卻說：『應該是沉到海裡了吧！……這倒是擺脫她的好方法！』我馬上想到，因為凱特對他們來說已經沒有用處，所以他們樂得擺脫她。哪天應該也會輪到我吧。可是凱特，妳當時到底在哪裡？」

「我其實也離小船不遠，但是比較靠海……他們沒有看到我，但那些話我全都聽到了……就在他們走了以後，為了不被抓到，我就往相反的方向逃走了。三十六小時後，就在快餓死的時候，這些小勇士們發現了我，並把我帶回法蘭西洞。」

「法蘭西洞？」伊旺重複了這個名字。

「就是這個山洞的名字，」柯爾登說，「是為了紀念好幾年前也漂流至此，並住在這裡的法國水手！」

「法蘭西洞？……塞文岸？……」伊旺又念了一次，「哦，孩子們，你們給這個島上的各個地點取了名字啊！真棒！」

「是的，伊旺先生，」瑟維斯回答，「都是很棒的名字，除了這兩個以外，還有別的，像是家湖、土丘區、南面溼地、西蘭河、陷阱林……」

「好好好！你們之後再慢慢告訴我，明天吧！現在我要先說完我的事。外面沒有動靜吧？」

「沒有。」一直站在大廳門旁的莫可回答。

「那就好！」伊旺說，「那我繼續……離開小船一個小時後，我們走到一片樹林，就在那裡暫時歇腳。接下來的幾天內，我們不斷來回小船擱淺的地點，嘗試修補船身。可是我們身上只有一把斧頭，根本沒有辦法換上一個禁得住風浪的船板，船的狀況就連一小段航程也撐不了。更不用說那個地方根本就不適合做這種工作了。

所以我們決定另外找一個乾燥一點的地方紮營，一個有足夠的獵物填飽肚子，也有淡水的地方。當時我們身上已經幾乎沒有儲糧了。

沿著海岸走了十二英里後，我們遇上了一條河……」

「是東河！」瑟維斯說。

「東河！那裡有個寬大的海灣……」

「騙人灣！」詹肯說。

「騙人灣？」伊旺笑著說，「岩石間還有個天然港口……」

「大熊岩！」這次輪到克斯達出聲了。

「大熊岩啊！」伊旺點了點頭，「是個紮營的好地方，要是能把小船帶到那裡，也許就有機會修好。

因此，我們回到原本的岸邊，盡量減輕船的重量後，它還可以漂浮在水上。因為水一直淹到了乾舷，我們得順著海岸把它拉到安全的港口，它現在都還在那裡。」

「小船在大熊岩那裡？」柏利安問。

「是的，而且我覺得如果有適當的工具，是有可能修好的……」

「我們有啊！伊旺先生，我們有必備的工具！」德尼凡開心地說。

「哦！華斯頓先生的判斷沒錯，他是不小心發現島上有居民的，而且還猜測了是什麼樣的居民！」

「他是怎麼發現的？」柯爾登問。

「是這樣的。八天前，華斯頓一夥人和我（他們不可能放我一個人），我們到森林內部探勘。沿著東河走了三、四個小時，走到了一片湖泊旁。就在那裡，有個奇特的東西掉在岸邊……是個用蘆葦做成的支架，上面蓋了一層帆布……」

「是我們的風箏！」德尼凡叫了出來。

「是掉在湖裡的風箏，應該是被風吹到那裡了！」柏利安補充道。

「哦！是風箏啊？我們完全沒想到！但它可是引起了極大的關注！……是島上的人做的！……絕對沒錯！……島上有人！是誰呢？華斯頓非常想知道。而我自己則從那天起就決定要逃跑了。不管島上住的是誰，就算是野人好了，反正情況也不會比跟殺死塞文號乘客的兇手一起更糟！但也就是從那一刻起，他們二十四小時盯著我！」

「那他們又是怎麼發現法蘭西洞的？」巴克斯特問。

「我正要說，只是，孩子們，在我說這件事前，可不可以告訴我風箏是用來幹嘛的？是信號嗎？」柯爾登說明了風箏的用途，也說了柏利安是怎麼冒著生命危險確認華斯頓還在島上的。

「太勇敢了！」伊旺用力握住柏利安的手。接著，他又回到剛才的事情上：「你們可以想像，從那天起，華斯頓的腦子裡只想著一件事，就是查出島上住了什麼人。要是原住民的話，也許可以試著和他們溝通？要是其他落難至此的人的話，他們手上或許會有必要的工具，幫忙把小船修好吧？

他們展開搜索，而且是很謹慎地搜索，逐步探索了湖右岸的那片森林，再往南邊前進。但什麼都沒有找到，也沒有聽到任何槍聲。」

「那是因為我們限制了活動範圍，而且規定所有人都不得開槍！」柏利安說。

「但是，他們還是發現你們了！」伊旺說，「怎麼發現的呢？十一月二十三日晚上，他們其中一個人從湖泊的南邊看到了法蘭西洞。更倒楣的是，他看到岩壁的縫隙間透出的光，我想是你們開門的時候，洞裡的光線透出去了吧。隔天一早，華斯頓就親自走到那附近，那天晚上他在河邊的草叢裡躲了好長一段時間……」

「我們知道。」柏利安說。

「你們知道？」

「對，因為我和柯爾登就在那裡撿到了一支菸斗，凱特也認出那是華斯頓的！」

「沒錯！華斯頓當天晚上丟了他的菸斗，這件事讓他氣惱不已。但他現在知道有這個小聚落了。他從草叢裡看到了好幾個人在河岸邊來來回回……而且都是男孩，七個大人輕而易舉就能制服了！他回到同伴身邊把看到的情況告訴他們。然後，我聽到他和布萊特的談話，知道他們準備對法蘭西洞發動攻擊……」

「一群禽獸！」凱特激動地說，「怎麼連小孩也不放過……」

「是啊，就跟他對塞文號船長和乘客一樣！禽獸不如！……說得對，而且他們的首領更是個沒心沒肺的人，這個華斯頓，希望他會得到報應！」

「伊旺，還好你逃出來了，感謝老天！」凱特說。

「是啊，大約十二個小時前，我趁著華斯頓和其他人不在，只有福柏跟洛克看守我的時候逃跑的。機不可失，只要我能跑走，至少比他們快一點，拉開跟這兩個歹徒的距離後，後面就是我自己的問題了！

今天早上十點左右，我開始往森林裡跑……但福柏和洛克馬上就發現了，並追了上來。他們手上都拿著槍……而我只有一把刀子可以反抗，還有一雙健壯的腿可以逃跑！

華斯頓躲在草叢裡觀察少年們，並在這裡弄丟了他的菸斗。

我就這樣跑了一整天，斜穿過樹林後，我來到了湖的左岸。根據他們的對話，我知道你們在一條向西流的河邊，所以我知道必須繞過湖的南端。

我這一生還沒跑這麼快過，至少沒跑這麼久！一天下來大概跑了十五英里吧！見鬼了！那兩個人渣竟然跑得跟我一樣快，更不用說他們的子彈了。那些子彈好幾次都從我的耳邊呼嘯而過。想想看！我手中有他們的秘密！要是我逃跑了，秘密就守不住了！無論如何都要把我抓回去。是啊，要是他們沒有槍火，我一定會拿出刀子，站穩腳步，等他們過來。我會跟他們拚個你死我活。沒錯，凱特，我寧願死，也不要再回到這幫人身邊了！

我希望天一黑他們就會停止追趕。但沒有。我繞過湖泊南端，沿著另一邊的湖岸往北邊跑，可是福柏和洛克的腳步聲還在耳邊。風暴持續了好幾個小時，閃電照下來，他們就看得見在河岸蘆葦穿梭的我，我的處境又更艱難了。我最後還是跑到了離小河一百步左右的地方。要是我能渡河，應該就能得救吧！他們知道對岸有法蘭西洞的人，所以不可能冒險跟來。

於是我用盡全力向河岸跑，就在快到河邊時，一道閃電照亮整片地區，一顆子彈也隨即朝我飛來……」

「就是我們聽到的那聲槍響嗎？」德尼凡說。

「沒錯！」伊旺說，「子彈從我的肩膀上劃過，我趕緊跳進水裡，游了幾下就到這一邊了。洛克和福柏跑到河邊時，我就躲在草叢裡，這時我聽到他們說：『你覺得射到他了嗎？』『應該吧！』『那他是沉到河裡囉？』『是吧，這種狀況下，必死無疑！』『太好了，解決掉他了！』說完後，他們就走了。

沒錯！解決掉他了……就跟凱特一樣！這群人渣！你們等著瞧！……我又等了一段時間才從草叢裡出來，走到崖壁這裡來……然後因為聽到狗的叫聲……我才出聲求救……法蘭西洞的門就開了……現在，孩子們，輪到我們了，把這些人渣踢出你們的島！」伊旺指向湖面說。

這番話強而有力，孩子們都站了起來，準備好跟隨他的腳步應戰。

接著，男孩們把這二十個月來發生的事全都告訴伊旺。包括獵犬號漂離紐西蘭的原因、越過整片太平洋來到這座小島的長程旅行、發現罹難的法國水手遺物和落腳法蘭西洞的過程、夏季的探勘、冬季的工程，還有直到華斯頓和他的同夥來到島上前安全無憂的生活。

「這二十個月間，沒有任何船隻經過小島嗎？」伊旺問。

「至少我們都沒看到。」柏利安回答。

「你們放了信號嗎？」

「有！我們在山崖上立了一個。」

「沒有用嗎？」

「沒有，」德尼凡說，「可是其實為了不讓華斯頓發現我們，六個月前就拿下來了。」

「做得好，可是他現在已經知道這件事了，所以我們得日夜防範！」

「為什麼我們要這樣對峙，不當個老實的朋友，提供他們需要的協助！為什麼要面對這種爛人而不是老實一點的人呢，要是前者的話，我們也會比較願意提供幫助！前方等待我們的，是一場戰爭，是為了活下去奮戰，是一場硬戰，我們甚至無法預料後果！」柯爾登說。

「孩子們，上帝一直保護著你們，現在也不會棄你們而去！他送來了伊旺，你們……」

伊旺為了逃避洛克和福柏的追捕，跳進了西蘭河裡。

「伊旺！伊旺萬歲！」所有的人同聲歡呼。

「孩子們，相信我，就跟你們也相信自己一樣，我保證，我們一定會守護這個家！」

「可是，如果能避開這場戰爭，如果華斯頓願意離開這座小島呢？」柯爾登又說。

「柯爾登，你這是什麼意思？」柏利安問。

「我的意思是，要是那艘小船可以出海，那他們應該早就離開了吧！伊旺，我說得對吧？」

「當然。」

「那如果我們跟他們談判呢？如果我們主動提供他們需要的工具呢？搞不好他們會接受。我知道要跟殺死塞文號乘客的歹徒打交道感覺不好！可是如果能不流血，這樣趕走他不是也好嗎？大副，你覺得呢？。」

伊旺專注地聽著柯爾登說話。這個提議非常實際，看來是經過深思熟慮的結果，而且也是很冷靜的意見。他認為（實際上也是如此）這是目前最好的提議，很值得詳細討論。

「柯爾登先生，你說得沒錯，」他回答，「只要能請走這幫歹徒，任何方法都應該嘗試。因此，如果幫助他們修船能達到目的，那肯定比發動一場勝負未定的對戰來得好。可是我們真的能相信華斯頓嗎？一旦跟他接觸了，他會不會反而興起歹念，決定佔領法蘭西洞並奪取你們擁有的一切？會不會以為你們還藏了那個罹難者的錢？相信我，這傢伙為求目的不擇手段！他的字典裡沒有感恩！跟他們打交道根本是自掘墳墓！」

「否決！否決！」巴克斯特和德尼凡叫了起來，其他人也氣憤地應和，伊旺看了很高興。

「不！」柏利安也說話了，「絕對不跟華斯頓那幫人合流！」

「而且，他們要的不只有工具，還有彈藥！他們的存量還夠打這場仗，這倒不用懷疑！可是如果他們要到其他海域的話，他們手上的彈藥是不夠的！……他們不只會請求，還會要求！……你們要給嗎？」伊旺又說。

「不，絕不！」柯爾登回應。

「可是，他還會硬搶！這麼做只是把衝突延後而已，而且這場衝突對你們而言非常不利！」

「伊旺先生，你說得對！我們還是備戰，等著他們找上門吧！」柯爾登回答。

「那是最好的！……等他們來。而且，還有另一個必須等待的原因。」

「什麼？」

「聽好了！你們都知道沒有船的話，華斯頓是不可能離開小島的吧？」

「顯然是如此！」柏利安回答。

「我確定小船能被修好，只是缺少工具，因為這樣華斯頓才遲遲無法出海……」

「如果不是這個原因，他大概已經不知道去哪裡了！」巴克斯特說。

「沒錯，所以啊，要是你們提供華斯頓修船的工具，我想他就不會侵犯法蘭西洞，也不會打擾你們，馬上就走人。」

「呃！那就助他一臂之力吧！」瑟維斯大聲說。

「見鬼了！要是他真的走了，塞文號的救生艇就不在了，你們要怎麼離開？」伊旺回答。

「你說什麼？伊旺先生，你打算要利用這艘船離開小島？」柯爾登問。

「柯爾登，那是當然的了！」

「搭這艘船回到紐西蘭？搭這艘船穿越太平洋？」德尼凡又說。

「太平洋？……沒這回事，可是我們可以到附近的陸地，到那裡就會有機會回奧克蘭！」伊旺回答。

「伊旺先生，你是說真的嗎？」柏利安大叫。

同一時間，另外兩、三個人也急著逼問大副同樣的問題。

「這樣的小船怎麼撐過幾百英里的航程？」巴克斯特提問。

「好幾百英里？沒有啊！只有三十幾英里！」伊旺回答。

「我們的四周不是只有海嗎？」德尼凡問。

「西邊都是海沒錯！可是南邊、北邊和東邊都是六十小時內就能輕易穿越的海峽！」伊旺回答。

「所以附近真的有陸地？」柯爾登問。

「正確無誤，而且東邊還是一片大陸。」伊旺回答。

「沒錯……東邊！就是那個白點，我看到的那個發光的地方……」柏利安叫了出來。

「你是說白點？那應該是冰河了。光的話，應該是某一座火山的火焰。地圖上應該都有記載！哦，孩子們，你們以為自己在哪裡？」

「太平洋上的一個孤島！」柯爾登回答。

「島是對的，但孤島就錯了！我可以保證它是南美洲沿岸的眾多群島之一！」

「你們不是都幫那些海岬、海灣、溪河取名了嗎，這個島呢？你們還沒告訴我它叫什麼名字？……」

「查理曼島，」德尼凡說，「就是我們學校的名字。」

「查理曼島！也就是說，這個島有兩個名字囉，因為它本來的名字是漢諾威島（l'île Hanovre）！」伊旺說。

他們的談話就到這裡，接著他們在把日常的安全措施確認好後就去休息了，也在大廳裡給大副放了一套睡袋。這些少年們帶著兩件心事，睡得不甚安穩：其中之一是可能會發生的流血對峙，另一件就是也許可以離開小島了……

隔天伊旺會拿出地圖指明漢諾威島的位置。因為莫可和柯爾登守夜，這一夜平靜地過了。

二十七、喬裝的遇難者

一條長達三百八十英里的運河，東起大西洋岸維爾赫納斯角（Cap des Vierges），西至太平洋岸的皮勒角（Cap de Los Pilares），沿途海岸曲折蜿蜒，最高峰為三千英尺，擁有許多天然港灣，為數眾多的淡水補給點提供來往船隻儲水，枝葉茂密的森林裡有無數獵物活動，相較於位於穆赫雷斯島（la Terre des États）和火地島間的利馬海峽（Détroit de Lemaire），為兩洋之間更快速的通道，也比經常遭暴風雨侵襲的合恩角來得安全，這就是那位一五二〇年經過此處的葡萄牙水手對麥哲倫海峽的敘述。

半個世紀間，只有西班牙人造訪過這段海峽，並在布朗斯威克半島（presqu'île de Brunswick）上建立了法明港（Port-Famine）。西班牙人之後，英國人德瑞克（Drake）、甘文蒂斯（Cavendish）、奇德利（Chidley）、霍金斯（Hawkins）相繼來到此地，接著是荷蘭人德韋爾特（de Weert）、德格特（de Cord）、德努特（de Noort），還有一六一〇年發現利馬海峽的利馬（Lemaire）和史旺騰（Schouten）。最後，一六九六年至一七一二年間，在法國人德堅內（Degennes）、博勝冠（Beauchesne-Gouin）和弗雷澤（Frezier）相繼抵達後，這個地區在該世紀末迎來了著名的航海家如安臣（Anson）、庫克（Cook）、拜倫（Byron）和布干維爾（Bougainville）等人。

至此，麥哲倫海峽成了連接兩洋的重要通道，特別是蒸汽船出現後，這種船因為不受逆風或逆流的影響，得以順利航行。

隔天，也就是十一月二十八日一早，伊旺在史蒂勒地圖集上指出了這個海峽。巴塔哥尼亞（Patagonie）、威廉王島（Terre du Roi-Guillaume）和布朗斯威克半島位於海峽北端，南端則由為數眾多的小島包圍，包括火地島、荒蕪島、克拉倫斯島、奧斯特島（Île Hoste）、戈登島（Île Gordon）、納瓦里諾島（Île Navarin）、伍拉斯頓島（Île Wollaston）、斯圖特島（Île Stewart）和其他一些較不知名的小島，直到赫米特島（Île L'Hermite）最後一座安地斯山脈的高峰為止，由合恩角做結。

麥哲倫海峽的東段巴塔哥尼亞維爾赫納斯角和火地島埃斯皮里圖桑托角（Cap Espiritu-Santo）間較為開闊。但西段卻完全不同。這一邊布滿了群島、小島、海峽、運河、海灣，水道曲折，要一直到皮勒角才算進入太平洋區。較上方的區域是成群的小島，從尼爾遜海峽（Détroit de Lord Nelson）到喬諾斯群島（Archipel des Chonos）和奇洛埃島間都屬於智利所有。

「現在，」伊旺說，「你們看到位於麥哲倫海峽上的這個小島了吧？它和南方的劍橋島、北方的馬德雷德迪奧斯島與查塔姆島（Île Chatam）間只間隔了幾條小海峽。這個位於緯度五十度的小島，就是漢諾威島，也就是你們取名為查理曼島，並且住了二十個月的地方！」

柏利安、柯爾登和德尼凡彎下了腰，仔細看著這個他們以為遠離其他陸地，實際上卻在美洲大陸旁的小島。

「什麼！我們和智利之間只隔了幾個海灣？」

「是的，孩子，可是漢諾威島和美洲大陸間就只有這樣的荒島。我們到達大陸後，還得穿過幾百英里才能到智利或阿根廷有人居住的地區！這趟旅程會遇到出沒於彭巴草原的皮埃爾切印地安人，他

伊旺拿著地圖，指出查理曼島的位置給少年們看。

們一點也不好客，將會是既疲憊又危險的路程！所以你們這段時間沒有離開物資齊備的小島也是好的。而現在，願上帝保佑，我們能一起離開這裡！」

環繞著漢諾威島的海峽最窄的地方不過十五到二十英里，天氣好的時候，莫可可以輕易駕著木筏穿越。因為地勢較低的關係，柏利安、柯爾登和德尼凡在這段期間才沒有發現這些島嶼。柏利安看到的白點，就是一個內陸的冰河，冒出火光的火山也屬於麥哲倫海峽地區。

除此之外，柏利安仔細看了地圖後也發現，他們探索過的海岸，正好都是小島上離這些鄰近島嶼最遠的點。德尼凡當時抵達小島北方的塞文岸時，如果不是大霧瀰漫，也許就能輕易看到鄰近地區的狀況了。還有東河河口的騙人灣也因為內彎的弧度很大，所以看不到海外的小島，也看不到二十多英里外的艾斯佩蘭斯島（Île de l'Espérance）。如果他們走到北岬，就能看到位於康瑟普森海峽（Détroit de la Conception）上的查塔姆島或馬德雷德迪奧斯島；走到南岬的話，可以看到皇后島、阿德萊達皇后群島或劍橋島的一角；走到土丘區的盡頭，也會看到歐文島（Île Owen）的山地或其他東南方島嶼的冰河。

可惜男孩們至今從未踏足這些地方。至於弗朗斯瓦・博杜安的地圖為什麼沒有標出這些島嶼，伊旺也不太明白。那個罹難的法國水手一定是走完整座漢諾威島，才有可能畫出完整的地圖。是霧霾擋住了視線嗎？看來也只能這麼假設了。

現在，如果真的要把塞文號的救生艇修好並乘著它離開小島，伊旺覺得應該要往哪個方向去呢？

柯爾登問了這個問題。

「孩子們，」伊旺回答，「我們不往北，也不往東。航行得越遠越好。要是海風穩定，也許能把小船帶到智利的港口，那裡一定會有人接應我們。可是這段海路難以航行，也許穿過群島間的小海峽會容易一些。」

「是沒錯，但我們能不能在這片海域上找到聚落？再從那裡前往其他地方。」柏利安回答。

「我並不擔心這個。你們看地圖。穿過阿德萊達皇后群島後，從史密斯海峽可以直接到哪裡？到麥哲倫海峽對吧？海峽入口處的荒蕪島上有泰瑪港（Havre Tamar），到了那裡後，就保證可以回家了。」伊旺說。

「如果我們都沒有碰到船呢？是不是就一直等下去？」柏利安問。

「不，到時我們就開進麥哲倫海峽。你們看到布朗斯威克半島了嗎？經常會有商船暫停在半島上福特斯克灣（Baie Fortescue）的嘉蘭港（Port-Galant）內 。要是真的得開出弗羅厄德角（Cap Froward）呢？還有聖尼古拉灣（Baie Saint-Nicolas）和布干維爾灣（Baie de Bougainville），大部分行經麥哲倫海峽的船都會停靠於此。最後，如果還要再往前的話，還有法明港和最北的蓬塔阿雷納斯（Punta-Arena）。」

大副說得對，進入麥哲倫海峽後，沿途會有好幾個停靠站。如此一來，他們就有機會回家，更不用說也許會遇上前往澳洲或紐西蘭的船了。就算泰瑪港、嘉蘭港和法明港都無法提供協助，蓬塔阿雷納斯也一定會有他們需要的東西。這是一個智利的港口城市，市內有一座美麗的大教堂，從布朗斯威克半島的樹林間可以看到該教堂的十字架。比起建於十六世紀末、如今已經半廢的法明港來說，這個城市繁榮許多。

除此之外，當時南方也有一些科學觀測站，比方說納瓦里諾島上的李維亞（Liwya）觀測站，還有火地島南方，位於比格爾海峽（Canal du Beagle）上的烏蘇懷雅（Ooshooia/Ushuaia）。由於當初英國人的努力，人們才得以認識這個地區，後來許多法國人像是仲馬（Dumas）、克魯埃（Cloué）、巴斯特

（Pasteur）、尚茲（Chanzy）、格黑維（Grévy）都來過此地，麥哲倫群島上有許多小島就是以他們為名。

少年們只要駛進麥哲倫海峽應該就能得救了。所以他們一定得修船，而要修船就得先得到船，也就是說得把華斯頓一幫人解決掉才行。

船如果還留在德尼凡上次看到的塞文岸上，距離華斯頓紮營的騙人灣約有十五英里遠，應該還能在他沒有察覺的情況下奪取小船。接著，德尼凡或伊旺能把小船划到西蘭河口，甚至一直到法蘭西洞來，並在最好的條件下修好它，然後裝上帆、放入彈藥和糧食以及幾個丟了可惜的東西後，就可以在那群歹徒發動攻擊前離開小島了。

可惜這個計畫完全不可行。現在他們只能以蠻力解決了，或主動出擊，或準備防守。在沒把塞文號那幫人解決掉前，什麼都不可能！

少年們對伊旺充滿信任，如同凱特曾經多次說過的那樣。他把頭髮剪了，鬍子也剃了，臉上露出了堅定與直爽，看上去就是個充滿精力、勇敢果斷的男人，似乎沒有什麼事難得倒他。

凱特說得對，一個真正的「男人」來到法蘭西洞，完全是上天送來的禮物！

在開始規劃如何抵抗攻擊前，大副得先知道他們擁有的資源。

儲藏室和大廳一邊面河、一邊面湖，看來非常適合防守，他們鑽開的小窗提供了最佳的射擊點，能在隱蔽的狀態下攻擊。八枝槍應該能夠將攻擊方擋在一定的距離之外；小砲管則可以對付靠近法蘭西洞的人。還有手槍、斧頭、水手大刀在不得不短兵相接時都可以派上用場。

伊旺稱讚柏利安在洞內堆石頭擋門的做法，畢竟他們只有待在洞裡才有優勢。不能忘記，他們只是十五個十三到十五歲的少年，對手卻是七個對各種武器都很熟悉、連殺人放火的事都做得出來的壯漢。

「伊旺先生，你認為他們是難以對付的惡人嗎？」柯爾登問。

「是的，不可掉以輕心！」

「只有一個人，似乎沒有其他人那麼墮落！」凱特說，「就是那個救我一命的福柏……」

「福柏嗎？呃！見鬼了！不管是誤聽小人言，或是畏懼權威都好，那場屠殺的血他可是一點也沒少沾！而且就是他和洛克一路追殺我至此的不是嗎？他難道沒把我當成野獸一樣射擊嗎？難道沒有在以為我掉到河裡的時候揚揚得意嗎？不，凱特，他沒有比其他人好多少。他救妳是因為覺得妳還有用，如果他們真的殺了過來，他也不會落於人後的！」

幾天過去了，令伊旺感到奇怪的是，奧克蘭丘上的哨兵始終沒有發現任何可疑的動靜。

他很清楚華斯頓的計畫，也知道他的時間緊迫，但為何二十七到三十日間卻沒有任何動作呢？

最後，他想到華斯頓也許是想取巧進入山洞。他像平常一樣跟柏利安、柯爾登、德尼凡和巴克斯特說明了這件事。

「只要我們一直關在法蘭西洞裡，沒有人幫他開門，他就進不來！他是想要詭計……」

「什麼詭計？」柯爾登問。

「如果我想得沒錯，你們應該也明白，華斯頓犯下的罪行、還有打算攻擊你們的事只有我和凱特知道。可是他以為凱特早就死在船難那時，而我也在被福柏和洛克射中後淹死在河裡了，沒忘記他們還為此感到得意吧。這麼說來，他應該沒想到你們早就知道真相和他們在島上的事了。所以他可能期待你們會像發現遇難者一樣歡迎他，一旦進了門，要把其他同伴放進來就容易多了，而這時你們也沒有任何反抗的餘地了！」

「那，」柏利安說，「如果華斯頓或他們其中一人來請求收留，我們就送他們一子彈……」

「送他們一朵花會不會更好！」柯爾登提議。

「哦！柯爾登先生，似乎不錯！」伊旺回話，「將計就計，必要時我們會再想辦法應對！」沒錯！要把格局放大。要是一切順利，伊旺把船拿到手後，離解脫的日子就不遠了。但現在警報還沒解除！他們究竟能不能一起踏上回紐西蘭的歸途呢？

隔天早上仍舊風平浪靜。在德尼凡和巴克斯特的陪同下，大副甚至往陷阱林的方向走了半英里。他們一路上小心翼翼，躲在奧克蘭丘山下的樹叢間前進。但這一趟也沒看到任何可疑之處，跟著他們的小帆也沒有做出任何怪異的反應。

直到當天下午日落前，警報聲響起了。在崖壁上站崗的韋博與克羅斯看到兩個男人從湖泊南岸，也就是西蘭河對岸走向他們。

凱特和伊旺怕被認出，第一時間就走進了儲藏室，並透過槍眼看到了外面那兩個男人，是洛克和福柏。

「看吧，他們真的想使計，是想裝成遇難的水手靠近我們。」伊旺說。

「現在怎麼辦？」柏利安問。

「歡迎他們。」伊旺回答。

「歡迎那兩個混蛋！」柏利安激動地說，「我做不到……」

「讓我來吧。」柯爾登回答。

「很好！」伊旺說。「千萬不要讓他們發現我們的存在！時機到了，我和凱特就會出現了！」

說完後，他們兩個就躲進廊道的小地窖裡，把門關上了。不久後，柯爾登、柏利安、德尼凡和巴克斯特趕到了西蘭河旁。看到他們時，兩個惡徒還裝作驚訝的模樣，柯爾登也以同樣的情緒回應。

洛克和福柏一走到河邊後就裝得疲憊不堪的模樣，以下是他們的對話：

「你們是？」

「我們是遇到海難的人，我們的船，塞文號的救生艇在小島的南方擱淺了！」

「你們是英國人嗎？」

「不，是美國人。」

「其他同伴呢？」

「都罹難了！只有我們逃過死劫，可是我們也快不行了！請問你們是？」

「查理曼島上的住民。」

「拜託可憐我們，收留我們吧，我們一無所有了。」

「同是遭遇海難的人，當然要幫忙！歡迎你們。」柯爾登說。

柯爾登打了個手勢，莫可就把停在一旁的木筏划了過來，並把兩個水手載到右岸去了。

華斯頓雖然沒什麼選擇，但不得不說，洛克的臉看起來實在很不可靠，應該就連不懂世事的孩子也沒辦法信任他。儘管他很認真裝出一副老實的模樣，但那獐頭鼠目、下巴凸出的長相，怎麼樣都沒有說服力！至於福柏，凱特所說的人性似乎還存在他體內，因此相較之下順眼得多。也許這就是華斯頓派他來的原因。

兩個人扮著遭遇海難的水手，因為害怕少年們起疑心，每次被問到比較細節的問題時，就會裝出疲憊不堪的模樣，要求休息，甚至是要求在法蘭西洞過夜。一進門，柯爾登就發現他們過於明顯地觀察了四周環境。看起來，他們對少年們擁有的武器感到驚訝，特別是那兩座小砲台。

要不是洛克和福柏要求早點休息，少年們應該也裝不下去了。

「我們睡乾草上就可以了，」洛克說，「可是為了避免打擾你們，請問有別的空間嗎？」

「有的，」柯爾登回答，「我們還有個廚房，你們可以在那裡待到天亮。」

洛克和他的同伴走進了儲藏室，同樣也是掃視了裡面的環境，並注意到大門是朝著河岸開的。

他們的確拿出最友好的態度來對待這兩個假冒的落難者啊！但這兩個傢伙卻自以為面對這些天真的孩子不必多花心思假裝！

洛克和福柏躺到了儲藏室的角落，但他們沒有獨佔儲藏室，因為莫可也睡在那裡。他們並沒有特別在意他的存在，本來就打算事跡敗露就用手掐死他。等待時機一到，他們就會打開儲藏室的大門，把華斯頓和其他四個在岸邊等待的伙伴放進來，佔領法蘭西洞。

九點左右，洛克和福柏應該已經熟睡了，莫可走了進來趕緊倒到床鋪上，並隨時準備拉警報。

柏利安和其他人都留在大廳裡。在把廊道的門關上後，伊旺和凱特走了出來。目前為止，事情的發展就跟大副預想的一樣，他也肯定華斯頓一定就在附近，等待時機進入法蘭西洞。

「保持警備！」他說。

兩個小時過去了，正當莫可開始懷疑洛克和福柏是不是不打算今晚行動時，他聽到了一些聲響。藉著牆上昏暗的光線，他看到洛克和福柏爬了起來，慢慢移到門邊。

兩名惡徒悄悄起身，打算打開儲藏室的大門。

這扇門被一堆大石擋著，要打開可不容易。

兩人開始把石頭搬到右側牆邊，幾分鐘後，門口清空了，只要拿掉門閂就能打開。就在洛克拿起門閂開門時，有人拍了他的肩膀。他一回頭，馬上認出拿著燈的伊旺。

「伊旺！」他大叫，「是你！」

「來吧，孩子們！」伊旺叫道。

柏利安和其他人一聽，馬上趕到儲藏室裡。福柏第一時間就被巴克斯特、維各斯、德尼凡和柏利安四個比較壯的少年制服了。

洛克一個轉身，擺脫了伊旺後拿出刀刺向他，劃破了他的左臂，並從敞開的門逃了出去。才跑了十步，一聲槍響傳來。是大副開槍射了洛克。然而，似乎射偏了，沒有聽到任何唉叫。

「可惡！……讓他跑了！還好至少有一個在我們手上！」伊旺叫道。

他拿起刀指向福柏。

「饒命啊！饒命！」被少年們壓在地上的人哀求。

「伊旺，饒了他吧！」凱特說著，用身體擋住了福柏，「饒他一命，他救過我！」

「好吧！」伊旺回答，「暫時先放過他！」

福柏被綁了起來，關進廊道的地窖裡。

然後，他們又關上了儲藏室的門並閂上了門閂，所有人都保持戒備直到天明。

伊旺向脫逃的洛克開了一槍。

二十八、德尼凡的犧牲

隔天一早，雖然他們因為一整夜沒睡而感到疲憊，但也不敢輕易懈怠。詭計失敗，華斯頓現在肯定要來硬的。沒被大副射中的洛克一定回到了他們身邊報告詭計被識破的事，他只能強行打開大門了。

天才剛亮，伊旺、柏利安、德尼凡和柯爾登就全副武裝走出了大廳。陽光落下，霧霾在東風的吹拂下逐漸散開。

法蘭西洞附近、西蘭河岸和陷阱林裡都很平靜。柵圈裡的牲畜一如往常來回走動。在運動場上奔跑的小帆似乎也沒有任何不安。

伊旺先是仔細觀察了地上的腳印。他想的沒錯，腳印相當多，特別是法蘭西洞附近更是密集。縱橫交錯的腳印說明了前一晚華斯頓和他的同伴都曾來到河邊，等著儲藏室的門打開。

可是，地面上卻沒有任何血跡，看來伊旺那一槍甚至沒有傷到對方。

現在還有一個問題，華斯頓是從湖的南邊還是北邊來的？若是從北邊，那洛克是逃到陷阱林裡和他們會合了嗎？

這件事一定得弄清楚，他決定問福柏。福柏會開口嗎？就算開口了，他會說實話嗎？他會不會為了感謝凱特的救命之恩而喚醒沉睡於體內的良心？他會不會忘記自己請求留宿法蘭西洞的初衷就是為了成為內鬼？

伊旺想親自詢問他，所以到廊道裡打開了門，鬆綁後，把他帶到了大廳裡。

「福柏，」伊旺說，「洛克和你的陰謀失敗了。現在我得知道華斯頓的計畫，你一定也知道，你願意告訴我嗎？」

福柏低下了頭，不敢正視伊旺、凱特和同樣在場的少年們。他沉默不語。

凱特開口了：

「福柏，塞文號屠殺時，你因為心軟，阻止了你的同伴殺我，現在能不能也救救這些孩子，讓他們免於面對更可怕的命運？」

福柏沒有說話。

「福柏，」凱特又說，「他們饒了你一命！你不能泯滅良心！做了這麼多不該做的事以後，能不能行行好！想想看你至今都犯了哪些可怕的罪行！」

他嘆了口氣，忍著難受的心情。

「我能做什麼？」他幾乎無聲地說。

「你可以告訴我們今晚應該怎麼辦，今後又應該怎麼辦。」伊旺回了他的話，「他們昨晚是不是一直待在外頭等著你為他們開門？」

「對。」福柏說。

「這些饒你一命的孩子，他也打算殺光嗎？」

福柏的頭垂得更低了，這一次，他甚至沒有任何勇氣回答。

「現在華斯頓會從哪裡入侵呢？」大副問。

「從湖的北岸。」福柏說。

「而你和洛克是從湖的南岸來的？」

「對。」

「他們還去過島上其他地區嗎？西部？」

「還沒。」

「他們現在在哪裡？」

「我不知道……」

「還有什麼可以告訴我們的嗎？」

「沒有了，伊旺，沒有了。」

「你認為華斯頓會再回來嗎？」

「會。」

受到伊旺槍聲驚嚇的華斯頓一夥人肯定知道詭計被拆穿了，現在應該躲在某個地方，等待下一個機會。

伊旺並不期待從福柏那裡得到任何消息，所以又把他帶回地窖裡，並關上了門。

情勢依舊緊張，華斯頓躲在哪裡呢？會不會是在陷阱林的大樹間？福柏也許是不知道答案，也許是不想說。可是這個問題一定得先弄清楚才行。為此，伊旺想到林裡探路，就算會有風險也得去看。

中午時，莫可給囚犯送了食物，但他似乎非常沮喪，只動了幾口而已。他的心裡想些什麼呢？正遭受良心的譴責嗎？無從得知。

用過午餐後，伊旺告訴少年們他心裡一直掛念著那混蛋是否還在法蘭西洞附近，因此想到陷阱林邊探查。他的計畫毫無異議通過了，為了保證行動安全，他們開始周密地安排。

在他們抓了福柏以後，華斯頓一夥人只剩六個了，少年們不算凱特和伊旺也有十五個人，只是這些人裡，還包括了那幾個年紀較小、根本不可能戰鬥的孩子。所以他們決定在伊旺去探查的期間，艾弗森、詹肯、多樂、克斯達就和凱特、莫可和杰可在大廳裡等待，由巴克斯特負責看顧。至於年紀較大的，像是柏利安、柯爾登、德尼凡、克羅斯、瑟維斯、維各斯和卡爾內就陪同伊旺出去一趟。八個少年對抗六個身強體壯的男人其實也不太公平，但相較於華斯頓擁有的五把獵槍，他們身上都各自帶了獵槍和手槍。在這種狀況下，最好能夠遠距離開戰，如此一來，槍法精準的德尼凡、維各斯和克羅斯就比那幾個美國水手佔上風了。再說，他們這方不缺彈藥，但根據伊旺所言，華斯頓只剩幾個彈匣了。

下午兩點，伊旺帶領了一個小隊出發。巴克斯特、杰可、莫可、凱特和其他孩子則馬上回到法蘭西洞裡關上了門，但為防伊旺一行人臨時需要尋求掩護，他們沒有門上門。除此之外，南面和西面都沒什麼好擔心的，因為想要從那兩面過來的話，華斯頓必須先走到獵犬灣，然後再從西蘭河河谷過來，這樣會花掉很多時間。另外，福柏也說了，他們是沿著湖的西岸下來的，對更西部的地區一點也不熟。這麼說來，他們只有可能從北部來，伊旺一點也不擔心敵人從背後突襲。

少年們和大副小心翼翼沿著奧克蘭丘山腳前進，出了棚圈後，這個地區的灌木叢和樹林能保證他們不會暴露行蹤。

在制止了德尼凡老是想出頭的欲望後，伊旺走到了隊伍最前方。經過法國水手的土墳後，伊旺決定斜穿過林木，直接來到家湖湖岸。

這時，柯爾登完全無法控制小帆的行為，牠看上去似乎在搜索什麼，雙耳豎直，鼻子也在地上嗅來嗅去。很快的，他們便發現地面上有人的足跡。

「當心了！」柏利安說。

「對，」柯爾登也說，「你們看小帆的反應，一定有人經過！」

「躲到草叢裡吧，」伊旺說，「德尼凡，你的槍法夠好，只要看到任何惡徒，絕對不要手軟！沒有比現在更適合發射子彈的時候了。」

他們馬上就躲進了第一堆樹叢裡。就在陷阱林邊，有燒了一半的樹枝和半熱的灰燼，都是近期紮營的證據。

「華斯頓昨晚一定是在這裡過夜的。」柯爾登提出看法。

「會不會直到幾個小時前他都還在呢？」伊旺回答，「我覺得最好還是回到山崖邊……」

話都還沒說完，就聽見右邊傳來槍響。一顆子彈擦過柏利安的腦袋後，射進了樹幹裡。

另一聲槍響幾乎同時傳出，緊接著是一聲慘叫，樹下一個大物應聲倒地。是德尼凡從火藥冒煙的方向判斷了敵人的位置，並射了一槍。

小帆向前衝去，德尼凡激動地跟在牠身後跑去。

「前進！」伊旺說，「我們不能讓他一個人過去！」

不久後，他們來到德尼凡身邊，在一具屍體旁圍成一圈。

「是派克！」伊旺說，「他死了，不會再來搗亂了！又少了一個人！」

「其他人應該也不會太遠。」克羅斯說。

「沒錯，孩子們，我們也不要暴露自己了！快點蹲低！蹲低！」

第三聲槍響從左邊來，這一次，還沒來得及蹲低的瑟維斯被子彈劃破了前額。

「你受傷了嗎？」柯爾登跑向他。

「沒事，柯爾登，沒事！擦傷而已！」瑟維斯回答。

他們絕對不能分散。派克死了，只剩華斯頓和其他四人，一定有人躲在離他們不遠的樹林裡。因此，伊旺和其他人趕緊聚集起來蹲在草叢中，準備好防備可能來自任何一方的襲擊。

突然，卡爾內大叫：

「柏利安呢？」

「我沒看到他！」維各斯回答。

柏利安真的不見了，小帆的叫聲越來越大，他們擔心是跟某個男人打了起來。

「柏利安……柏利安！」德尼凡叫道。

所有人不顧一切跟在小帆後頭，伊旺一點也沒辦法阻止他們。他們跑過一棵又一棵大樹，整個地區都跑遍了。

「小心！大副，小心！」克羅斯趴到地面上大叫。

伊旺下意識低下了頭，子彈就從他頭上幾英寸高的地方飛了過去。

他站起了身，看到一個華斯頓的伙伴正在林間逃跑。

是洛克，昨晚逃掉的傢伙。

「洛克，輪到你了！」他大喊。

他開了一槍，但洛克卻瞬間消失了，彷彿他的腳下裂開了一個縫似的。

「不會又射偏了吧？……」伊旺激動地說，「可惡！也太倒楣了！」

這些事全發生在幾秒鐘之內。

這時，在他們附近的小帆又開始吠了。他們聽見德尼凡的聲音：

「撐著點，柏利安！撐著！」

伊旺和其他人衝了過去，在距離二十步左右時，他們看見柏利安正和柯布搏鬥。

這混蛋把柏利安摔到地上，舉起刀正準備刺向他時，德尼凡即時趕到，還沒來得及拔出手槍就先撲到他身上了。

短刀刺進了德尼凡的胸膛……他一聲不吭立即倒地。

看見伊旺、卡爾內和韋博準備切斷他的退路，柯布趕緊逃向北方。好幾顆子彈同時對著他掃射，但他還是消失了，就連小帆也沒追到。

柏利安一站起身就趕到德尼凡身邊抬起了他的頭，試著喚醒他……

伊旺和其他人快速換了彈匣後也來了。

事實上，派克被殺了以後，柯布和洛克紛紛逃跑，情勢對少年們是有利的。

遺憾的是德尼凡被刺中了胸膛，看起來傷勢頗重。他的雙眼緊閉，臉色蒼白如紙，無論柏利安如

儘管少年們冷靜的面對突如其來的偷襲，
但發現柏利安失蹤後，所有人都不顧一切的跟著小帆往前衝！

何喊叫，他都沒有反應。

伊旺蹲下身，脫下了他的外套，並撕開被血染紅的襯衫。左胸第四根肋骨上一道細細的三角型傷口正淌著血。刀子沒有刺到心臟？沒有，德尼凡還有呼吸，但從微弱的氣息來看，似乎是刺到肺部了。

「把他抬回法蘭西洞！」柯爾登說，「回到那裡才有辦法治療他……」

「一定要救活他！」柏利安叫道，「可憐的朋友！都是為了救我！」

伊旺也認為既然這場對戰暫時緩了下來，應該把德尼凡帶回法蘭西洞較好。華斯頓顯然是看到情勢對他不利，退到陷阱林深處去了。

然而，最令他擔心的一點是，華斯頓、布萊特和勃可都沒有出現，這三個人是他們當中最難應付的。

德尼凡的傷勢不太適合移動。維各斯和瑟維斯因此用樹枝做了擔架，搬運昏迷中的他。四個少年抬著擔架，其他人則荷槍走在兩旁。

一行人沿著奧克蘭丘山腳往回走，這麼做比走湖邊好，至少他們只需要注意左後方的動靜即可。一路上沒有遇到任何阻礙。德尼凡偶爾會發出痛苦的呻吟，柯爾登會示意暫停，確認了他的呼吸後再繼續趕路。

他們在這樣的狀態下走了四十五分鐘，只剩最後八、九百步就到法蘭西洞了，因為藏在大石塊後方，他們現在還看不到洞口。

突然間，他們聽到西蘭河旁傳來一陣叫喊。小帆趕緊跑了過去。

法蘭西洞果然是遭到華斯頓和另外兩個同夥襲擊了。

以下就是他們做的好事，只是其他少年發現時為時已晚。

原來在洛克、柯布和派克埋伏陷阱林時，華斯頓、布萊特和勃可爬上了奧克蘭丘，從河堤溪乾燥的河床上走了過來，經過一片高地後，來到了儲藏室附近的峽谷。接著，他們硬推開了沒有上門的大門，成功入侵法蘭西洞。

伊旺能否即時阻止一場災難？

他拔腿疾奔，克羅斯、韋博和卡爾內留在德尼凡身邊，柯爾登、柏利安、瑟維斯和維各斯則抄近路往法蘭西洞跑去。幾分鐘後，他們看到運動場上的景象，一時間失去了所有的希望。

眼前的華斯頓正從洞裡走出來，手裡抓著一個孩子往河邊走去。是杰可。凱特也衝了出來，使勁拖住華斯頓。

不久後，布萊特也抓著克斯達朝同一個方向走去。

巴克斯特從後方追上布萊特，但卻被推倒在地上滾了好幾圈。

可是卻沒看到多樂、詹肯、艾弗森和莫可。會不會已經在洞裡被解決掉了？

華斯頓和布萊特一直朝河邊走去，難道他們除了游泳過河外還有別的辦法？

是的，勃可和他從儲藏室裡拖出來的木筏就在那裡等著。

只要到了河的左岸，他們就逍遙了。他們會在退路被切斷之前帶著杰可和克斯達兩個人質回到大熊岩！

在這麼遠的距離開槍，很有可能會誤傷杰可和克斯達，所以伊旺、柏利安、柯爾登、克羅斯和維各斯使勁全力跑得上氣不接下氣，希望在華斯頓、勃可和布萊特跳上船前趕到。

幸好小帆跑得快，撲上了布萊特後咬住了他的頸部。布萊特為了對付小帆，不得不放開克斯達，但華斯頓卻還是拖著杰可往木筏的方向走去……

這時，洞裡衝出了一個男人。

是福柏。

他是撞開了地窖的門後趕著回到惡徒同伴身邊嗎？

華斯頓不疑有他。

「快幫我！福柏……快來幫我！」他大叫。

伊旺停下了腳步，準備好要開槍了，卻看到福柏往華斯頓身上撲了過去。

華斯頓被這個突來的舉動嚇了一跳，扔下了杰可，拿起刀轉身刺向福柏。

福柏因此倒在他的腳底。

這一切都發生得太快了，伊旺、柏利安、柯爾登、瑟維斯和維各斯都還離運動場上百步遠。

華斯頓想再抓起杰可，將他拖到木筏上和擺脫了小帆的布萊特與勃可會合。

還沒出手，杰可就拿起了手槍，朝他的胸膛開火。受重傷的華斯頓用盡力氣往另外兩個伙伴的方向爬去，並倒進他們的懷裡。接著他們將木筏推離了河岸。

突然一聲巨響，一顆砲彈劃過水面。

是小砲台，莫可從儲藏室的窗洞上發射了一顆砲彈。

現在，除了陷阱林裡的那兩個混蛋外，查理曼島基本上擺脫這時正被西蘭河的水流帶往大海的塞文號慘案兇手了。

杰可朝劫持了他的華斯頓開槍。

二十九、英雄們

查理曼島的新紀元開始了。

為了在困苦的環境中生存下來而奮鬥了好一陣子後，他們現在總算可以為了返回家園而做最後的努力了。

交鋒結束後，他們反而有點承受不住後座力，這種反應其實也很自然。他們面對的是比想像還要更危險的處境。雖然第一次在陷阱林交鋒後，他們取得勝利的機率的確增加了不少，但若沒有福柏的介入，華斯頓、勃可和布萊特現在應該已經逃之夭夭了。還有莫可，如果他沒有鼓起勇氣冒著誤傷杰可和克斯達的風險發射砲彈的話，事情會怎麼發展？要是他們真的帶走了兩個孩子，還要付出什麼代價才能了結這件事？

柏利安和其他同伴當時冷靜面對了這場交鋒，如今想起卻是心有餘悸。一切都要進入尾聲了，雖然還沒解決洛克和柯布，但查理曼島的生活也算是回到原本安全的狀態了。

戰役中的英雄們受到了應有的喝彩，包括及時發射砲彈的莫可、臨危不亂往華斯頓身上射了一槍的杰可，還有如果有槍在身一定也會扣下扳機的克斯達（可惜他沒槍啊！）。

小帆當然也得到了無數的愛撫，莫可也為了獎賞牠咬住了布萊特搶救男孩的英勇行為而準備了骨頭大餐。

莫可發射砲彈後，柏利安又趕回擔架旁。幾分鐘後，始終沒有恢復意識的德尼凡被抬到了大廳裡，伊旺也將福柏架到了儲藏室的床鋪上。凱特、柯爾登、柏利安、維各斯和伊旺輪流照顧了他們一整晚。

德尼凡的傷勢顯然非常嚴重，一眼就看得出來，但他的呼吸非常規律，也許肺部並沒有被刀子刺傷。凱特從西蘭河旁採來了赤楊葉，是西部很常使用的草藥。把葉子搗碎後敷在傷口上，就能有效防止他們最擔心的化膿。但福柏的情況不同，華斯頓刺傷的是他的腹部，他很清楚那一刀是致命的，所以一回復意識就有氣無力地對正在照顧自己的凱特說：

「凱特，謝謝妳！妳是好人，謝謝！可是沒有用的，我沒救了……」

說著，淚水就從眼眶裡流了出來。

懊悔之情喚回了這個可憐人內心深處的良知嗎？……是的！雖然他也因為聽信小人的建議、跟隨錯誤的榜樣，因而參與了塞文號的屠殺，但在面對威脅到少年處境的狀況時，還是找回了善良的本性，並犧牲了自己成全他們。

「福柏，不能放棄！你已經贖罪了……不會死的……」

不，這個可憐人活不了了！儘管他們盡了最大的努力，但他的情況還是不斷惡化。最後這段時間內，他因為疼痛而睜開的雙眼總是來回望著凱特和伊旺！血不停從傷口流出，彷彿每一滴都在為了他的過錯贖罪……

清晨四點，福柏離開了人世。他是帶著懺悔的心走的，人們原諒了他，上帝也原諒了他，因此，臨終時的他並沒有太痛苦，輕輕地嚥下了最後一口氣。

隔天，他們在博杜安的墳墓旁埋葬了他，那個地方現在有兩個十字架了。

洛克和柯布還是危險的，只有確定他們不能再危害大家後，少年們才徹底安全。

伊旺決定要把他們的事解決，於是提議到大熊岩附近找船前得先找到他們。

柯爾登、柏利安、巴克斯特、維各斯當天就跟著他一起出發了。他們的腋下夾著獵槍，皮帶上也卡了手槍，帶了可以憑本能找到敵人蹤跡的小帆上路。

這次的任務既不困難，也沒有花太多時間，更是一點也不危險，因為他們根本不用擔心那兩個惡徒了啊。他們順著柯布的血跡走了一段路，在陷阱林深處距離他被射中的地點幾百步之外找到了屍體。接著，他們又看到了一開始就被射死的派克。至於那個好似被地表生吞而突然消失的洛克，伊旺也找到了答案，原來是在被子彈射中後，掉進維各斯挖的地洞裡了。他們將三具屍體一起埋進了這個洞裡後，回到了法蘭西洞報告這個好消息。要不是德尼凡傷得很重，他們就可以歡欣慶祝了！現在，他們的心裡是不是充滿了希望呢？

隔天，伊旺、柯爾登、柏利安和巴克斯特聚在一起討論了接下來的計畫。最重要的當然是把塞文號的救生艇帶回來。因為必須在大熊岩附近把小船修理到足以航行，他們也許得在那裡待上幾天。最後他們決定派出伊旺、柏利安和巴克斯特一起度過湖泊再取道東河，畢竟這是最安全也最短的途徑。

他們在河流的漩渦處找到了木筏，一點也沒有受到砲彈波及的木筏完好無損。裝了維修小船需要的工具、糧食、彈藥和武器後，十二月六日，在伊旺的指揮下，他們乘著從小船後方吹來的側風出航了。

他們很快就度過了家湖。風勢非常穩定，將近十一點半時，柏利安指向一條連接湖泊和東河的小溪，趁著退潮，他們很快就來到了河的下游。

在距離河口不遠的地方，他們看到了小船就停靠在大熊岩下的沙地上。伊旺仔細檢查了小船毀損的狀況後說：

「孩子們，我們有必要的工具，但卻沒有可以修復骨架和甲板的材料。法蘭西洞那裡才有你們從獵犬號上拆下來的木板和曲杆，所以我們得把它拉回西蘭河……」

「我也是這麼想的，你覺得不可能嗎？」柏利安說。

「不，我覺得可以。這艘小船都可以從塞文岸到大熊岩了，應該也能從這裡到西蘭河吧？在那裡修船方便得多，然後我們可以從法蘭西洞航行到獵犬灣出海！」

這個計畫無疑是最好的選擇。於是，他們決定等到隔天漲潮時，由木筏拉著小船順河而上。

伊旺先是用法蘭西洞帶來的麻屑大致堵住了小船的破洞，一直忙到深夜才完成。

當天夜裡，他們在德尼凡一行人第一次來到騙人灣時選擇的山洞裡休息。

隔天天一亮，把小船掛在木筏後方後，伊旺、柏利安和巴克斯特乘著潮水出航了。只要一感受到潮水，他們就跟著撐槳，然而因為加了小船的重量，木筏拖得很費力。一直到傍晚五點，他們才抵達家湖。

伊旺認為夜間航行不夠安全，所以他們決定在此稍作停留。

反正這個季節的風力要等到太陽升起時才會再次增強。

他們在岸邊生起了營火，晚餐時三人的胃口都很好，吃過飯後，他們把頭枕在山毛櫸的根上、腳則擺在冒著星火的營火旁睡了一個香甜的覺。

「出發！」這是第一道陽光照亮湖面時，大副說的第一個字。

正如昨晚的預期，東北風隨著陽光的出現微微吹起，伊旺盼到了對回航最有利的天氣。他們揚起了帆，水一直淹到小船乾舷上，由木筏拖著它往西前進。

一切順利，但為了防範小船突然沉入湖裡，連帶把木筏一起拖下水，伊旺隨時準備好切斷連接兩艘船的繩子。要是真的被拖進湖裡，那可就嚴重了！代表著他們返航的日子又要無限延期，還得在查理曼島上待好一陣子。

下午三點左右，奧克蘭丘總算出現在西邊了。五點左右，木筏和小船都進了西蘭河，停靠在小河堤旁。大家以歡呼聲迎接伊旺和另外兩人，原本還以為他們好幾天以後才會回來呢。

他們不在法蘭西洞的這段期間，德尼凡的身體逐漸好轉了。這個勇敢的男孩現在甚至可以回握柏利安的手了。他的呼吸順暢了許多，儘管同伴們嚴格控管飲食，體力還是逐漸回復了。多虧凱特每兩個小時都為他換藥，傷口看來就快痊癒了。也許要完全復原還需要一段時間，但按德尼凡的活力，這也只是遲早的事。

第二天，修復船隻的工程開始了。首先，得先把小船拉上岸。這艘船長三十英尺，寬六英尺，應該足夠容納包括凱特和大副在內的十七個人。

船上了岸後，所有的工程按計畫進行。身為水手的伊旺木工也很好，他看了巴克斯特的手藝後頻頻稱讚。所有的材料與工具都不缺。他們利用帆船剩下的部件，把斷掉的曲杆、裂開的船板和破碎的船骨都浸泡到松脂裡，如此一來，就不怕漏水了。

小船前方三分之二的空間有個貨物艙，雖然夏季末的天氣通常不差，但若遇上海面天氣不佳時，

當大副與柏利安、巴克斯特拖著小船回來時，其他少年紛紛出來歡迎他們回來。

乘客就能躲進裡面。下雨時，他們也可以選擇坐進艙內或是待在上頭。獵犬號觀測平台的船桅被拿來做為主桅杆，同時，在伊旺的指示下，凱特也把原本帆船上備用的後帆縫成了小船的前帆、後帆與艄三角帆。有了這些設備，船就能保持平穩，同時也禁得住風雨了。

修復的工程花了他們三十天的時間，直到一月八日才完工。現在就只剩一些小細節需要微調了。伊旺心裡想的是，只要小船的狀態夠好，他們也許能穿過麥哲倫群島的所有海峽，有必要的話，還能向前航行幾百英里，直到布朗斯威克半島東方的蓬塔阿雷納斯。

修復帆船的期間內，他們當然也盛大慶祝了聖誕節和一八六二年的元旦。少年們祈禱著不要在查理曼島上結束這一年。

除此之外，德尼凡雖然還很虛弱，但傷口卻復原了不少，現在已經可以走出大廳了。新鮮的空氣和營養的食物都讓他的體力變得更好。不過，其實他的同伴們也沒打算在他恢復到禁得起幾個星期的航程、並且沒有任何惡化的風險前出航。

法蘭西洞的日常事務再次回復到應有的節奏。比如課程和演講都荒廢了好一段時間了。詹肯、艾弗森、多樂和克斯達都以為自己在放假了吧？正如我們所想，維各斯、克羅斯和韋博又開始打獵了，他們有時會到南面溼地邊，有時又到陷阱林裡。儘管柯爾登始終堅持節省彈藥，但他們早就把那些陷阱和套圈拋諸腦後了。槍聲東一聲西一聲地響，莫可的儲藏室裡也隨著多了許多新鮮的野味，正好也能為之後的航程儲糧。

要是能當這群小獵手的首領，帶著他們追捕飛禽走獸，而且還不需要節省彈藥，德尼凡該是多麼熱血啊！不能和他的同伴一起做這件事對他而言的確是很難過！但他必須認命，總不能對傷口掉以輕

島上現存的十七人一起投入修船的工程。

心。

一月的最後十天，伊旺開始往小船上裝貨了。柏利安和其他人當然都想把獵犬號留下的東西帶走，無奈空間不足，他們只得做出選擇。

柯爾登首先為帆船上剩下的錢找了位置，以防返航時需要用到。莫可放了足量的糧食，不只是十七個人在三個星期內需要的份量，還設想了在抵達蓬塔阿雷納斯、嘉蘭港或泰瑪港前如果又遇上海難，不得不停靠在某個小島上所需的食物。

接著放進船艙的，是剩下的彈藥、獵槍和手槍，德尼凡甚至要求帶上兩座小砲台，若真有必要，旅途中也可以隨時拆解。

柏利安帶上了所有的換洗衣物、大部分的書、必要的廚具（其中還包括了儲藏室裡的一只平底鍋），還有所有航海必備的儀器如航海表、望遠鏡、羅盤、測程儀、信號燈，當然也沒忘記橡皮艇。在所有的魚網中，維各斯選擇了可以在船行進時捕魚的。

此外，他們也從西蘭河汲了淡水，裝了十幾桶後由柯爾登平均分散擺在船艙裡。白蘭地、琴酒和其他用杜卡紅果和牧豆樹豆莢釀成的酒也沒被忘記，全都搬上了船。

二月三日，所有的貨物都裝載好了，只剩決定出航的日子而已。就等德尼凡的身體恢復到足以承受海上生活了。

沒問題！勇敢的小伙子這麼說！他的傷口已經完全癒合，食欲也恢復正常了，只要小心別吃得太多即可。在柏利安或凱特的協助下，他每天都會到運動場上活動好幾個小時。

「走吧！走吧！我想回家！大海會讓我復原的！」他懇求著。

於是，他們決定二月五日就出發。

出發的前一晚，柯爾登放走了棚圈裡的動物，包括原駝、羊駝、鴕鳥，還有那些雞鴨全都不知感激，一轉眼或飛或跑都消失了，自由的空氣實在太誘人了吧。

「這群忘恩負義的傢伙！」卡爾內大叫，「虧我們還給你們食物！」

「鳥獸如人啊！」瑟維斯一本正經地吐出這番哲理，逗得所有人哈哈大笑。

第二天，少年們坐上了船，拖著木筏出航了。

解開纜繩前，柏利安和同伴們都想到博杜安和福柏的墳前道別。他們在那裡做了最後一次禱告，為這兩位可憐人留下最後一個回憶。

德尼凡坐到了小船後方，與掌舵的伊旺比鄰。柏利安和莫可負責照看船帆，但小船暫時還得靠退去的潮水把他們帶到西蘭河口。由於奧克蘭丘的走向不定，河道也跟著蜿蜒，少年們不知是往東南西北。至於其他人，就連小帆也是，全都坐到了船艙裡。

纜繩解開了，船槳下水了。

少年們歡呼著告別了法蘭西洞，想到這麼多個月來，這個山洞提供他們如此舒適的遮風避雨之處，不免有些依依不捨。但唯有柯爾登一人，望著奧克蘭丘逐漸隱沒在樹林後，除了捨不得外還多了些感傷。

由於西蘭河的水流不快，船也沒有走得太遠，中午時分，伊旺下令在靠近沼澤林的岸邊暫停。

他的判斷沒錯，這一帶河水較淺，他們的船裝滿了貨物，一不小心就會擱淺了，最好等待下一次退潮時再出發。

等待潮水六個小時間，維各斯和克羅斯到南面溼地的邊緣獵了幾隻鷸鳥，他們也因此飽餐一頓。坐在船尾的德尼凡也射下了兩隻飛過右岸的大鵏鳥，看來他是真的復原了。

船隻抵達河口時已經是深夜了。向來謹慎的伊旺認為要在昏暗的夜色中穿過礁石間的水道太過冒險，因此決定等到隔天一早再出海。

夜很靜，風在夜色降臨時停了，在海燕和海鷗都回巢後，獵犬灣上萬籟俱寂。

第二天清晨，海面上吹起了陸風，代表著直到南面溼地間這一段的海平面都會很平靜。因此，他們得趁著機會航行至少二十英里，畢竟等到海風再起，浪也變得洶湧時就很難航行了。

天才剛亮，伊旺就揚起了所有的帆，在他的指揮下，小船航向大海。

每個人都望著奧克蘭丘和獵犬灣上的最後一塊岩石，繞過美國岬後，這些景色一一消失在視野之外。

接著，他們看到了那面飄揚的英國國旗，射出了一顆砲彈後大聲歡呼。

八小時後，小船駛進劍橋島旁的海峽，繞過了南峽後，沿著阿德萊達皇后島前行。

查理曼島的最後一角就此沒入了北方的海平面。

三十、假期結束

小船在麥哲倫群島的小海峽間航行的細節就不必多說了。一路上沒有什麼重大的冒險。這片寬約六到七英里的海峽間，海面竟然也都保持平靜。

這些海峽上沒有任何人跡，反正，少年們最好也別遇到這片海域上的土著，他們可不是那麼好客的。一、兩個夜裡，他們看到島上透出了火光，幸好沒有任何原住民出現在岸邊。

二月十一日，一路順風而行的小船經由史密斯海峽穿過了阿德萊達皇后島的西岸與威廉王島，正式進入麥哲倫海峽。他們的右手邊是聖安妮峰，左手邊波弗特灣（Baie de Beaufort）深處有好幾條冰河，柏利安在漢諾威島（他們至今仍稱之為查理曼島）東部就曾看過其中一條較高的冰河。

一切順利，海上帶著鹽味的空氣似乎對德尼凡很有幫助，他現在已經能正常吃飯睡覺了。要是情況允許的話，他甚至還想跟其他同伴上岸再過一次魯賓遜的生活。

十二日這天，小船來到威廉王島上的泰瑪港邊，然而港上（或者應該稱之為小灣）沒有其他船隻，所以伊旺沒有多做停留就繞過了泰瑪角，繼續往東南方駛去。

荒蕪島的這一邊是平坦且乾燥的海岸，和查理曼島綠樹如蔭的景色相差甚遠；另一邊則被科魯克半島（presqu'île Crooker）切割得凹凸不平。伊旺計畫由此往南，繞過弗羅厄德角後再沿布朗斯威克半島的東岸北走，直到蓬塔阿雷納斯。

但事實證明似乎不需要走到那麼遠。

十三日上午，站在船頭的瑟維斯大叫：

「右方有煙！」

「是漁夫嗎？」柯爾登問。

「不！比較像是蒸汽船的煙！」伊旺回答。

他說得沒錯，他們離陸地太遠，不大可能看到漁夫的炊煙。

柏利安立刻抓了繩索爬上桅杆，看到對方時，他也叫了出來：

「是船！……是船！」

那艘船很快就進入他們的視野之中，是艘重達八、九百噸的蒸汽船，以每小時十一到十二英里的速度航行著。

小船上一片歡呼，同時也射了幾槍。

對方發現他們了。十分鐘後，他們登上了正開往澳洲的格拉夫頓號。

格拉夫頓號的船長，湯姆．龍（Tom Long）早就聽說了獵犬號的故事，帆船失蹤的事傳遍了英國和美國。湯姆將所有人接上了船，並提議直接送他們到奧克蘭。

格拉夫頓號的船速很快，二月二十五日那天，他們就回到了奧克蘭。

自獵犬號被帶到距離紐西蘭一千八百里格遠的查理曼島那天起，至今已將近兩年的時間了。家人

船頭的瑟維斯看見遠方蒸汽船冒出的煙，少年們兩年的歷險終於要結束了！

們的欣喜之情自然是難以言喻，這些他們以為已經葬身太平洋的孩子，這些被暴風雨捲到南美洲海域的孩子全都回到了他們身邊，一個也沒有少。

沒多久，格拉夫頓號帶回這些少年的消息就傳遍了整座城市。他們衝進父母懷抱裡時，所有的市民都為他們鼓掌叫好。

每個人都迫不及待想知道查理曼島的故事！不過他們的好奇心很快就會得到滿足了。首先，德尼凡辦了好幾場演講，獲得了相當大的迴響，少年們也感到非常驕傲。接著，巴克斯特的法蘭西洞日記幾乎是馬不停蹄地被印了出來，光是紐西蘭就出版了成千上萬本。因為每個國家的人都對獵犬號的故事非常感興趣，《兩個世界》雜誌甚至將這份日記翻譯成各種語言出版。柯爾登的謹慎、柏利安的無私、德尼凡的勇氣和無論大小全都願意配合的態度都成了大家讚不絕口的話題。

凱特和伊旺受到的歡迎就更不用說了。他們難道不是少年們獲救的關鍵嗎？勇敢的伊旺甚至接受了大家的捐款，買了一艘屬於他自己的商船——查理曼號，這一次他是船長也是船主了！但前提是船籍港必須是奧克蘭，每當他行經紐西蘭時，就會到「他的孩子」們家裡拜訪，當然也總是受到最熱忱的接待。

至於善良的凱特，在拒絕了柏利安、卡爾內、維各斯和其他人的家庭爭相請求她到家裡幫傭後，她決定落腳到被她救回一命的德尼凡一家。

這則故事有何啟示呢？以下就是故事名為「兩年假期」[14]的原因：任何一個寄宿學校的孩子都不

14 本書原名 Deux ans de vacances，也就是「兩年的假期」的意思。

可能在那樣的環境中度過假期。然而，所有的孩子都知道，只要擁有紀律、熱情和勇氣，天下便無難事。不要忘了，獵犬號的少年們都是在經歷了嚴峻的考驗後成長的，返家時的他們都已不再是孩子了。

野人文化
讀者回函卡

書　名
姓　名　　　　　□女　□男　　年齡
地　址

電　話　　　　　手機
Email
□同意　□不同意　　收到野人文化新書電子報

學　歷　□國中（含以下）□高中職　□大專　□研究所以上
職　業　□生產/製造　□金融/商業　□傳播/廣告　□軍警/公務員
□教育/文化　□旅遊/運輸　□醫療/保健　□仲介/服務
□學生　□自由/家管　□其他

◆你從何處知道此書？
□書店：名稱 ______________　□網路：名稱 ____________
□量販店：名稱 ____________　□其他 ___________________

◆你以何種方式購買本書？
□誠品書店　□誠品網路書店　□金石堂書店　□金石堂網路書店
□博客來網路書店　□其他 ___________________

◆你的閱讀習慣：
□親子教養　□文學　□翻譯小說　□日文小說　□華文小說　□藝術設計
□人文社科　□自然科學　□商業理財　□宗教哲學　□心理勵志
□休閒生活（旅遊、瘦身、美容、園藝等）　□手工藝／ DIY　□飲食／食譜
□健康養生　□兩性　□圖文書／漫畫　□其他 _______

◆你對本書的評價：（請填代號，1. 非常滿意　2. 滿意　3. 尚可　4. 待改進）
書名 _____ 封面設計 _____ 版面編排 _____ 印刷 _____ 內容 _____
整體評價 _____

◆你對本書的建議：

野人文化部落格 http://yeren.pixnet.net/blog
野人文化粉絲專頁 http://www.facebook.com/yerenpublish

廣 告 回 函
板橋郵政管理局登記證
板 橋 廣 字 第 143 號

郵資已付　免貼郵票

23141
新北市新店區民權路108-2號9樓
野人文化股份有限公司 收

野人

請沿線撕下對折寄回

野人

書號：0NGA1029